黃金人形

1권

글을 시작하며

무협을 쓰기 시작한 당시부터 나는 쭉 무협의 무대를 우리 나라로 옮길 것을 고민했다.

우리 나라 사람이니 우리 나라를 무대로 글을 적어야지 하는 생각 때문은 아니고, 나는 내 글이 영화화되고 드라마화되어 떼돈을 벌리라 하는 욕심이 있었다.

우리 나라 사람이 쓴 중국 무대의 글보다 우리 나라 사람이 쓴 우리 나라 무대의 글이 우리 나라 사람은 물론 중국 사람에게도 좀 더 편하게 다가갈 것이라 생각했다.

생각은 그러했으나 아직 나는 우리 나라가 무대인 무협을 십여 년 흐른 지금에도 쓰고 있지 못하다.

어설픈 공간 이동으로 그간 무협이라는 틀 속에서 형성된 독자들을 놓칠까 하는 걱정이 있었다. 중국에서 우리 나라로의 공간 이동이 독자들에 대해 좀 더 풍성한 상상력을 제공하는 전이가 되어야 하는데 그렇게 만들 자신도 솔직히 없었다.

그렇지만 욕심을 버리고 싶은 생각은 별로 없었으니 긴 시간 속에서 천천히…

내가 건설할 우리 무대에 대한 편린들을 각 글에 조금씩 풀어내어 독자들의 공감을 얻고, 우리의 신화와 전설들을 무협으로 보다 풍성하게 재해석해내고…

그리하여 언젠가 나는 신화처럼 숨 쉬는 '우리 무대'의 '우리 무협'을 만들어내고 말 것이다. 할리우드까지 강타해 떼돈을 벌게 해줄!

장경 新무협 판타지 소설 1

黃金人形

황금인형

도서출판 청어람

황금인형은 바로 나의 그 긴 꿈의 과정 속에 놓인 글이다.

황금인형은 황금인형이 품고 있는 비밀, 연왕 출생의 비밀을 둘러싸고 우리 고려(조선)의 젊은 건각들과 황제편인 웅천부 사람들, 연왕편인 연왕부 사람들, 그리고 마교와 구파일방이 벌이는 황금인형 쟁탈전을 그린 글입니다.

여러분들은 황금인형에서 가볍게 달려가지만 절대 가볍지 않을 장경의 발걸음을 보게 되실 것이고 쾌도난마로 역사를 빚어내는 요리사 장경을 만나게 될 것입니다.

큰소리쳤군요. 아무쪼록 호언처럼 황금인형과 함께하는 여행이 즐겁기를 바라며, 이번 글로 여덟 번째 서문을 쓰네요.

이제껏 헌사를 선배, 동료들, 출판사에 드렸는데 이번에는 저를 풍진강호 이 바닥에서 아직 버틸 수 있게끔 묵묵히 밀어준 여러분들께 돌립니다.

모난 글 감싸 안아준 데에 대해 진심으로 감사를 드리며… 더운 여름, 추운 겨울, 언제나 건강하고 행복하길 바랍니다.

가을의 길목에서 장경.

새해를 한 달여 앞둔 북평(北平:지금의 북경)의 바람은 매섭고도 매서웠다.

어둠은 진작에 깔려 거리에 사람의 발길이 딱 끊겼지만 북평성은 마치 사나운 화마(火魔)에 휩싸이기라도 한 듯 밝았다.

성벽을 따라 총총히 이글거리고 있는 불빛. 혹한과 어둠 속에서도 잠들 수 없는 연왕부(燕王府) 군사들의 횃불이었다.

황제인 조카와 숙부인 연왕(燕王)의 대혈전!

반도(叛徒) 연왕을 처치하기 위해 황군(皇軍)은 며칠째 북평성을 에워싸고 공격을 가하는 중이었다.

엄청난 수적 차이에도 불구하고 북평 수비군의 위용은 여전히 건재했다. 몇 차례 위기를 맞긴 했으나 황군에게 한 치도 성문(城門)을 내어주지 않고 있었다.

권력을 잡을 수 있는 자만이 살아남을 수 있는 비정한 세계! 그들은 성벽 위, 성벽 아래에서 숙부와 조카를 대신해 지루한 싸움을 계속하고 있었다.

칠초포(七梢砲)에서 쏜 불덩이가 유성(流星)처럼 흘렀다.

담벼락을 가자미처럼 기던 짝손은 머리 위로 흐르는 불덩이에 놀라 급히 몸을 숙였다.

살갗을 발기발기 찢으려 달려드는 추위, 무엇보다 고통스러운 곳은 오른쪽 손목이었다. 찬바람이 숭숭 스며들어 뼈가 떨어져 나갈 듯 아팠다.

그의 손목 아래로는 손이 없었다. 그래서 그는 반듯한 이름을 두고 짝손이어야 했다.

원래 그는 회서방(灰鼠幇)의 방도였다.

회서방! 남의 담을 넘어 주머니를 터는, 말 그대로 쥐새끼들의 모임에 불과한 하오문(下午門).

그러나 그는 이제 회서방의 방도가 아니었다. 담 잘못 넘어 재수없는 놈을 만나 한쪽 손목이 날아갔었다.

한쪽 손 없이 도둑질을 할 수 있을 것이냐가 문제가 아니었다. 의수(義手)라 관부 밀정들의 눈에 딱 띄기 좋았다.

때문에 회서방은 그를 축출했다. 고맙게도 더 이상 도둑질을 할 수 없게 만들어준 것이다.

그렇지만 도둑질 아니면 할 수 있는 일이 무엇이 있으랴! 괴로운 나날들이 꽤나 흘렀나 보다. 눈알이 퀭해져 지나가는 아이가 종종거리는 암탉으로 보일 정도로 괴로운 나날!

그 며칠 후, 마침내 그는 굶어 죽기를 기다리는 것보다 죽기 전에 무슨 일이라도 하는 게 낫다는 결론을 내리기에 이르렀다.

전쟁으로 도처에 병사들이 총총했고 전시(戰時)라 잡히면 두말없이 목이 날아갈 처지였지만 이런저런 사정을 생각하기엔 그의 처지는 너무도 급했다.

봐둔 곳이 있었다.

짝손이 어둠 속을 날렵하게 기어 도착한 곳은 별로 부티나게 보이지도 않는 아담한 집이었다. 하지만 전쟁이 일어나기 전, 순라군들은 언제나 관심을 기울여 그 집을 돌봤었다. 이곳 북평의 주인인 연왕의 방문도 몇 번 확인되었다.

중요한 그 누군가가 살고 있다는 이야기인데…….

연왕이 방문할 정도로 중요한 그 사람이 누구인지를 아는 사람은 아무도 없었다. 가끔 저자에 모습을 보이는 자는 허리 꾸부정한 노복(老僕) 한 명과 나이 든 찬모(饌母) 한 명이 전부였다.

하여 짝손은 생각했다. 지금 그가 담장을 넘으려 하는 집은 연왕이 애첩을 만나 즐기는 그런 집이 틀림없을 것이라고.

연왕의 총애를 받는 계집의 집. 어디 금수저 하나 없으랴. 짝손이 목숨을 걸고 지금 담을 넘는 이유였다.

집 안은 조용했다.

집 구조를 유심히 보아둔 덕에 짝손은 마치 자신의 집처럼 네 칸 집을 더듬었다.

먼저 곳간을 시작으로 노복이 잠자는 곳을 제외한 모든 곳을 이 잡듯 수색했다.

애첩의 거소일 것이 분명한, 금덩이가 숨겨져 있으리라 생각한 중앙채까지 쭉 훑고 난 짝손은 이마에 굵은 주름살을 그렸다. 애첩도 없었고 생각했던 금덩이는 더욱 없었다. 건진 것이라곤 은수저 두 벌이 전부였다.

'젠장. 전화(戰禍)를 걱정해서 제 애첩을 벌써 다른 곳으로 숨긴 모양이군. 내가 왜 그 생각을 못했을꼬.'

짝손은 탄식하며 이마를 쳤다. 조바심으로 목숨을 걸며 벌였던 일인데 수확이 이것이라니…….

그러나 어쩔 것인가. 그는 안중에도 두지 않았던 찬모의 방도 뒤지기로 마음먹었다. 행여 주인 눈치 보며 숨겨두었을 은붙이 비녀라도 있지 않을까 해서였다.

그가 조심스럽게 찬모의 방으로 스며들었다.

후끈한 열기!

'엉?

짝손은 고개를 갸웃했다.

침상이 없었다. 찬모는 방바닥에 그냥 누워 깊은 잠에 빠져 있었다.

후끈한 열기는 방바닥으로부터 올라오는 열기였다.

'아!'

짝손은 고개를 끄덕였다.

그는 이 방이 온돌방임을 알아챘다. 고려(高麗)로부터 전래되었다는 이 양식은 이제 북변(北邊) 부근에 제법 널리 퍼져 있었다. 이 집도 그중의 한 집인 듯했다.

짝손은 신경을 바짝 곤두세운 채 찬모의 방을 뒤졌다.

한동안 여기저기를 더듬거리던 그의 손에 묵직한 그 무엇이 잡혔다.

오동나무로 만든, 두 손에 들어갈 정도 크기의 궤(櫃)였다. 궤는 단단한 자물쇠로 굳게 잠겨 있었다.

짝손은 지체없이 궤를 바랑에 넣었다. 그가 담을 넘어 다시 북평의
어둠 속을 기었다.

짝손이 발걸음을 멈춘 곳은 사람의 발길이 전혀 닿지 않은 한적한
곳이었다.
탱그랑! 챙!
자물쇠가 불꽃을 퉁겼다.
얼어붙은 손을 겨드랑이에 몇 차례나 비비며 그는 궤를 열기 위해
돌로 자물쇠를 열심히 쳤다.
그러던 어느 순간,
자물쇠가 '텅!' 하며 떨어졌다.
짝손은 재빨리 뚜껑을 열었다.
달빛에 비춰 찬란하게 폭사하는 빛!
그는 입을 딱 벌렸다.
궤에 넣어 깊은 곳에 감추어두었던 물건이라 하나 고작해야 찬모의
물건. 주인 눈치 보며 모았을 은붙이 몇 개가 전부일 것이라 생각했다.
그러나 궤에 든 물건은…….
짝손은 벌벌 떨리는 손으로 궤에 든 물건을 꺼냈다.
무게, 손에 닿는 감촉, 몇 번을 보아도 틀림없는 금이었다. 궤에 든
물건은 황금상(黃金像)이었다. 소매로 눈물을 훔치며 앙앙 울고 있는
아이가 정교하게 조각된 황금인형(黃金人形)!
짝손은 한동안 넋을 놓았다. 그는 자신이 그 물건을 훔쳤다는 사실
이 믿어지지 않았다.
칼바람이 횡! 하고 살갗을 발기발기 찢으며 달려들었다.

짝손은 그제야 화들짝 정신을 차렸다. 그는 황금인형을 들었다. 그리고 다시 찬찬히 황금인형을 살폈다.

그의 입이 히죽히죽 벌어졌다. 터져 나오는 웃음을 참을 길이 없었다.

틀림없이 금이었다.

짝손은 자신의 횡재가 스스로 생각해도 믿어지지 않아 황금인형을 만지고 또 만졌다. 그러던 어느 순간,

그가 고개를 갸웃했다.

예민한 그의 손이 인형의 등에 있는 미세한 차이를 발견한 것이다.

그가 살짝 융기되어 있는 그 부분을 눌렀다.

금박(金箔)이 떨어지며 구멍이 드러났다.

구멍 속에는 그 무엇인가가 들어 있었다.

짝손이 구멍 속에서 꺼낸 것은 두루마리로 된 얇은 베였다.

그는 베를 펼쳤다.

까만 것은 글인 듯한데…

그는 까막눈이었다.

베에 적힌 글을 유심히 바라보며 잠시 무엇인가를 생각하던 짝손은 자리에서 벌떡 일어났다.

그가 황금인형과 베를 품속에 감춘 후 어디론가 허겁지겁 달렸다.

아! 왜 몰랐던가! 모든 화(禍)는 지나친 욕심으로부터 온다는 사실을!

물론 그때까지 짝손은 몰랐다.

황금인형! 그것이 그 자신의 운명은 물론 천하의 운명까지 바꿀 수 있는 중요한 물건이라는 사실을.

第一章
지리산(智異山)

맑은 물이 흐르는 계곡을 따라 끝없이 이어진 숲. 기암괴석들로 이어진 산은 신록(新綠)으로 한창이었다.

그 산길을 한 필의 준마(駿馬)가 달리고 있었다.

말 위에는 머리카락이 희끗희끗한 노인이 타고 있었다. 매서운 눈빛에 젊은이들 못지않은 혈색, 도인술(導引術)이라도 익힌 듯한 노인이었다.

노인은 산길을 주마가편(走馬加鞭)으로 달렸다.

사방은 신록으로 한창이고 경치는 다시없을 절경. 하지만 산길을 오르는 노인의 표정은 밝지 못했다.

세상의 모든 고뇌가 한꺼번에 그를 덮친 듯했다. 그 고뇌를 참지 못해 굳게 다문 입술에선 당장이라도 신음이 터져 나올 것만 같았다.

주인의 기분이 어떻든 말은 산길을 계속 힘차게 나아갔다.

계곡이 갑자기 좁아지며 길이 더 가파라졌다. 좁아지는 그 길을 얼마쯤 더 달렸을 때였다.

히히힝! 히힝!

말이 갑자기 괴성을 지르며 앞발을 치켜들었다. 그리고 엉덩이를 주춤주춤 빼며 더 이상 나아가지 않으려 했다.

눈을 휘둥거리며 투레질을 하는 양이 무엇인가에 크게 놀란 듯했다.

노인은 놀란 말을 달래며 주위를 살폈다.

눈보다 먼저 반응한 것은 코였다.

훅 불어오는 바람 속에 실려오는 냄새. 토악질을 울컥 숏게 하는 그 노린 냄새의 정체를 노인은 잘 알고 있었다.

그가 고개를 돌렸다.

칠팔 장 밖 대나무 숲이었다. 황소를 강아지처럼 물고 달릴 만한 엄청난 크기의 호랑이 한 마리!

노인은 급히 품속을 뒤져 비표(飛鏢)를 꺼냈다. 그가 말에서 훌쩍 뛰어내리며 자세를 잡았다.

외모가 범상치 않더니 과연 노인은 한 수 무공을 자랑했다. 비표를 꺼내 호랑이를 상대하는 양이 섬전처럼 빨랐다.

상대의 경계심을 늦추기 위한 수작인지는 모르겠지만 원래 호랑이는 노인을 무관심한 척 대했었다. 그러나 노인이 강한 기세로 맞서오자 이빨을 드러내며 노인을 향해 으르렁거렸다.

주먹만한 견치(犬齒)에 벌겋게 빛나는 눈, 머리엔 선명한 왕(王) 자. 왕 중의 왕이라는 백두산 호랑이가 틀림없었다.

큰 산의 줄기를 타고 여기까지 내려왔으리라.

노인은 호랑이를 상대로 몇 번 싸워본 적이 있었다. 그러나 오늘같이 큰 호랑이는 처음이었다.

단 한 번의 도약으로 자신을 덮칠 것 같았다. 그전에 놈의 숨통을 끊어놓아야 했다.

그가 온 신경을 비표에 쏟았다.

호랑이도 털을 곤두세우며 자세를 낮추었다.

팽팽한 긴장감이 흘렀다.

그때였다.

"이놈!"

온유한 목소리. 하지만 호랑이는 천둥 소리라도 들은 듯 꼬리를 감추며 급히 고개를 돌렸다.

호랑이에게 호통을 지른 자는 낚싯대를 든 청년이었다.

"사람을 놀라게 하지 말라고 했더니 또 길가에 나타났구나! 다시 혼이 나야겠군!"

청년이 말했다.

순간, 어이없게도 호랑이란 놈은 발랑 배를 뒤집고 누워 고양이처럼 아양을 떨었다. 그리고 잠시 후 배를 축 늘어뜨린 채 처분만 기다린다는 자세로 앉았다.

"가라!"

청년이 손을 저었다.

호랑이가 대나무 숲 저편으로 사라졌다.

호랑이가 사라지자 비로소 노인은 청년을 제대로 바라보았다. 몇 마디 말로 왕중왕을 제압할 놀라운 신위를 뽐낼 자라고는 생각되지 않았다.

청류(淸流)에 몸 감고 훈풍(薰風)에 몸 말리는 듯한 단아한 외모의 청년이었다.

　외모뿐만 아니라 느껴지는 기도(氣度)도 글방의 샌님처럼 유순했다. 강렬한 투기(鬪氣), 사람을 압박하는 경기(勁氣)를 전혀 찾을 길 없었다. 계곡을 흐르는 물처럼 담담하기만 했다.

　때문에 노인은 청년이 더욱 예사롭게 보이지 않았다. 그가 감사의 말을 건네려 할 때였다.

　청년이 먼저 입을 열었다.

　"장난이 좀 심할 뿐 사람을 해치거나 하는 놈은 아닙니다. 그럼……."

　그가 정중히 머리를 숙였다. 그리고 계곡을 향했다.

　청년의 발걸음은 살짝 찾아와 한순간에 사라지는 봄의 미풍(微風)과도 같았다. 노인이 청년을 붙잡으려 했을 때 청년은 이미 계곡에 서 있었다.

　청년의 손에는 언제 꺾었는지 모를 버드나무 가지가 들려 있었다. 버드나무 가지를 허리에 꿰찬 후 그는 계곡 물에 조용히 씻기고 있는 바위에 자리를 잡았다.

　그가 들고 있던 낚싯대를 계곡 물에 드리웠다.

　호르륵! 호륵!

　매 한 마리가 허공을 선회하고 있었다.

　하늘을 날던 매가 급강하한 곳은 청년의 어깨였다.

　노인은 한숨을 쉬었다.

　사람이 신령(神靈)스러우니 매도 신령스러운 듯했다. 매의 발톱이 얼마나 사나운가! 그러나 매는 청년의 어깨에 앉았어도 옷에 구멍 자국 하나 남기지 않고 있었다.

영산(靈山) 지리산(智異山)!

천지간에 상서로운 기운이 가득한 곳이니 어찌 신비한 사람 없고 신비한 영물(靈物) 없다고 할 것인가.

노인은 청년을 비문(秘門)의 제자라 생각했다.

만나서 이런저런 이야기를 하고 싶었다. 그러나 지금은 아니었다. 그는 다른 곳에 한눈팔지 못할 급한 사정이 있었다.

계곡 가운데 서서 한가하게 낚시질을 하는 청년을 부러운 듯 바라보던 노인의 안색이 원래처럼 어두워졌다.

"워! 워!"

그가 말을 끌었다. 그러나 한번 혼쭐난 말은 절대 움직이지 않으려 했다. 노인은 말을 버렸다. 어차피 조금 더 가면 말이 오르지 못할 산길이었다.

그가 산길을 바쁘게 올랐다.

계곡을 따라 바쁜 발걸음을 옮기던 노인은 잠시 발걸음을 멈추었다.

그가 눈을 지그시 감았다.

그의 얼굴에 그늘이 더욱 짙어졌다.

그는 입술을 깨물며 다시 눈을 떴다. 그리고 왼쪽으로 난 산길로 길을 잡았다.

산수묘여연(山水妙如蓮)!

달마를 이은 구주(九州:중국) 선종(禪宗)의 육대조(六代祖) 혜능(慧能)이 삼법(三法) 스님의 꿈에 나타나 그곳의 경치를 보고 한 말이다.

육조의 지시에 따라 삼법은 그곳에 육조의 정상(頂相:머리)을 안장했고 후에 진감 선사(眞監禪師)가 그 터에 절을 지으니 바로 쌍계사(雙溪

寺)였다.

노인은 산문을 지나 곧장 법당을 찾았다.

그가 부처님께 공양하고 백팔 배를 드렸다.

부처님께 몸을 던지는 그 순간에도 그는 세상의 번뇌를 잊지 못했다.

오히려 표정은 점점 어두워져 마지막 몇 배를 남겼을 땐 눈에 물기까지 어렸다.

도대체 무슨 일이 있었기에?

노인은 백팔 배를 올리자마자 곧장 산문을 나와 다시 산길을 잡았다.

2

길은 점점 가파라지고 험해졌다. 그러다가 어느 순간 길이 딱 끊겼다.

노인은 노루나 사슴이 다녔음 직한 길을 헤쳤다.

절세의 고수들은 세월을 거꾸로 산다고 했다.

비록 한 수 무공은 배웠지만 고인(高人)들의 그 수법 고명함을 따라가기에는 한참 멀었기에 노인은 나이의 한계를 느꼈다.

그가 몸을 쉬기 위해 잠시 바위에 앉았을 때였다.

꽤액!

성난 멧돼지 소리.

노인은 자리에서 벌떡 일어났다.

그리고 황급히 주위를 살폈다.

"까불지 마!"

화난 계집의 목소리였다.

노인은 품속을 더듬어 비표를 꺼냈다. 비표를 들고 그는 재빨리 소리가 들린 곳을 향해 뛰었다.

푸우푸!

거친 멧돼지의 숨소리.

멧돼지는 화가 날 대로 나 게거품을 문 채 발굽으로 땅을 거칠게 파헤치고 있었다.

"헤헤헤! 넌 오늘 혼 좀 나봐야 해. 내가 그렇게 말했는데도 듣지 않은 벌이다."

멧돼지 앞에는 아가씨 한 명이 서 있었다.

짐승 가죽으로 누빈 날렵한 옷, 질끈 묶은 머리, 오뚝한 콧날, 눈빛이 별처럼 빛나는 아가씨였다.

꾸―울!

멧돼지가 괴성을 지르며 달려들었다.

노인의 안색이 해쓱해졌다. 아가씨와 멧돼지와의 거리가 너무 가까웠다. 비표로 구하려 해도 늦은 거리였다.

"아뿔싸!"

그가 탄식을 터뜨렸을 때였다.

아가씨가 모둠발로 도약했다. 사슴처럼 날렵하고 멋진 동작이었다.

공중으로 도약한 그녀가 떨어진 곳은 멧돼지의 등이었다.

"그래도 항복 못해?"

그녀가 주먹으로 멧돼지의 머리를 콩콩 때렸다.

쾌액!

제 화를 견디지 못해 멧돼지는 발광했다.

멧돼지의 귀를 붙잡고 멧돼지 등에서 잠시 씨름하던 아가씨가 멧돼지의 등에서 폴짝 뛰어내리며 이번에는 엉덩이를 걷어찼다. 발끝으로 툭 건드린 것에 불과했지만 내경(內勁)이 숨겨져 있었던지 멧돼지는 코를 박고 굴렀다.

"몇 대 더 맞아!"

아가씨가 멧돼지의 머리를 손가락으로 퉁겼다.

손가락으로 퉁겼지만 멧돼지가 받은 충격은 망치로 맞는 듯한 충격이었다.

멧돼지의 눈에 눈물이 그렁그렁 맺혔다.

"다시 덤벼봐!"

아가씨가 뒤로 물러났다.

머리를 흔들며 멧돼지가 비칠비칠 일어났다.

그 용감했던 저돌성은 어디로 갔는지……. 한두 번 당한 것도 아니고, 이쯤 되자 멧돼지도 눈앞의 아가씨에게 슬금슬금 겁이 나는 듯했다.

멧돼지는 꿀꿀거리며 가쁜 숨만 몰아쉬었다.

"더 싸울 자신 없어?"

아가씨가 고함을 지르며 발을 굴렀다.

엄청난 진각(震脚)! 지진이라도 난 듯 땅이 울렸다.

불퇴전(不退戰)을 자랑하던 멧돼지의 자존심은 그 발길질 한 번으로 완전히 무너졌다.

멧돼지가 화들짝 머리를 돌렸다.

"서지 못해!"

그녀가 달아나려는 멧돼지의 앞을 가로막았다.

멧돼지는 꽥꽥거리며 급히 등을 돌렸다.

아가씨가 다시 멧돼지의 앞을 막았다.

멧돼지는 죽을힘을 다해 달아나려고 했으나 그때마다 아가씨에 의해 막혔다.

결국 멧돼지는 달아나는 것도 포기해야 했다.

멧돼지가 무릎을 꿇고 배를 깔고 앉아 처분을 기다렸다.

"너, 다시 우리 밭에 들어올 거야 말 거야?"

꿀꿀꿀! 꿀꿀!

"다 키우면 조금 나누어 준다고 했잖아! 어린 싹을 그렇게 훑어 먹으면 어떡하겠다는 거야? 네가 대신 우리 밥상에 올라오고 싶어? 그렇지 않아도 우리 스승님 고기고기 하고 있는데!"

꽥꽥! 꿀! 꿀!

"좋아, 반성하는 듯하니 이번에는 이걸로 용서해 주겠다. 하지만 다음에 또 걸리면 용서 없어!"

아가씨가 멧돼지의 엉덩이를 발로 찼다.

멧돼지가 벌떡 일어났다. 그리고 뒤도 돌아보지 않고 수풀 속으로 내뺐다.

"저 미련한 놈이 오늘 일을 몇 날이나 기억할지 모르겠다. 산 아래 막동이에게 이야기해서 저자에 나갈 때 방울을 하나 사 오라고 해야겠다. 방울 소리 들리면 금방 나가면 되잖아. 할아버지, 그렇죠?"

아가씨가 등을 돌렸다. 노인이 있는 곳이었다.

노인은 비표를 품에 넣으며 한숨을 쉬었다.

지리산. 어리석은 자도 이 산에 오면 지혜가 생긴다고 해서 지리산(智理山)이라 했다더니 계곡에서 만난 청년에 이어 지금 이곳의 산아가씨.

영산 지리산은 아가씨에게까지 신령스런 기운을 준 듯했다. 멧돼지와 싸우는 동안 눈길 돌리는 것조차 보지 못했는데 어떻게 자신의 출현을 눈치 챘는지…….

노인은 수풀을 걸어나왔다.

"방울을 걸어놓으면 아가씨야 좋겠지만 저 멧돼지는 위험할걸. 이 산엔 사나운 짐승도 많을 텐데 방울을 달고 다니면 그 짐승들에게 나 잡아먹으라고 예고하고 다니는 것과 같잖아."

"아! 그 사실을 잊었군요?"

아가씨는 이마를 쳤다.

"맞아요. 여긴 정말 사나운 짐승이 많아요. 얼마 전엔 태백(太白)의 줄기를 타고 엄청나게 큰 호랑이 한 마리도 내려왔다니깐요. 놈의 크기는 거짓말 조금 보태 집채만해요. 이마에 왕 자도 선명하게 박혀 있죠. 방울을 달아놓으면 그놈이 멧돼지를 그냥 두지 않겠죠? 내가 손해 조금 본다고 놈을 죽게 할 수는 없으니 방울 다는 일은 포기하겠어요. 태백을 타고 내려온 대호(大虎)! 정말 사나운 놈이거든요. 나는 그놈과 서너 번 대면한 적이 있어요. 놈은 내게 이 산이 제집인 양 시위했지만 내가 기죽을 리 없잖아요? 당연히 이 산은 우리 산이니까요. 만약 놈이 주제도 모르고 덤벼들었다면 나는 놈의 껍질을 홀랑 벗겨 세상 무서움 을 가르쳐 주었을 거에요. 그러나 우리는 결국 싸우지 못했죠. 앞으로 도 자웅을 겨루긴 힘들 것 같아요. 왜냐하면 놈은 이제 누구의 충복이 되었으니……. 누구의 충복이 되었을 것 같아요? 바로 우리 대사형이 죠. 난 대사형에게 물었죠. '대사형, 저 사나운 놈을 어떻게 길들였어? 발로 몇 번 밟아준 거야?' 했더니 대사형께서 웃으며 말하더군요. '나 는 놈과 싸운 적 없다. 마음! 나의 마음이 놈의 마음을 굴복시켰다' 하더군요. 마음으로 놈을 굴복시켰다니… 우습지 않아요? 짐승에게 무슨 마음이 있다고 마음을 굴복시켜? 대사형의 문제는 그가 지나치게 잘난 척한다는 거예요. 가끔 그는 자신이 사람이라는 사실까지 잊는다니깐요! 저 봉우리 넘어 눈 지그시 깔고 있는 철불(鐵佛)이라 생각하는 모양이에요. 그런 점만 없다면 대사형은 정말 멋진 사람인데……. 아! 지겨워!"

숨 한 번 쉬지 않고 아가씨가 한 말이었다.

제 할 말을 다 한 후 아가씨는 나무 곁으로 다가가더니 나무에 걸어 둔 광주리를 들고 산을 내려갔다.

아가씨의 발걸음 또한 장난이 아니었다. 종종걸음인데 나아가는 폭이 한 걸음에 반 장여였다.

"아가씨!"

노인은 다급히 그녀를 따라갔다.

"할아버지, 난 바빠요. 두릅도 따야 하고 더덕도 캐야 하고… 대사형은 은어를 잡으러 갔죠. 우리는 오늘 은어와 함께 멋진 상을 한 판 차릴 생각이에요. 물론 대사형과 저는 항상 소식(小食)과 선식(仙食)을 하죠. 하지만 오늘처럼 어쩌다가 한 번 음식에 욕심을 내요. 이왕 만들어진 혀, 한번쯤 호사시켜 준다고 나쁠 것 없잖아요?"

깊은 산에 살고 있어 말할 기회가 드물었던가? 묻지 않은 이야기까지 쫑알쫑알…….

계곡에서 만난 청년이 혹 이 아가씨가 말하는 대사형이 아닐까 하고 잠시 생각했지만 아가씨가 너무 정신없이 떠드는 바람에 노인은 그 말을 물어볼 경황도 없었다. 자신이 묻고자 하는 말까지 잊을까 걱정되어 급히 자신의 이야기를 꺼냈다.

"아가씨, 물어볼 말이 있소. 혹 여기 장백노사(長白老師)라는 분이 계시지 않소? 거처가 여기 어디쯤이라 했는데……."

"어떻게 생긴 분이에요?"

"아마 백 살이 넘었을 거외다. 어떻게 생겼는가 하면… 딱히 특별한 특징은 생각나지 않는구려. 그저 시골 늙은이처럼 생겼소. 아! 눈빛 사나운 한 마리 매와 비루먹은 조랑말을 데리고 다녔는데……."

"그래요? 우리 집에 매가 있긴 해요. 두 마리죠. 영취(靈鷲)의 새끼들이에요. 한 놈의 이름은 날쌘돌이고 또 한 놈은 쇠돌이에요. 날쌘돌이는 스승님 것이고 쇠돌이는 대사형 것이에요. 난 스승님이 쇠돌이를 내게 줄 줄 알았어요. 하지만 대사형에게 주고 말았죠. 난 너무 화가 나 삼 일을 울었어요. 그러자 스승님께서 '내가 죽으면 날쌘돌이는 너 가져라' 하더군요. 우리 스승님도 살기는 꽤 오래 살았어요. 백 살 넘게 살았을 거예요. 어쩌면 영원히 죽지 않을 것이라는 생각도 드는데… 그렇다면 날쌘돌이는 영원히 내 소유가 되지 못하겠죠? 그렇다고 날쌘돌이를 얻기 위해 스승님 죽어라 할 수도 없는 게 내 입장이잖아요. 날쌘돌이, 쇠돌이, 빨리 장가나 보내야겠어요. 그래야 새끼 얻어 그 새끼를 내 것으로 만들 수 있을 테니……. 하지만 짐승은 제 주인을 닮는다는데, 만야 놈들이 제 주인을 닮는다면 그 일도 요원한 일일 거예요. 스승님은 여자엔 관심이 많지만 혼인엔 관심이 없고 대사형은 아예 여자 자체에 관심이 없으니깐. 아! 생각하니 난 너무너무 복이 없어. 할아버지, 그렇죠?"

"그, 그렇구려."

말은 아가씨가 했는데 가쁜 숨은 노인이 쉬었다.

"조랑말은 없어요. 예전엔 키웠는지 모르죠. 어쨌든 마구간은 있어요. 난 대사형에게 그 마구간을 뜯어 내 방을 넓혀 달라고 했어요. 그러나 대사형은 듣지 않았어요. 방이란 건 등 붙이고 누울 만하면 된다나요? 하긴 그렇죠. 사람에게 집이, 땅이 뭐 필요 있어요. 죽어 관(棺) 들어갈 공간만 있으면 되지. 그래요, 우리 대사형은 숨이 막히는 사람이에요. 방을 꾸밀 재미마저 인정하지 않는. 난 방 안에 그림 하나 정도는 붙여놓고 싶은 여자란 말이에요!”

“누가 뭐라고 했소. 당연히 아가씨는 여자지. 그런데 장백노사라는 분에 대해 들어본 적은…….”

울지도 웃지도 못하는 표정으로 노인은 다시 물었다.

“장백노사? 아! 장백노사는 없어요. 대신 노식귀(老食鬼)는 있죠.”

“노식귀?”

“저 아래 선방(禪房)의 큰스님께서 붙여준 우리 스승님 별명이에요. 난 그 별명이 정당하다고 생각해요. 실제 우리 스승님은 방금 본 뒷산의 멧돼지 이상 먹거든요. 먹지 않을 때는 한 달 이상 물도 입에 대지 않긴 하지만… 그땐 내가 무척 편해지죠.”

“아가씨, 아가씨, 어쩌면 아가씨께서 말한 스승이 내가 찾는 분인지 모르겠구려. 안내를 부탁해도 되겠소?”

다른 말을 하기 전에 서둘러 노인이 말했다.

“스승님은 사람 만나는 걸 무척 싫어해요.”

“아가씨, 부탁하겠소. 급한 일이 있어 저 멀리 단동(丹東)에서부터 찾아왔소.”

“단동이 어디예요?”

“백두산 너머…….”

“음, 그래요? 멀리서 오셨군요. 그럼 여기서 잠깐 기다리세요. 하던 일을 다 한 후에 같이 가요."

아가씨가 훌쩍 몸을 날렸다.

어쩌다 한 번 먹는 만찬을 포기할 수 없었던지 아가씨는 산자락을 누비며 산나물을 부지런히 캤다.

노인은 가쁜 숨을 거세게 몰아쉬었다.

지리산이 깊다 깊다 했지만 이렇게 깊은 줄은 몰랐다. 폭포와 절벽, 깊은 계곡……. 산양(山羊)처럼 날렵한 아가씨의 도움이 없었다면 오를 엄두조차 내지 못할 곳이었다. 땀을 한 됫박이나 흘린 후에야 노인은 목적지에 도달했다.

울울창창한 숲, 맑게 흐르는 물……. 오륙 장 크기의 장방형 터에 다섯 칸의 목채가 오밀조밀 자리하고 있었다. 햇빛 잘 들어오는 마당에는 세월을 가늠하기 힘든 늙은이 한 명이 병든 닭처럼 꾸벅꾸벅 졸고 있었고.

"스승님이에요. 할아버지께서 찾는 분이 맞아요?"

아가씨가 물었다.

마당에서 졸고 있는 늙은이를 바라보던 노인의 눈빛이 번쩍 빛났다.

찾던 사람이 맞았다.

"노사(老師)……."

그가 감격하며 털썩 무릎을 꿇었다. 그리고 졸고 있는 늙은이를 향해 큰절을 올렸다.

"깨울 수 없어요. 스승님은 지금 외유 중이시거든요. 저 먼 우주의 끝 사유의 극한, 염력(念力)이 기파(氣波)로 모인다는 장소… 그곳에 출타 중이시죠. 가끔 부처, 공자님도 만난다고 해요. 만나서 저녁 반찬을

뭘로 먹을까 고민한다고 하더군요. 누굴 아이로 아나? 그런 거짓말에 속을 사람이 있겠어요? 나이 들어 우리 스승님 좋아진 게 있다면 식욕과 거짓말뿐이에요."

아가씨가 산나물을 씻기 위해 걸어가며 말했다.

노인은 정말 급한 일이 있는 듯했다. 졸고 있는 늙은이 앞에서 좌불안석, 어쩔 줄을 몰라 했다.

아가씨가 산나물을 씻고 부엌으로 들어가려 할 때였다.

"해원(海原)아, 누가 왔느냐?"

졸고 있던 늙은이가 여전히 꾸벅거리며 물었다.

"눈을 떠보면 알 것 아니에요!"

해원이라는 아가씨가 톡 쏘듯 말하며 부엌으로 들어갔다.

"더덕 향이 좋구나. 손님 왔다고 덥석 내놓지 말고 꼭꼭 숨겨놓았다가 손님 간 후에 내놓아라."

졸고 있는 늙은이의 말이었다.

"스승님 줄 것도 없어요! 이건 대사형과 내가 먹을 거란 말이에요!"

"짐승에게 도움을 주면 은혜로 갚고 사람은 악으로 갚는다더니… 내가 널 키운 대가가 이것이었단 말이냐!"

늙은이는 탄식을 터뜨렸다. 그가 부스스 눈을 떴다.

"뉘인고?"

늙은이가 찾아온 노인을 졸린 눈으로 치켜 보며 물었다.

"노사, 저를 모르겠습니까? 접니다! 북풍회(北風會)의 길중(吉仲)이입니다. 황길중(黃吉仲)!"

노인이 자신의 이름을 밝히며 다시 머리를 숙였다.

"북풍회?"

황길중이라 자신을 밝힌 노인을 멀거니 바라보며 늙은이는 두 눈을 끔벅였다.

"아! 황 회주(黃會主) 아니신가! 근 십 년 만의 만남이라 깜빡했어."

그가 아는 체를 했다.

북풍회! 조선의 삼(蔘)과 종이, 여진의 모피와 목재를 구주의 물건과 교역하여 상당한 이익을 남기고 있는 곳.

눈앞의 노인은 바로 그곳의 회주 황길중이었다.

황길중이 고개를 들었다.

"노사, 진작 찾아뵈었어야 하는데 일이 바빠… 염치없게도… 결국 또 급한 일이 있어 이렇게 찾아왔습니다."

그가 눈시울을 붉히며 말했다.

황길중이 찾은 장백노사라는 늙은이는 물끄러미 황길중을 바라보았다.

아무리 오랜만에 만났기로서니 눈물까지 보일 줄이야! 표정도 심상치 않았다.

"무슨 일이 있나보군. 무슨 일인가?"

장백노사라는 늙은이가 단도직입적으로 물었다.

"……"

황길중은 아무 말도 못했다. 장백노사라는 늙은이를 대하자 참고 참았던 감정이 둑 터지듯 터지려 하고 있었다. 그래서 그는 자신의 감정 추스르기도 바빠서 말문을 열지 못했다.

장백노사라는 늙은이가 이마를 찌푸렸다.

"다 늙어 이 무슨……. 표정을 보아하니 큰일이 있었던 모양이군."

그가 혀를 차며 자리에서 일어났다.

"천천히 이야기함세. 해원아, 술을 좀 내오너라."

해원이라는 아가씨가 나물을 씻던 계곡에는 작은 정자 한 채가 세워져 있었다. 장백노사라는 늙은이가 그곳을 향해 걸어가며 말했다.

북풍회 회주 황길중!

원래 그는 고려의 무관이었다.

공민왕 3년(서기 1353년), 장사성(張士誠)이 고우(高郵)에서 난을 일으킴에 원나라는 사신을 보내 고려에 병력을 청했다.

이에 왕은 최영(崔瑩)을 비롯하여 제장병을 보내 원나라를 조력한 바 다수의 승리를 거뒀다.

그때 황길중은 최영 장군을 모셨는데 최영이 따로 불러 말하기를, '구주의 분위기가 심상치 않다. 너는 세작(細作:첩자)으로 남아 구주의 정세를 내게 정확히 보고하라' 고 했다.

장군의 명을 받들어 황길중은 근 이십여 년을 밀객(密客)으로 활동했던 바 어느새 사십이라는 나이가 코앞이었다.

그는 군문(軍門)을 떠나 가정을 가졌으며 새로운 일을 시작했다.

근 이십여 년을 밀객으로 떠도느라 구주 사정에 훤해 아는 인물도 적지 않았기에 택한 일이 무역.

단동에 북풍회라는 상가(商家)를 차렸고 수완이 좋은 그의 북풍회는 하루가 다르게 번창했다.

현하 동북에 북풍회와 겨룰 만한 상권(商權)을 가진 곳은 없었으며 구주의 대상가, 대표국들도 북풍회와 서로 거래하기를 원하는 형편이었다.

장백노사 최자허(崔子虛)!

그는 일인전승(一人傳承), 비인부전(非人不傳)으로 내려오는 숱한 고려의 문파들 중 한 갈래를 이어받은 자다.

강호 주유를 좋아했고 사람 사귀기도 좋아해 수차 구주에 들렀었다.

장백노사라는 별호는 구주의 친구들이 지어준 별호였다.

조선(朝鮮)으로 나라가 바뀌어도 구주인들이 고려로 부르기를 더 좋아하듯 구주의 강호인들은 고려의 무인이라면 그가 어느 곳에서 왔든 장백이라는 호칭을 즐겨 붙였다.

그리하여 붙여진 별호가 장백노사.

구주를 주유 중이던 어느 날 노사는 밀정으로 활동하다가 행적이 들통나 위기에 빠진 사람을 구해준 적이 있었다. 그가 바로 황길중이었다.

장백노사는 원래 내 나라, 네 나라 가리기를 좋아하지 않는 사람이었으나 팔이 안으로 굽는 것은 어쩔 수 없어 황길중의 신분과 하는 일을 듣고 난 후 몇 수 무공까지 가르쳐 주었다.

이후 길이 달라 만나지 못했는데 황길중이 단동에 자리 잡은 후 다시 한두 번 만났다. 단동이 고려와 구주를 잇는 곳이라 만날 기회가 있었던 것이다.

그러나 그것도 십여 년 전의 일. 까맣게 잊고 있었는데 이렇게 불시에 하늘 무너져 내린 듯한 표정을 한 채 찾아왔으니……

원래 혈색이 좋은 터에 숨 가쁘게 산을 올랐고 격해진 감정을 추스르느라 급하게 술까지 마셨으니…….

황길중의 얼굴은 홍시처럼 붉었다.

장백노사가 한 잔의 술을 마신 순간 그는 벌써 세 잔의 술을 마시고 탁자에 잔을 놓고 있었다.

할 말이 너무 많으면 오히려 말이 나오지 않는가 보다. 황길중은 허한 눈길로 한동안 장백노사를 바라만 보았다.

"한 잔 더 하시게."

장백노사가 잔을 다시 채웠다.

순간, 황길중이 입을 열었다.

"노사, 저는 쭉 잊고 있었습니다, 그들이 찾아오기 전까지는……."

떨리는 목소리로 앞뒤없이 꺼낸 말이었다.

"주원장(朱元璋)을 염탐할 때였습니다. 그때 주원장은 홍건군(紅巾軍) 서군(西軍)의 또다른 호걸 진우량(陳友諒)과 건곤일척의 승부를 준비하고 있었지요. 나는 응천부(應天府:초기 명의 수도. 지금의 남경)를 종횡하며 주원장의 세력을 판단하느라 종일 바빴습니다."

주원장! 명나라를 건국한 황제! 작금 명나라의 두 번째 황제인 건문제(建文帝)의 할아버지다. 진우량은 주원장이 천하 쟁패 과정에서 상대해야 했던 호적수!

황길중은 사십여 년 전의 일을 이야기하고 있었다.

"그러던 어느 날이었습니다. 길을 가는데 우연히 옛적 귀에 익었던 시를 듣게 되었습니다. 낮고도 애절한 여인의 노래……. 한어(漢語)로 불렀지만 그 노래는 분명 우리의 노래였습니다. 송인(送人)……."

우헐장제초색다(雨歇長堤草色多)로 시작하는 송인은 고려 인종(仁宗) 때의 문사로 묘청과 함께 서경 천도론을 주장했던 남호(南湖) 정지상(鄭知常)의 시다.

나이가 사람을 감상적으로 만들었는지 아니면 정말 뼈저린 사연이 있었는지 황길중은 눈을 지그시 감고 떨리는 목소리로 나직이 송인을 읊조렸다.

비 개인 긴 둑에 풀빛이 진한데,
남포에서 그대를 보내니 노랫가락 구슬퍼라.
대동강 물이야 언제 마르리,
해마다 이별 눈물 보태는 것을.

"그때 저는 벌써 이국 생활 육 년째였습니다. 이국(異國)에서 듣게 되는 우리 노래, 또 가슴 저린 여인의 목소리……. 당장 문을 박차고 들어가고 싶었지만 군졸들이 지키고 있는지라… 맞습니다. 그곳은 주원장의 안가(安家)였습니다."

주원장은 처음부터 궁전 생활을 한 것은 아니었다.

오왕(吳王)을 칭하던 해(서기 1364년)가 되어서야 비로소 응천부에 봉천(奉天), 화개(華蓋), 근신(謹身)이라는 세 궁전을 지었다.

그전에는 쓸 만한 대가(大家)를 얻어 본가(本家)로 하고 넘치는 나머지 식구들에 대해서는 여러 곳에 안가를 두어 관리했을 게 분명했다.

"어쨌든 전 그 후 며칠 동안 바빴는데 이상하게 그 며칠 동안 그 여인의 목소리가 틈만 나면 귓가에 울리더군요. 그래서 담을 넘기로 결심했습니다. 기실 고백하건대 제가 여자 때문에 담을 넘은 것은 그때 한 번이 아닙니다. 아시다시피 몽골 놈들이고 구주 놈들이고 이름있는 자의 안방에는 언제나 고려 여인이 있었지요. 놈들이 무슨 유행처럼 고려 여인들을 애첩으로 찾은 결과입니다."

"유행이라… 원래 우리 나라의 여인들이 예쁘다네. 그리고 고려 여인에겐 다른 나라 여인들에게 없는 게 있지. 자존심! 왕왕 남자들은 고분고분한 여자보다 줏대 강한 여자에게 더 관심을 보이는 법이지."

장백노사가 탄식조로 중얼거렸다.

"고국을 떠나 이국에 버려진 여인들입니다. 그런데 그 여자들 중 제 나라를 탓하는 여자, 저는 한 명도 보지 못했습니다. 고국에 대한 그리움에 고국에서 온 남자… 저는 몇 여자를 정인(情人)으로 두었고 그 여자들을 정보통으로 사용하기도 했습니다. 고향에 대한 향수를 악용했다고 생각하지 마십시오. 우린 서로에게 도움을 준 것뿐입니다. 기실 여인들의 대부분은 제가 밀정임을 알았어도 제 나라에 도움되는 일이기에 더욱 열심히 제 일을 도왔습니다."

미인계, 미남계는 밀정들의 세계에서 기본이다. 기본이지만 황길중은 그 이야기를 하며 쑥스러워했다.

"그 즈음 경력이 제법 쌓여 금성철벽 드나드는 것도 우스운데 군졸 몇 명 지키는 안가가 문제였겠습니까. 결국 저는 그 여자를 찾았습니다. 침상에 모란꽃보다 더 예쁜 여자가 자고 있더군요. 저는 여인의 입을 막고 여인을 깨웠습니다. 그리고 고려 사람이라 말한 후 송인을 써 보였습니다. 여인은 침착했습니다. 제 붓을 뺏은 후 아국고려(我國高麗)라 썼고 시끄럽게 하지 않을 테니 몸을 자유롭게 해달라는 말도 썼습니다. 그것이 우리 만남의 시작이었습니다."

그의 눈빛이 다시 흐릿해졌다. 젊은 날의 그 여자 생각이 나는 듯했다.

"이후 우리는 틈만 나면 만났습니다. 주원장도 틈만 나면 드나드는 데 말입니다. 예, 그 여자는 주원장의 애희(愛姬)였습니다. 얼마나 위험한 일인지는 알았지만 당시는… 물불 가리지 않을 정도로 그 여자를 좋아했나 봅니다."

"자네의 간도 간이지만 그 여자의 간도 엄청나게 컸군."

"저를 만나기 전까진 삶을 체념하고 살았다고 합니다. 무서울 게 있었겠습니까?"

"그런가? 험험! 생각하니 나도 젊었을 때 그런 열정을 앓았던 적이 있었던 것 같군."

"어쨌든 하인들까지 우리들의 관계를 알 정도였습니다. 다행스럽게도 하인들 역시 고려인들이라……. 아, 때문에 저는 그때서야 여인의 내력(來歷)이 궁금해지더군요. 어떻게 하인들까지 고려인들일까? 하인들은 현지(現地) 사람들이어야 맞지 않습니까? 물어보니 그 여자 말하기를, 여인의 아버지는 해상에서 일했던 모양입니다. 때문에 방국진(方國珍)과 꽤 친했다고 하더군요.”

“방국진? 방국진이라 함은 한때 해상왕(海上王)으로 이름 높던 그자 말인가?”

“맞습니다. 홍건적보다 앞서 원나라를 상대로 반란을 일으킨 자지요.”

방국진은 원나라를 상대로 한 군웅할거 시대의 시작을 알린 자다.

“여인의 아버지는 방국진과 친해 여인을 방국진의 양녀로 주었다고 합니다. 그래서 그 여자는 한동안 방국진의 집에 있었는데 주원장의 세력이 커지자 그것을 두려워한 방국진이 그녀를 다시 친교의 선물로 주원장에게 보냈다고 합니다. 그렇게 주원장의 애희가 된 것이지요. 저는 그녀의 집 안이 궁금해 물어보았으나 그녀는 집 안 이야기는 절대 하지 않았습니다. 생각하기에 방국진과 친했다고 하니… 고려의 수군(水軍)이나 뱃길로 무역을 하던 자… 아무튼 알 길이 없었습니다. 솔직히 꼭 알고 싶은 생각도 없었고 그저 혼백 으스러져라 정염을 불태웠을 뿐입니다. 그러기를 몇 개월… 여인이 말하더군요. 같이 여기를 떠나자고.”

황길중이 고개를 들었다. 장백노사를 바라보는 그의 눈빛은 온갖 회한으로 가득했다.

“노사, 노사, 전 그 여자의 말, 떠나자는 그 여자의 말이 왜 그렇게 겁이 났는지 모르겠습니다. 주원장이라는 엄청난 자의 추적이 두려워? 아니면 남의 여자라 생각한 여자여서? 단물 실컷 빨아먹은 후라? 그것도 아니면 핑계될 본업(本業)이 있어서? 모르겠습니다, 모르겠습니다. 점점 그 여자를 만나는 게 부담으로 느껴졌고 두 달 후 저는 응천부를 떠났습니다. 마침 다른 곳에서 다른 할 일이 주어졌으니까요. 떠난다는 말 한마디 않고 떠났습니다. 그것이… 그것이… 저와 그 여자의… 마지막이었습니다."

그가 말을 힘겹게 끝냈다.

잔을 드는 그의 손이 떨렸다. 눈시울도 점점 붉어져 결국 그는 두 줄기 뜨거운 눈물을 흘렸다.

"허어! 그런 일이……."

장백노사는 한숨을 쉬며 잔을 들었다.

"드세."

그가 건배를 청한 후 술잔을 비웠다.

눈물을 주르르 쏟은 후 황길중은 한동안 넋 나간 사람처럼 앉아 있었다.

그가 허한 목소리로 입을 열었다.

"가끔 그 여자 생각이 나더군요. 하지만 잊었습니다. 그렇게 잊고 있었는데 어느 날 북풍회 일로 북평에 갔다가 우연히 만났습니다, 그 여자 집에 있던 하인들을. 어떻게 살았는지, 북평까진 어떻게 흘러오게 되었는지에 대해선 한마디 말도 않더군요. 그 여자에 대해서만 말했습니다. 그 여자가 죽었다고. 무슨 병인지는 알 수 없고 시름시름 앓다가 죽었다고 했습니다."

"저런! 끌끌끌……."

장백노사는 혀를 찼다.

"그 이야기를 듣고 저는 쓸쓸히 웃은 게 전부였습니다. 그들에게 제가 있는 곳을 알려주고 돌아왔습니다. 그것으로 그 여자와의 인연이 모두 끝난 줄 알았는데… 두 달여 전 그들, 그 하인들이 눈보라를 뚫고 저를 찾아왔습니다. 무슨 이야기를 한 줄 아십니까?"

죽은 물고기의 눈처럼 초점없던 황길중의 눈에 다시 물기가 반짝거렸다.

"황금인형, 황금인형을 찾아야 한다. 노사, 노사… 황금인형, 황금인형이 무엇인 줄 아십니까, 노사?"

그 물음을 끝으로 그가 무너졌다. 치솟는 불덩이가 억지로 붙들고 있던 이지(理智)의 끈을 마침내 끊어버린 것이다.

황길중이 울었다.

노안(老眼)이 퉁퉁 붓도록 울었다.

아아! 대동강 물이야 언제 마르리. 해마다 이별 눈물 보태는 것을…….

황길중은 한동안 자신의 이야기를 두서없이 늘어놓았고 장백노사는 그 이야기를 묵묵히 들었다.

한차례 폭풍이 지나간 듯했다.

긴 침묵이 이어지고 있었다.

황길중은 비틀거리며 자리에서 일어났다. 그가 정자 아래로 흐르는 뼈가 시리도록 찬물에 얼굴을 씻었다.

장백노사는 한 잔의 술을 비웠다.

황길중이 정자로 올라와 그의 앞에 좌정했다.

"드시겠나?"

장백노사가 잔을 내밀었다.

황길중은 힘없이 고개를 저었다.

"노사, 하인들의 이야기를 듣고 황금인형을 찾기 위해 나는 급히 북

평으로 달려갔습니다. 북평의 만리표국(萬里鏢局) 국주(局主)는 저와
친합니다. 먼저 그를 찾아 말했습니다. 우리 북풍회가 북평에서 중요
한 물건을 도난당했다. 알아봐 달라고. 만리표국 국주는 쾌히 승낙하
고 사람을 풀어주었습니다. 먼저 만리표국 사람들이 찾은 자들은 회서
방의 방도들이었지요.”

“회서방?”

“북평의 하오문도들입니다. 도둑질을 주업으로 하는……..”

“아! 그놈들은 별 짓에 다 떼거지를 짓는군.”

“회서방 놈들을 찾았는데 만리표국 국주 말하기를, 이상하게 회서방의
방도들이 한순간에 모두 사라지고 없다더군요. 그래서 국주가 흑방(黑
幫)에 같이 가보자고 했습니다.”

“흑방은 또 뭐 하는 곳인고?”

“유곽, 도박장, 도둑질까지… 북평의 모든 하오문들을 관할하는 북
평의 흑사회(黑社會)입니다. 회서방도 흑방의 관리를 받고 있었지요.”

“흐흠, 흑사회라……..”

흑사회 이야기가 나오자 장백노사의 눈빛도 달라졌다.

“흑방의 방주라는 놈은 젊은 놈이더군요. 만리표국 국주는 천하가
알아주는 사람이니 흑방의 방주라는 놈은 우리가 방문하자 얼굴이 새
파랗게 질려 달려나왔습니다. 그리고 사해(四海)는 동도니 어쩌니 하며
간이라도 빼줄 듯 우리를 맞았습니다. 그러나 우리가 찾은 이유를 말
하자 회서방에 대해선 ‘그까짓 놈들 모두 죽었다고 한들 어쩌리. 관심
밖이다’ 라는 말이 전부였습니다. 놈이 뭔가 숨기는 게 있는 것 같기도
했는데… 어쩌겠습니까. 관부인들을 비롯해 이런저런 연줄로 친친 얽
힌 흑사회를 자국인도 아닌 외지인인 내가 무슨 재주로 들쑤신단 말입

니까. 급한 마음에 우격다짐으로 밀어붙일 생각까지 했지만 일을 더욱 키울까 걱정되어 그만두었습니다."

"만리표국 국주에게 일을 끝까지 맡겨보지 그랬나?"

"그런 생각 하지 않은 것도 아닙니다. 그러나 내가 황금인형에 특별한 관심을 쏟으면 필경 국주도 관심을 쏟을 것이고 그 과정에 황금인형이 숨기고 있는 비밀을 그가 알게 되면 어떻게 하나 하는 걱정이 들었습니다. 또 만약 그가 황금인형을 찾게 된다고 해도 문제 아닙니까. 황금인형이 숨기고 있는 비밀을 그가 먼저 알게 된다면… 만리표국 국주와 나는 사업상 친할 뿐 모든 생각을 같이할 만큼 친한 관계는 아닙니다. 그 비밀을 손에 쥔 그가 다른 생각을 하게 된다면 회서방, 흑방을 상대하는 것보다 더 일이 어려워질 듯해 그쯤에서 손을 놓게 했습니다."

"그래그래, 잘했네."

"황금인형을 찾기 위해 이 고민 저 고민 하던 차에 문득 노사 생각이 났습니다. 흑사회! 강호인들이 관련되어 있는 곳! 구주의 강호에 대해 노사만큼 훤한 사람도 없지 않습니까? 또 노사의 능력이면 흑방 아닌 흑방의 할아비가 온다 하더라도 가볍게 상대하리라 믿었습니다."

"음, 내가 한수 하는 건 분명한 사실이지. 그래서 나보고 황금인형을 찾는 일에 나서 달라고?"

"부탁드립니다."

황길중은 정중히 머리를 숙였다.

"아니아니, 인사하기는 일러. 나는 아닐세. 이미 내 나이 백 살을 넘었어. 만사가 덧없어 보이고 또 예전처럼 뛰어다닐 힘도 없다네."

거절이었다.

황길중은 낙담하여 고개를 푹 숙였다. 유일하게 믿고 찾아온 사람인데…….

"나를 대신해 자네 일을 도와줄 사람 하나는 천거해 줄 수가 있네. 해원아!"

장백노사가 부엌에서 일하고 있는 아가씨를 불렀다.

"왜 불러요? 이제 더 이상 드릴 안주도 없어요. 대사형과 저도 맛은 좀 봐야 하잖아요."

해원이라는 아가씨가 투덜거리며 부엌을 걸어나왔다.

"이리 오너라."

장백노사가 그녀를 불렀다.

"다 들었겠지?"

"뭘요? 난 남의 말 엿듣기 좋아하는 쥐와 새가 아니란 말이에요."

"엿듣지 않았다면 눈이 왜 빨갛느냐?"

황길중이 울 때 해원이라는 아가씨도 같이 운 듯했다. 그녀의 눈은 토끼처럼 빨갰다.

"연기 때문이에요. 게으른 대사형이 나무를 제대로 말리지 못해……."

"난 굴뚝에 연기가 나는 건 보지 못했나. 어쨌든 인사드려라. 북풍회의 황 회주이시다."

"안녕하세요. 해원이라고 해요. 스승님이 거둔 제자 중 유일하게 사람다운 제자가 저예요."

해원이 꾸벅 황길중에게 머리를 숙였다.

"이름이 참 좋군. 나는 황길중이라 하오."

자기소개는 했지만 황길중의 관심은 장백노사가 소개해 준다는 사람에 대해서만 쏠려 있었다.

"해원아, 너는 어떻게 생각하느냐, 이 일에 대해?"

그런데 장백노사는 사람 소개는 않고 엉뚱하게 해원이라는 아가씨를 잡고 이야기하고 있었다.

"음… 단순히 이 일을 회주 개인적인 일이라 말하기는 힘들겠군요. 시비 걸기 좋아하는 명나라잖아요. 황금인형이 저들, 특히 건문제의 손에 넘어가면 옳다구나 하고 시비를 걸겠죠. 조카와 숙부의 싸움이라는 어수선한 내부 사정, 그 싸움이 조카의 승리로 끝난다면 어수선했던 내부 문제를 밖으로 돌리기 위해서도 조선 정벌 운운할 수 있을 거예요."

"내 걱정이 그것이다. 어디 전쟁까지 일으키겠느냐만 트집은 분명 잡겠지. 조선 길들이기는 지금까지 저들의 기본적인 외교 정책이었으니……. 그래서 누군가가 나서 잃어버린 황금인형을 찾아야 하는데… 해원아, 네가 해라."

"옛?"

장백노사의 갑작스런 말에 해원은 놀라 눈을 둥그렇게 떴다.

황길중도 놀랐다.

"노사의 제자들이 용호(龍虎)와 같다는 것은 내 모르지 않습니다. 방금 멧돼지와 싸우는 저 아가씨의 능력도 보았고요. 그러나 구주, 특히 강호는 험해 어린 아가씨가 그 일을 하기에는……."

그가 이마를 찌푸렸다.

"해원아, 네 말이 옳다. 너 빼고 쓸 만한 제자는 한 명도 없다. 그래서 네가 천상 이 일을 맡아야겠다. 네 사형들을 끌고 가서 부리면 조금 도움이 될 것이다."

"사형들도 함께 가라구요? 그럼 좋죠! 전 구주를 꼭 한 번 여행하고 싶었거든요!"

해원이 환호를 질렀다.

이 중요한 일을 소풍 가듯 대하다니……. 황길중은 그것 또한 불만이라 걱정스러운 표정으로 장백노사를 바라보았다.

"맡겨보게, 제법 머리를 쓸 줄 아는 아이이니. 그리고 저 아이의 사형들… 제자 자랑 팔불출(八不出)이라 한다지만 모두 꽤 한수 한다네. 구주가 넓다고 하나 우리 아이들의 상대를 찾고자 한다면 결코 넓다고 할 수 없을 것이야. 그래서 또 해원이가 이 일을 맡아야 하지."

"무슨 말씀이십니까?"

"불행히도 나는 복이 없다네. 제자들이 모두 개망나니라 내 이야기를 듣는 놈이 한 놈도 없지. 나라가 망한다고 떠들어도 '어, 그렇소?' 할 놈들이란 말이야. 제 일이 최고인 놈들이지. 그렇지만 해원 저 아이에 대해서만은 다르다네. 내 말은 죽어도 듣지 않지만 저 아이의 말이라면 깜빡 죽는다네. 그러니 어찌 내가 저 아이에게 일을 맡기지 않겠는가."

이 무슨 사부, 제자의 관계가…… 하지만 그렇다고 하니 그런 줄 알 수밖에. 황실중은 씁쓸한 미소를 흘리며 고개를 끄덕였다. 호랑이새끼는 개망나니라도 호랑이새끼니 그 능력에 한 가닥 기대를 걸기로 했다.

"스승님의 말씀… 두 사형에 대해서는 맞아요. 그들 다루는 건 아이들 장난이죠. 그러나 대사형은… 대사형은 나도 어쩌지 못한다는 건 스승님도 잘 알잖아요."

해원이 말했다.

"내가 있지 않느냐. 회주, 내 말을 정정하지. 큰놈은 그런대로 괜찮

아. 실력도 발군이고. 밑의 두 놈과 비교할 수 없지. 말도 고분고분 잘
들어."

"그렇지 않을걸요?"

해원은 고개를 저었다.

"뭐? 놈이 내 말을 듣지 않을 것이라고? 그럼 놈도 개망나니가 된 거
냐?"

장백노사가 눈썹을 꿈틀거리며 펄쩍 뛰었다.

"회주, 우리 대사형에겐 누구도 말리지 못할 고질병이 있어요. 무공
에 몰두하면 앞뒤를 몰라요. 무공광(武功狂)! 마침 대사형은 미칠 만한
무공에 빠져 있는지라 스승님이 어떤 명을 내린다고 하더라도 듣지 않
을 거예요."

"또 그 병이 도졌다고? 이상하군. 내 발바닥 밑천까지 긁어가 더 이
상 미칠 만한 무공이 없을 텐데……. 상고(上古)의 기서(奇書)라도 발
견했다더냐?"

"아시잖아요. 심인검(心刃劍)!"

"심인검? 그게 뭐냐?"

"마음으로 모든 것을 베는 검, 심인검! 곧 심즉살(心卽殺)! 스승님께
서 말씀하신 것이잖아요."

"내가 그런 말을 했다고? 무슨 그런 말도 되지 않는 소리를……. 아!
이제야 기억나는군. 놈이 하도 무공의 오의(奧義), 오의 하며 묻기에 나
오는 대로 떠들어 버렸다. 심인 어쩌고 하며……. 말도 되지 않는 소리
였다고 전하고 네 대사형을 끌고 오너라."

"듣지 않을걸요? 이미 대사형은 심인검을 느끼고 있으니……. 벌써
제게 심검합일(心劍合一)도 보여준걸요. 정말 그때 저는 대사형이 한

자루 칼로 보였다니깐요!"

"……."

해원의 말에 장백노사는 할 말을 잃고 입을 딱 벌렸다.

"심인검이 실제 없는 것은 아니다. 하지만 그것에 이르는 길은 정말 멀고 험하지. 그런데 벌써 심검합일……! 세상에 과연 귀재(鬼才)가 있긴 있군."

그가 질린 표정으로 중얼거렸다.

"회주, 아쉽지만 큰놈은 빼야겠네. 들은 대로 놈은 한번 무공에 빠지면 하늘이 조각나도 그 무공에 매달리는 놈이라. 해원아, 네 사형 둘과 회주를 도와라."

"싫어요!"

이번에는 해원이 말썽이었다. 장백노사는 기가 차서 말도 못했다. 문규(門規)가 자유분방함이라는 사실이 오늘처럼 후회되기는 처음이었다.

"개망나니 두 사형들과 무슨 재미로 구주에 가요? 난 대사형과 같이 가겠어요."

발딱 일어나며 해원이 말했다.

"나도 같이 보내고 싶지. 하지만 큰놈의 성격은 네가 더 잘 일잖느냐?"

"잘 알죠. 대사형은 바보잖아요. 바보 속이는 건 장난이죠. 그래서 전 대사형을 데리고 갈 수 있어요."

해원이 마루로 걸어갔다. 그녀는 묵과 붓을 꺼내 두 장의 종이에 글을 휘적휘적 적었다.

그러더니 입술을 모아 창공을 향해 휙 하고 휘파람을 불었다.

부리부리한 눈을 가진 매 한 마리가 날아왔다.

장백노사의 매, 날쌘돌이였다.

해원은 두 장의 서신을 날쌘돌이의 발에 각기 묶었다.

"날쌘돌이, 사형들에게 전해줘. 묶은 순서대로."

그녀가 날쌘돌이를 날렸다.

날쌘돌이가 창공으로 사라졌다.

"회주, 말[馬]을 가져오셨어요?"

붓과 묵을 정리하며 해원이 물었다.

"저 아래 있소."

"그럼 말을 타고 빨리 돌아가세요. 우리 사형들의 발은 무척 빠르거든요. 보름달이 뜨기 전 북풍회에 도착할 거예요. 아! 그리고 돈 있으면 좀 두고 가시고요. 여기서야 돈이 필요없지만 세상 나서면 다르죠."

해원이 마당을 나서며 말했다.

그녀가 몸을 날렸다.

그녀의 그림자가 수풀 속으로 일순간에 사라졌다.

황길중은 한숨을 쉬었다. 일단 일은 맡겼지만 잘 할지 걱정이었다.

"걱정 말게. 우리 아이들이 좀 정신 사나워서 그렇지 모두 능력은 있어. 세상 견문을 넓혀야 한다며 일찍 타지로 보내 구주의 말을 비롯해 몇 나라 말도 능숙하게 한다네. 문제는 남은 내가 문제지. 해원이 가면 내 밥은 누가 해주나?"

노사가 청승을 떨었다.

"제가 사람을 불러 불편함이 없도록 해드리겠습니다."

"그래 주겠나? 아이고! 이왕 사람을 구할 양이면 음식 솜씨 좀 있는 사람으로 구해주게. 꼬들꼬들한 밥을 아무리 좋아한다지만 돌까지 먹기에는……. 내가 해원이 저 아이 밥 먹느라 성한 이가 없다네. 기왕 몸맵시까지 있으면 더욱 좋고.”

장백노사의 말에 황길중은 이마에 굵은 주름살을 그렸다. 자신이 맡긴 일을 스승이나 제자나 장난처럼 생각하는 것 같아 마음이 편치 않았다.

황금인형이 숨기고 있는 비밀이 어떤 비밀인가! 천하를 뒤집고도 남을 비밀!

뿐만 아니었다.

황길중에게 그 비밀은 웅천부의 여자, 그리고 또 한 명의 누구를 위해 자신의 목숨 백 개를 바쳐서라도 반드시 지켜내야 할 비밀이었다.

황길중에겐 미안했지만 해원이 신이 난 것은 사실이었다. 대사형과의 여행…….

이 얼마나 바라던 일인가!

해원이 다람쥐처럼 깡충깡충 달려 도착한 곳은 계곡이 갑자기 넓어지는 곳이었다.

큼직한 바위들이 거센 계곡의 물살을 가르는 곳에 한 명의 청년이 서 있었다.

굵은 눈썹, 잘 뻗은 콧날……. 청년은 황길중을 향해 이빨을 드러내던 호랑이를 쫓아낸 그 청년이었다.

바로 장백노사의 대제자 성인학(成仁學)!

해원은 바위를 폴짝폴짝 뛰어 성인학의 곁으로 다가갔다.

성인학의 어깨에 앉은 쇠돌이라는 매가 한쪽 발을 들며 먼저 아는 체를 했다.

"대사형, 많이 잡았어요?"

성인학의 허리에는 버드나무 가지에 아가미가 꿰인 은어가 조롱조롱 매달려 있었다.

"에계, 여섯 마리뿐이잖아?"

"아직 철이 이른가 보구나. 은어들이 별로 보이지 않아."

"쳇! 실력없다는 이야기는 하지 않고. 대사형, 내가 한번 잡아볼래요."

해원이 성인학이 든 낚싯대를 뺏었다.

"네겐 아직 힘들 텐데……?"

"은어 낚시는 저도 많이 해봤잖아요. 어? 그런데 느낌이 왜 이래?"

해원이 낚싯대를 들었다.

"씨은어가 없잖아!"

느낌이 허전하다 했더니 낚싯줄에는 당연히 달려 있어야 할 씨은어가 없었다.

"씨은어 달아난 것도 모르고 낚시하고 있었어요?"

"아니, 나는 원래 이렇게 잡아. 그래서 네겐 어려울 것이라 했잖아."

"씨은어없이 어떻게 은어를 잡아요?"

"이렇게 잡지."

성인학이 해원의 등 뒤에 섰다. 그리고 한 손으로 낚싯대를 잡았다.

"마음을 낚싯줄에 집중해. 물결의 움직임이 느껴질 것이다."

그 말을 끝으로 성인학은 침묵했다. 그는 정말 온 신경을 낚싯줄에 집중하는 듯했다.

일각여가 지났을 때였다.

"느껴져? 물살의 흐트러짐… 은어가 물살을 차기 때문이다. 은어가 온 거야. 가까이 왔을 때 채라고."

그가 속삭였다.

"음… 음… 대사형, 나, 나는… 느껴져요. 대사형의 체취가… 대사형, 나, 나는…….."

얼굴을 붉히며 해원이 한 말이었다.

성인학은 화들짝 놀라 뒤로 물러났다.

"해원아! 이 무슨 망발이냐! 그런 허황된 생각을 하다니! 면벽 칠 일!"

그가 준엄하게 소리쳤다.

해원이 휙 고개를 돌렸다.

"면벽은 대사형이 해야지 왜 내가 해요? 낚시를 핑계로 은근슬쩍 접근한 게 누군데! 면벽 칠 년!"

"뭐라고? 네가 지금 내 마음을 의심하는 게냐?"

"대사형을 의심하지 않으면 내가 나를 의심하란 말이에요? 어쨌든 먼저 달라붙은 사람은 대사형이잖아요! 다음에 또 이 같은 수작을 부리면 스승님께 이르겠어요!"

해원의 말에 성인학은 할 말을 잃었다. 그가 멍하니 해원을 바라볼 때였다.

"면벽 칠 일이고 칠 년이고 하고 싶어도 우리에겐 그럴 시간이 없어요. 대사형, 우린 지금 갈 곳이 있어요."

"뭐? 어디?"

"구주!"

"그곳엔 왜 간단 말이냐?"

"최치원(崔致遠) 선생에 대해 아세요?"

"너는 나를 너무 무시하는구나! 내가 왜 그분을 모른단 말이냐!"

"그럼 이 말도 들어보셨겠네요?"

"아니, 나는 그분을 안다는 것이지 그분이 남긴 책까지는……."

"국유현묘지도(國有玄妙之道) 왈풍류(曰風流)!"

우리 나라에 현묘한 도가 있으니 이를 풍류라 한다.

"설교지원(說敎之源) 비상선사(備詳仙史) 관내포함삼교(寬乃包含三敎) 접화군생(接化群生)!"

이 교를 일으킨 연원은 선사에 상세히 실려 있거니와 근본적으로 유불선 삼교를 이미 자체 내에 지니어 모든 생명을 가까이 하며 절로 감화한다.

"왜 내가 이 말을 했는지 아세요?"

"모르겠구나."

"우리 나라의 현묘한 도, 선사(仙史)! 기실 선사는 한 권의 책이에요. 고려의 모든 도(道), 고려의 모든 무학의 원류를 담고 있는 진경(眞經)!"

"뭣?"

무학이라는 말에 성인학은 눈빛을 빛냈다.

"예전에 나는 스승님으로부터 들었다. 우리 고려의 무공은 모두 한 가지에서 뻗어 나왔음을. 그러나 일인전승, 비인부전의 기풍이 강해 외곬으로 자신의 갈래를 고집했기에 세월의 흐름 속에 그 차이가 더욱 커졌다고 말씀하셨지. 물론 일인전승, 비인부전의 기풍이 꼭 나빴던 것은 아니다. 각 갈래의 심유함을 더하는 장점은 분명 있었지. 하나 이제 한 번쯤은 풍성해진 그 갈래들을 모아 고려 무공의 큰 줄기를 고민할 때! 차에 선사를 얻을 수 있다면 원류(源流)부터 고민해 들어갈 수 있을 테니 우리에겐 엄청난 이득이지."

"그래요. 선사! 반드시 필요하죠. 그런데 그 선사를 숨긴 곳이 그려진 한 장의 장보도(藏寶圖)가 구주에서 발견되었다고 해요. 황금인형 안에! 여차여차한 사정으로 잠시 모습을 보였다가 다시 사라졌어요. 지금 비밀을 아는 구주의 모든 자들이 그 황금인형을 찾기 위해 눈에 불을 켜고 있다는군요."

"그런 일이 있었어?"

성인학은 왜 자신은 그 사실을 몰랐을까 하며 스스로를 탓하는 듯했다.

"대사형, 기실 구주의 무공은 별 볼 것도 없었죠. 그러나 고려의 현묘한 도가 흘러들어 그들의 무공은 일신우일신을 거듭해 지금 우리와 어깨를 나란히할 정도까지 되었어요. 그런데 이제 선사까지 저들의 손에 넘어가면……."

"분당(分黨)을 만들기 위해 무학을 배우는 것은 아니다. 선사가 저들의 손에 들어가 저들을 이롭게 한다면 나쁠 것도 없지. 하지만 그 이전에 원래 물건은 있던 곳에 있어야 더 진가를 발하는 법이다. 고려의 진보(眞寶)는 고려로 돌아와야지."

"그럼 대사형께서는 구주로 가시겠군요?"

"스승님께서는 뭐라 하시더냐?"

"스승님께선 당연히 선사를 찾아 떠나라고 하시죠."

"알았다."

성인학이 휙 등을 돌렸다.

'봐, 간단하잖아.'

해원은 히히 웃었다.

그녀는 누구보다 성인학에 대해 잘 알고 있었다. 깊은 산중에서 겁만 벗하고 자라 사람 의심할 줄 모른다는 사실을……
'대사형, 바보!'
그녀가 성인학의 등에 대고 혀를 쏙 내밀었다.

第二章

사제들

대사형과의 여행!

해원은 설레어 도저히 잠을 잘 수가 없었다.

눈을 붙여보려고 노력했지만 그럴수록 잠은 더욱 달아났다.

혼자 히죽히죽 웃다가 베개를 껴안고 때굴때굴…….

힌동안을 뒹굴다가 드디어 출정(出征)의 새벽이 왔다며 장백노사를 깨우고 성인학을 깨웠는데 마음 급했던지 겨우 축시(丑時)를 갓 시난 시간.

'저년, 이제 제 스승 잠도 못 자게 하는구나!'

장백노사로부터 욕 한소리 들은 후 다시 방 안에서 새벽이 오기를 기다리며 때굴때굴…….

그러다가 깜빡 잠이 들었는데 아뿔싸! 눈을 뜨니 해가 제법 높이 떠 있었다.

성인학은 이미 출발 준비를 끝낸 상태였다.

"다른 사람 다 깨워놓고 네년 혼자 씩씩 코 골고 자니 기분이 좋더냐?"

장백노사로부터 욕 들어가며 고양이 세수하고 행장(行裝)을 꾸리고…….

처음 길을 나서 도착한 곳은 하늘이 울어도 아니 운다는 뫼, 영산의 주봉(主峰) 천왕봉(天王峰)!

일이 좋게 풀어지려는지 날씨가 더할 나위 없이 좋았다.

장백노사는 천왕봉에 서서 큰 산 작은 산의 신, 큰 강 작은 강의 신에게 제자들의 무사 귀환을 빌었다.

성인학과 해원은 사방신(四方神)에게 큰절을 올렸다.

연후 해원은 스승에 대해서는 바람이 아직 차니 빨리 집에 내려가라며 등을 떠밀었고 늙은 스승을 두고 길 떠나기가 마음 편치 않아 종내 어물거리는 대사형에 대해서는 일이 바쁘다며 강제로 손을 끌었고…….

그리하여 마침내 기다리고 기다리던 해원의 구주로의 출정!

방금 전만 해도 들뜬 마음에 어쩔 줄을 몰라 했는데 지금 해원의 입은 열 발이나 튀어나와 있었다.

"대사형, 지금 어디로 가는 거예요?"

그녀가 투덜거리며 물었다.

"길 떠난 이유를 벌써 잊었기에 묻는 거냐?"

한동안 스승을 모실 수 없었으므로 성인학의 마음은 여전히 편치 않았다. 그가 눈살을 찌푸리며 말했다.

"엉뚱한 길로 가고 있으니까 묻는 거잖아요!"

"이게 왜 엉뚱한 길이냐? 우린 백두대간(白頭大幹)을 따라 북풍회가 있는 단동까지 갈 것이다."

"엥? 그럼 산길을? 난 싫어요!"

"무엇이 싫다는 말이냐?"

"산! 산! 산! 대사형은 산이 지겹지도 않아요?"

"별말을 다 하는구나. 산이 지겹다니? 보라, 얼마나 정겨운가! 저 나무, 저 풀……."

"대사형, 혼자 정겹겠죠! 나는 오랜만에 사람들 틈에서 사람 사는 모습을 보고 싶다니깐요! 전주에 들러 비빔밥 먹고 한양에선 옷 한 벌 사고 평양에 가선 술 한 잔에 시 한 수 읊고! 산은 앞으로도 매일 볼 거잖아요!"

해원이 염치 불구하고 황길중에게 돈을 요구한 데는 이유가 있었다. 대사형과의 즐거운 세상 나들이에 여기저기 돈 들어갈 곳이 있을 것 같아서였다.

그런데 백두대간 종주가 웬일!

이전부터 느꼈지만 정말 남의 기분이라곤 손톱만큼도 이해해 주지 못하는 사람이 대사형이었다.

"너는 지금 우리가 무슨 이유로 구주에 간다고 생각하느냐? 비빔밥 먹고 옷 사고 바람 쐬기 위해 구주에 간다고 생각했더냐? 구주의 강호인들이 종이호랑이라는 말은 이제 옛말이다. 네 말대로 일신우일신, 만만하게 대할 상대가 아무도 없다. 때문에 나는 군이 이 길을 택했다. 백두대간! 고려의 모든 힘, 고려의 모든 기가 흐르는 곳! 우리는 이 길을 걸으며 몸과 마음을 새롭게 할 것이다."

"난 대사형과 함께 사람들 벅적거리는 시장에 가서 장터국밥이라도 한 그릇 먹는 게 더 힘이 솟을 듯한데……."

"철없는 소리 자꾸 하는구나. 스승님께 네 동행을 끝까지 말렸어야 옳았는데… 아무리 세상 견문이 중요하다지만 다른 일이 아닌 선사를 찾는 일, 선사를 찾아 떠나는 이 중요한 순간에 너를 데려가라 하시다니……. 계속 철없는 소리 하면 스승님께 돌려보낼 줄 알아라."

"누굴 집으로 보낸다고 그래요?"

해원이 눈썹을 치세우며 화를 냈다. 착각을 해도 유분수지, 스승님께서 황금인형 찾는 일의 책임을 누구에게 맡겼던가!

'정작 강호 경험 쌓으라며 보낸 사람은 바로 대사형이란 말이에요'라고 속으로 욱 하고 터져 나오는 고함을 간신히 참았다.

"대사형께서는 구주에 가본 적이 없죠?"

"없다."

어디 구주만 가보지 않았으랴. 이 땅만 해도 가보지 않은 곳이 천지였다. 단, 백두대간만은 달랐다. 아주 어릴 때부터 스승과 함께 무공 수련으로 종종 종주하던 길이었으니……. 사실 성인학이 백두대간을 고집하는 데에는 아는 길이 이 길밖에 없다는 사정도 있었다.

"전 구주에 두 번 가보았어요."

"그랬겠지. 스승님께서는 여행에 너를 데리고 다니기를 좋아하셨으니……."

"마지막 여행에서 돌아오며 스승님께서 말했어요. '삼십 년 전만 하더라도 구주엔 기라성 같은 인물들로 넘쳤는데 이젠 별로 볼 만한 인물이 없구나. 두 세대 연이어 호걸이 등장하기는 힘든 법인가? 네 대사형과 비견될 만한 자를 찾기 어렵구나' 분명 그렇게 말씀하셨어요. 때문에 전 대사형이 군이 심기를 다질 필요 없다고 생각해요. 즐거운 마음으로 길 떠나 즐거운 마음으로 돌아오면 된다고요. 물론 쉽지 않은 일이 기다리고 있긴 하지만… 그러나 그것도 딱딱하게 굳어 일하는 것보다 즐겁게 일하는 게 일의 능률을 위해 낫잖아요.”

즐거운 여행을 위한 해원의 끈덕진 늘어짐이었다.

“스승님께서 그렇게 말씀하셨다고? 그때는 그렇게 말씀하셨겠지. 그러나 간과하지 말아야 할 또 하나의 사실은 구주는 넓어 숨은 사람이 많다는 것이다. 보아라.”

성인학이 팔을 뻗어 해원 앞에 보인 것은 검이었다. 아무런 기교를 부리지 않은 철검(鐵劍)!

“어? 스승님의 검이잖아?”

여행의 설렘에 부산까지 떨어 대사형이 허리에 작대기를 차고 가는지 검을 차고 가는지 보지 못했었다.

그런데 이제 보니 대사형의 검은 스승이 애지중지하던 보검(寶劍)!

삼한(三韓) 이래 고려의 병기 제조 기술의 뛰어남은 천하가 알아주던 바다. 왜국이 그 기술을 배워갔으며 구주도 그 기술을 배워갔다.

그러나 정작 고려는 점점 그 기술이 쇠해 명맥만 간신히 이어가고 있었는데 새재의 정 노인도 그중 한 명이다.

그는 고려 병기 제조 전통의 계승자로 그가 만든 병기는 금강석처럼 단단했고 쇠를 무처럼 잘랐다.

그의 명성은 산을 넘고 물을 넘어 구주, 왜국에까지 소문이 났고 모두 그가 만든 병기 하나를 얻기 위해 목을 맸다.

하지만 정 노인은 일 년에 서너 자루의 병기를 만드는 것이 고작이었으며 환갑을 넘긴 후에는 아예 주문을 받지도 않았다.

대신 자신의 평생 정화를 쏟아 단 두 자루의 검을 만들었다.

정 노인은 아무 대가 없이 그 검 중 한 자루를 누구에게 주었고 나머지 한 자루는 장백노사에게 주었다.

원래 장백노사는 별로 병기에 욕심이 없었다.

장백노사로 이어진 지리산 일맥의 산인(散人)들은 수행 정도, 몸의 움직임이 원하는 바에 따라 그때그때 병기를 바꾸었으니 특별히 병기에 연연할 까닭이 없었다. 하지만 정 노인의 검에 대해서는 달랐다. 두말없이 냉큼 받았고 신주(神主) 모시듯 머리맡에 모셨다.

다른 일에 대해선 만사 오냐오냐였지만 그 검에 대해선 가끔 해원이 손을 댈라치면 먼지라도 묻을까 벼락같이 고함을 쳤다. 그렇게 애지중지하던 검인데 대사형의 구주 출정의 길동무로 준 것이다.

"스승님께서 보기 좋아라고 이 검을 주셨겠느냐? 이 검에 어울릴 상대가 구주에 분명 있을 것이다!"

성인학이 눈빛을 빛내며 말했다.

해원은 스승의 검을 물끄러미 바라보며 고개를 끄덕였다.

다른 생각에 앞서 그 검 한 자루에 먼 여행길을 걱정하는 스승의 모든 정이 느껴졌다.

"대사형, 그 검 나도 한번 봐요."

그녀 역시 무가의 제자다. 어찌 절세의 명품(名品)에 관심이 가지 않으랴.

성인학은 세 살 난 아이에게 칼을 주듯 내키지 않는다는 표정으로 검을 해원에게 주었다.

해원이 검을 빼 들었다.

검신(劍身)에서 뻗어 나오는 은은한 청백색(靑白色) 광채!

주위를 압도하는 살기(殺氣)가 있는 것도 아니었다. 그런데 해원은 호흡조차 쉽게 가누지 못했다.

엄청난 위압감이었다.

검을 들고 잠시 머뭇거리던 해원은 긴 한숨과 함께 어깨를 늘어뜨렸다.

"대사형, 받아요."

그녀가 검을 도로 성인학에게 건넸다.

그 검을 그 검의 명성에 어울리게 사용할 자신이 없었다.

성인학은 그럴 줄 알았다는 표정으로 검을 받았다.

"대사형이 보여줘요."

자신을 대신해서 성인학이 검의 진가를 보여주길 해원은 바랐다.

성인학은 먼 산을 바라보며 검집을 손가락으로 몇 번 툭툭 두들겼다. 그리곤 오른발을 내밀며 몸을 슬쩍 굽혔다.

순간, 삭 하는 소리와 함께 허공 중에 물고기의 비늘처럼 반짝이며 폭사하는 청백색 광채.

나뭇잎이 파르르 흔들렸다.

풀들도 가늘게 떨고 있었다.

모든 것이 가늘게가늘게 조금씩 떨리고 있었나.

"좋군. 느낌이 좋아."

성인학이 한 말이었다.

해원은 흡 하고 숨을 들이켰다.

일검에 창파(蒼波)를 일으키고 일검에 폭풍을 일으키고…… 어찌 쉽다고 할 것인가만 조금만 더 노력하면 자신도 못할 건 없었다. 그러나 대사형이 방금 보여준 저 절제된 힘, 그 힘을 자신이 보여줄 수 있을지는 의문이었다.

다른 건 몰라도 무공에 관해서는 대사형의 능력을 인정해 주지 않을 수 없었다.

"대사형, 가요."

그녀가 존경의 염이 가득한 눈빛으로 성인학을 바라보며 팔짱을 꼈다.

'산길로 가면 어때.'

대사형 성인학과 함께하는 여행. 도산검림(刀山劍林)도 즐거울 그녀였다.

멋없는 대사형이 그녀의 그 기분을 반 푼도 이해해 주지 못해 아쉽기는 했다. 그러나 앞으로 창창한 날들이 남았으니 변화야 어찌 없을쏜가!

기실 해원은 이번 구주로의 여행에 황금인형을 찾는 것 못지않게 중요하게 박아둔 하나의 목표가 있었다.

대사형의 마음을 얻는 것!

어릴 때부터 같이 자라 사매 이상으로 보지 않았다. 때문에 여행길에 반드시 자신을 여자로 각인시켜 선남선녀의 연분을 맺고야 말리라는 게 그녀의 생각이었다.

'헤헤헤! 북풍회주 할아버지껜 좀 미안하지만 어쩔 수 없잖아. 아! 그나저나 날쌘돌이 그 녀석, 사형들에게 내가 간다는 소식은 전했는가 모르겠다.'

해원에게는 세 명의 사형이 있다. 성인학과 나머지 두 명. 얼굴을 보지 못한 지 제법 된 듯했다.

늘 사고만 치고 다녔는데 지금은 조금 변했을라나? 고양이가 부뚜막

올라가지 않기를 바라는 게 차라리 낫지!

'황금인형 찾기… 쉬운 일이 아니잖아? 대사형과 따로 놀 시간을 만들기 위해서도 두 사형은 당연히 있어야지. 잡일을 맡길 사람은 있어야 하잖아?'

개망나니 버릇을 다른 곳에 주었을 리 없을 사형들이었지만 그녀가 두말 않고 두 사형들을 여행에 합류시킨 이유였다.

2

가지런한 눈썹, 반듯한 콧날, 속눈썹까지 길게 늘어져 왠지 모를 우수를 불러일으키게 하는 자였다. 몸도 호리호리해 여자들이 보아 모성(母性) 본능을 일으키기에 딱 좋은 스물서넛 정도의 청년.

청년의 앞에는 폭포가 장중하게 쏟아지고 있었다. 그가 자신의 애병을 빼 들었다.

파랗게 빛나는 예기(銳氣)!

툭 갖다 대면 바위라도 동강낼 듯 날카로워 섬뜩하기까지 했다. 그러나 칼날과 달리 칼자루와 칼집은 온갖 보석으로 장식되어 있어 '나, 돈 많은 귀공자야' 하며 자랑이라도 하는 듯했다.

여인들의 장식용 칼, 패검(佩劍) 이상으로 한껏 멋을 낸 청년의 애병은 칼날이 직선으로 곧은 환병도(環柄刀)였다.

청년은 환병도를 들며 잠시 하늘을 우러렀다.

그가 눈가에 주름살을 그렸다.

갑자기 귀가 간지러웠다.

개망나니 개망나니 하며 누가 자신의 귀에 대고 욕이라도 하는 듯했다.

하지만 청년은 귀가 간지럽다고 귓구멍을 후비는 경박한 행동은 하지 않았다.

그가 환병도를 수평으로 세우며 발 밑을 응시했다.

그의 발 밑에는 반 자 크기의 검은 물체가 빛을 발하고 있었다. 양 끝이 표창의 날처럼 뾰족한 쇠.

청년은 환병도로 쇠의 뾰족한 끝을 가리켰다.

그의 환병도가 비류직하(飛流直下)로 떨어졌다.

쨍 하는 소리와 함께 쇳덩이가 공중으로 튀었다.

동시에 청년도 튀었다.

그가 허공을 질주하며 환병도를 난마로 휘둘렀다.

채챙! 챙! 챙챙챙!

환병도와 쇳덩이가 부딪치며 불꽃을 현란하게 퉁겼다.

일 장어를 그렇게 허공을 전진하던 청년의 칼이 천지개벽으로 폭사했다.

텅!

산 전체를 털썩 뒤흔드는 소리.

쇳덩이가 유성처럼 하늘을 가르며 저 멀리 산뽕나무 그늘에 떨어졌다.

청년은 착지하며 고개를 들었다.

그가 있는 곳은 묘향산 만경폭포(萬景瀑布).

물줄기가 튀는 폭포 아래에는 십여 명의 사람들이 서 있었다.

선두에는 베옷에 박도(朴刀)를 찬 삼십 대 후반의 사내.

"삼.백.이.십.칠. 보(步)!"

청년이 작자에게 또렷또렷한 목소리로 말했다.

박도를 찬 자는 지그시 입술을 깨물었다.

유선(遊仙), 비선(飛仙), 구층(九層), 용연(龍淵), 비단(緋緞) 등 소가 있는 온갖 폭포를 지나 이곳 만경폭포.

그들은 지금 묘향산을 이리저리 돌며 만 보 내기 자치기를 하고 있었다.

내려치는 칼이 자였고 양 끝이 송곳처럼 뾰족한 쇳덩이는 메뚜기였다.

아침부터 시작된 내기는 이제 이곳 만경폭포에서 끝을 보려 하고 있었다.

삼백이십칠 보를 더 하면 청년은 딱 만 보!

박도를 찬 자가 삼백이십칠 보 안에 메뚜기 있는 곳까지 뛰지 못하고 청년이 메뚜기를 만경폭포 아래 있는 소(沼)에 던져 넣으면 승리는 청년의 것이었다.

불쑥한 광대뼈, 흐트러짐없는 기도, 박도를 든 자가 한가락 할 실력의 소유자라는 사실은 물어보지 않아도 알 일이다. 실제 그는 청년을 상대로 호각을 이루며 싸웠었다.

한 번 몸을 날리는 데 이 장을 뛰었다. 그러나 한 번 도약으로 삼 장여를 뛴다고 하더라도 삼백이십칠 보 안에 메뚜기가 있는 곳까지 가기는 힘들 듯했다.

"넣어라!"

박도를 찬 자가 말했다.

청년은 고개를 끄덕이며 산뽕나무 그늘 아래에 떨어진 메뚜기를 향해 휘적휘적 걸어갔다.

그가 메뚜기를 들어 허공으로 날렸다.

메뚜기가 정확히 소로 떨어지려는 순간,

누군가가 허공으로 솟구쳤다. 그리고 소로 떨어지는 메뚜기를 쳐냈다.

"이번 내기는 무효다! 만약 부당주(副堂主)께서 먼저 했다면 지는 놈은 네놈이었을 것이다!"

메뚜기를 쳐낸 후 고함을 지르는 자는 박도를 찬 자의 수하쯤 되어 보이는 텁석부리장한이었다.

청년은 눈살을 찌푸렸다.

그가 턱을 쓱쓱 문지르며 폭포 앞으로 다가왔다.

"내가 듣기로 신의(信義) 하나는 끝내주는 곳이 죽림당(竹林堂)이라 하더니… 그런데 소문과 다르군. 당주(堂主)께서 그동안 죽림당이 지켜온 규율을 바꾸기로 하셨나 보군. 내가 억지를 부려 먼저 시작한 게 아니라 부당주께서 먼저 시작하라고 양보하셨잖소."

청년이 점잖게 말했다.

죽림당!

평안, 함경 일대를 주름잡고 있는 조선의 대표적인 녹림(綠林)!

전통있고 신의를 강조해 의적(義賊)이라 칭하는 자들이 많았다. 여진의 마적들로 굶주린 구주의 떼강도들에게 맞서기까지 하며 국법이 어수선한 변경의 실제 주인 행세도 했다. 그러나 어쨌든 본바닥은 녹림도(綠林徒).

"시끄럽다! 구더기와 노는 놈은 구더기일 뿐이다! 내기는 무슨!"

텁석부리가 칼을 빼 들고 앞으로 나서려 했다.

"그만!"

박도를 찬 자, 죽림당 부당주라는 자가 고함을 지르며 텁석부리를 막았다.

텁석부리는 찔끔하며 뒤로 물러났다.

"어느 심산(深山)의 제자인가?"

부당주가 청년의 문파를 물었다.

"나에겐 사형 한 명이 있소. 만약 내가 이 자리에서 스승의 이름을 밝혔다는 사실을 알면 사형께서는 나를 가만두지 않을 것이오. 우리 사형은 사문을 무슨 신주단지같이 생각하시는 분이라… 언젠가 나는 사형으로 인해 제 명에 죽지 못할 것 같소. 그래서 빨리 사형의 눈에 띄지 않는 다른 땅을 찾아 떠나야 하는데……."

청년이 한숨을 쉬며 말했다.

"역시 비문(秘門)의 제자로군."

처음 봤을 때부터 예사로운 고수로 보이지 않았다. 진검으로 승부를 겨루면 필경 누구 하나가 피를 볼 것 같아 택한 것이 청년이 제의한 자치기였다.

그러나 그는 패했다.

"패배를 인정하지. 깨끗이 물러나겠네. 그러나 자네가 저자를 돕는 이유를 난 알아야겠네."

그의 뒤에는 얼굴이 둥글둥글하고 몸이 둥글둥글한 중늙은이 한 명이 어색한 웃음을 비실비실 흘리며 서 있었다. 텁석부리가 구더기라 부른 그 구더기였다.

"도와주면 대가를 준다고 하더이다. 내 삶의 신조가 일 거부하지 않고 맡겨진 일은 열심이라……."

"저놈은 원나라의 힘이 뻗칠 땐 원나라, 명나라가 좀 강해지는 듯하자 다시 명나라… 간에 붙었다 쓸개에 붙었다 하며 백성들을 들볶은 자일세. 알고 있었는가?"

"그랬었소? 난 몰랐소. 알았다고 하더라도… 내가 어쩌겠소. 변신 잘한다고 박수라도 쳐주어야 했단 말이오?"

"그 반대지!"

"저런저런! 오지랖도 넓으시오. 제 일 하기도 바쁜 세상인데 무슨 남의 일까지……. 어떤 사람은 세상에 정의가 있다고 말하지만 난 정말 세상에 정의가 있는지 잘 모르겠소. 또 결자해지(結者解之)잖소. 저 자에게 당한 자 있다면 당한 자가 나서야지 왜 다른 사람이 나서?"

"그들에게 스스로의 억울함을 해결할 힘이 있었던가?"

"피죽 먹는다고 도끼, 쇠스랑 들 힘이 없을까? 그럴 힘이 없으면 또 어쩌겠소? 당해야지! 왕왕 힘이 정의요."

"그런가?"

부당주의 눈빛이 갑자기 달라졌다.

"사네의 정의를 내가 보여주지!"

그가 질풍처럼 청년을 육박했다.

투다다다닥! 타다닥!

청년과 부당주는 주먹, 손, 무릎, 어깨, 손가락, 사용할 수 있는 모든 몸의 부위를 사용하며 노도로 부딪쳤다.

세찬 바람이 일며 폭포가 분수로 흩어져 폭포 아래 서 있던 자들은 물을 흠뻑 뒤집어써야 했다.

수십 합이 순식간이었다.

누가 누구인지 모르게 그들은 어지럽게 폭포 주위를 날아다녔다. 그러던 어느 순간,

그들이 폭포를 가운데 두고 몸을 우뚝 세웠다.

부당주의 눈꼬리가 가늘게 떨렸다.

쭉 찢어진 허리춤.

그 찢어진 천 조각을 청년이 들고 있었다.

부당주는 입술을 깨물었다.

"서로 만날 일이 없기를 바라네!"

그가 휙 등을 돌렸다.

죽림당, 그들이 사라졌다.

"아이고! 별일이 다 있다. 협행 떠들 자 없어 녹림도가 협행이라니… 나라님은 뭐 하누? 세상이 수상하긴 수상한 모양이군. 아, 그렇지. 언제는 세상이 수상하지 않았나? 세상 합리 타당하게 굴러간다면 그곳이 바로 도화원(桃花園)이지. 그래서 사람은 사람에게 너무 많은 것을 기대하지 말아야 해. 앞서 말했다시피 우물이야 목마른 놈이 팔 것이고. 그렇지 않소?"

청년이 고개를 돌렸다. 그의 곁에는 죽림당이 사라졌어도 아직 긴장으로 몸을 사리고 있는 중늙은이가 서 있었다.

"아무렴요!"

그가 히히거리며 다가왔다. 그제야 그는 공포에서 벗어나는 듯했다.

"대가는?"

청년이 손을 내밀었다.

"여기 있소."

중늙은이가 주머니를 청년에게 건넸다.

청년은 주머니를 열었다. 주머니에는 상당한 양의 은붙이가 들어 있었다.

"공자, 공자의 대명을 물어도 되겠습니까?"

중늙은이가 실실거리며 물었다.

"이름 가르쳐 주는 것이 뭐 어렵겠소. 난 이혜민(李慧珉)이라 하오."

"아이고! 얼굴처럼 정말 멋진 이름이군요."

"아무렴! 당연히 좋아야지. 이 이름 짓는다고 내가 얼마나 고생을 했는데. 그건 그렇고, 지금 가만히 생각하니 짜증이 나는군."

"뭐가 짜증이 난다는 말씀입니까? 죽림당이라는 그 죽일 놈들 말입니까? 맞습니다! 정말 짜증나는 놈들이죠!"

"아니아니, 그들이 아니라 귀하! 왜 그렇게 짜증나는 짓을 해!"

주먹이 날아갔다.

중늙은이는 꽥 하고 비명을 질렀다.

그것을 시작으로 작자는 반 시진여를 보리타작 당하듯 매를 맞아야 했다.

세상의 이해관계는 돈으로만 얽히는 게 아니다.

보기만 해도 싸증을 일으키게 하는 자!

이 얼마나 정신 건강에 해로운가.

내버려 두면 고황(膏肓)이 들 테니 스스로의 건강을 위해서도 당연히 손을 봐야 한다는 게 청년의 생각이었다.

자치기의 달인 이혜민!

겉보기엔 우수가 깊어 보이는지 몰라도 그를 아는 사람은 절대 그에게서 우수를 떠올리지 않았다.

뒤돌아서서 히죽거리는 표정이 벌써 '나 경박해' 라고 말해 주고 있었다.

"어디 보자, 어디……."

이혜민은 땅 밑에 묻힌 옹기 뚜껑을 열고 있었다.

옹기에는 금, 은이 제법 쌓여 있었다.

"그곳은 땅값이 싸지. 그러나 한 마지기에 은 두 냥을 잡는다고 하더라도… 아아, 아직 멀었구나, 멀었어! 도대체 언제 내가 원하는 만큼의 돈을 모을 수가 있단 말인가?"

그가 옹기 뚜껑을 닫으며 절망에 찬 표정을 지었다.

"이전처럼 서국으로 훌쩍 떠나 버릴까? 눈 푸른 그놈들을 상대로 장사하면 금방 한밑천 벌 수 있을 텐데……. 그러나… 그러나 나는 이곳을 비워둘 수 없다. 내가 없는 사이에 그놈이 무슨 짓을 저지를지 알아서. 산돌아, 산돌아! 너와 난 참으로 악연(惡緣)이구나."

이혜민은 탄식을 터뜨렸다.

"지금처럼 돈을 번다면 십 년 후에야 조그마한 성읍(城邑) 하나를 차릴 수 있을 것이다. 세상사 즐거움 잊고 죽자고 일해 얻는 대가가 고작 성읍 하나… 혜민아, 혜민아! 과연 네가 세상을 잘산다고 할 수 있겠느냐?"

그는 눈을 감았다. 그리고 생각에 잠겼다.

"인생사 한 번 가면 다시 오기 어려우니……."

그가 주먹을 불끈 쥐었다.

"모름지기 즐길 수 있을 때 즐겨야 한다!"

눈을 번쩍 뜨며 그는 자리에서 일어났다.

"청류관(淸流館)의 그 아가씨, 나만 보면 오라 하네. 당연히 나도 그 자리에 놀러 가리라!"

이혜민은 노래를 부르듯 소리치며 옷을 걸쳤다.

그가 방을 나서려 할 때였다.

톡! 토톡! 톡톡톡!

봉창 두드리는 소리.

"잉? 누구?"

찾을 사람 없을 텐데……?

이혜민은 고개를 갸웃하며 봉창을 열었다.

"어?"

그의 눈이 커졌다.

창문 턱에 눈이 부리부리한 매 한 마리가 앉아 있었다. 순간,

"악!"

이혜민의 입에서 비명이 터졌다.

매가 부리로 사정없이 이혜민의 머리를 쪼은 것이다.

"젠장!"

이혜민은 머리를 매만지며 온 인상을 썼다.

그는 눈앞의 매를 알고 있었나.

날쌘돌이!

날쌘돌이의 어미는 영취인데 그에 대한 영취의 인사가 부리질이었다.

스승이 그렇게 훈련시켰기 때문이다. 개망나니들이라며.

어릴 때부터 어미의 모습을 지켜보아 온지라 날쌘돌이, 쇠돌이도 이혜민과 누구에 대해선 인사가 부리질이었다.

성질 같아선 목을 비틀고 싶었으나 스승이 아끼는 매라 어쩔 수도 없고…….

"왜 왔어?"

그가 눈을 부라리며 물었다.

영취도 영물(靈物)이었고 그 새끼들도 영물이었다. 날쌘돌이가 한쪽 발을 들었다.

날쌘돌이의 발에는 서신이 묶여 있었다.

이혜민은 서신을 풀었다.

둘째 사형, 안녕하세요. 둘째 사형을 보지 못한 지 햇수로 벌써 이 년여가 다되어가는군요. 둘째 사형, 보고 싶은 마음 간절합니다. 마침 스승님께서 시킨 일이 있어 길을 떠나게 되었는데 이 차에 둘째 사형 한번 뵀었으면 합니다. 단동의 북평회라는 곳에서 보름달이 뜨기 전에 만났으면 합니다. 둘째 사형을 그리워하며… 해원.

사매 해원이 보낸 편지였다.

이혜민은 해원의 편지를 와락 움켜쥐었다. 편지를 잡은 그의 손이 부들부들 떨렸다.

"커헉!"

그가 울부짖었다.

"해원아, 해원아, 드디어 네가 나를 둘째 사형으로 불러주는구나. 아무렴, 당연히 너를 만나야지! 청류관이 웬말이란 말이더냐! 날쌘돌아, 가서 해원에게……."

감격의 눈물을 글썽이며 날쌘돌이를 찾았을 때였다. 그러나 이미 날쌘돌이는 사라지고 없었다.

"제 어미를 닮아 성질 한번 급하군. 그나저나 해원이가 나를 보고 싶어한다고? 가야지, 가야지, 당연히 가야지."

그는 노래를 불렀다. 그리고 급히 여장(旅裝)을 꾸렸다.

"그런데 날쌘돌이의 발에 또 한 장의 서신이 있던 것 같던데… 설마 해원이 그놈에게도……. 그럴 리 없겠지. 그놈, 예쁜 구석이 어디 있다고!"

흥분에 겨워 깜빡했는데 그제야 든 생각이었다.

"아니아니, 놈을 부를 수도 있겠군. 다시 만날 때 누가 누구인지 분명히 한다고 했으니! 흐흥! 그렇다면 놈의 왕 일그러진 상통을 볼 수도 있겠군! 올 테면 와라! 밥맛없는 놈!"

밥맛없는 그놈도 올지 모른다는 생각에 길 떠날 준비를 하는 이혜민이 손길이 더욱 바빠졌다.

짐승 같은 놈이라 해원과 단둘이 있으면 무슨 짓을 할지 몰랐다.

3

"저놈 이름이 뭐야?"

"문수합납(文殊哈納)이라 합니다. 하루아[火兒阿] 족 출신이지요."

하루아 족은 송화(松花), 목단강(牧丹江) 사이의 삼성(三姓) 일대에 사는 건주여진(建州女眞)의 한 부족이다.

"주군께서 잠시 휴식을 취하는 사이 놈에 의해 우리 산채와 수채 네 곳이 무너졌습니다!"

입이 귀밑까지 찢어져 제 어미가 죽어도 웃는 인상일 듯한 메기입의 사내가 말했다.

"누가 산채, 수채라고 했어? 몇 번 이야기해야 알아들어! 산성(山城) 과 수영(水營)!"

짝 하는 소리와 함께 메기입의 뺨에 불똥이 튀었다.

"불러내."

메기입의 앞에는 스물서넛 정도의 청년이 서 있었다. 메기의 뺨을 후려갈긴 자.

굵은 눈썹, 부리부리한 눈, 철탑(鐵塔)같이 크고 강인한 몸에 인상까지 험악해 마치 산문을 지키는 사천왕(四天王)을 연상시키는 자였다.

그는 날이 양 끝에 달린 쌍두창(雙頭槍)을 들고 있었다.

보통의 창보다 크기는 작았으나 자루가 나무가 아닌 검은 윤기가 흐르는 쇠라 무게는 보통 창의 몇 배 이상이 무거울 듯했다. 창날도 협도(陜刀) 날 정도의 크기였다.

실제 청년의 창은 분절도 가능해 청년은 창을 두 자루 칼 대용으로 사용하기도 했다.

이름 붙여 사해평정뇌력창(四海平定雷力槍)!

"놈의 창술(槍術), 기마술(騎馬術)이 보통이 아닙니다. 수하들도 철중쟁쟁(鐵中錚錚)이고요. 오죽하면 부르칸이 포로가 되었겠습니까."

부르칸은 몽골족 출신으로 청년이 거느린 수하들 중 싸움 실력이 가장 뛰어난 자다. 그래서 호격대장(虎擊隊長)이라는 직위를 내린 후 언제나 선봉에 세웠는데……

"알았다니깐! 빨리 놈을 불러내!"

청년이 주먹을 들었다.

메기는 흠칫 놀라며 후닥닥 자신의 말을 향해 뛰어갔다.

"출진(出陣)!"

그가 깃발을 들었다.

이백여 기의 기마가 창칼을 번뜩이며 움직였다.

그들은 수풀 여기저기서 오합지중으로 뛰어나와 서서히 대오를 갖추며 한곳으로 진군했다.

목책(木柵)과 통나무로 굳건한 성벽을 구축한 곳, 문수합납이라는 자가 도사리고 있는 목채였다.

"가자!"

메기의 고함을 신호로 청년의 수하들이 우르르 목채로 달려들었다. 그러나 목채의 수비는 철벽처럼 단단했다.

화살과 돌이 빗발치듯 날아왔고 가까이 다가가도 목책이 너무 견고해 말들이 뛰어넘기 힘들었다.

청년의 수하들이 우수수 쓰러졌다.

"싸움을 할 줄 아는 놈이 분명하군!"

어쩔 수 없는 일이었다.

"물러나!"

그가 퇴각을 명했다.

수하들이 말머리를 돌렸다.

순간 기다렸다는 듯이 좌우 목채의 문이 열리며 한 떼의 기마들이 우르르 쏟아졌다.

백여 기의 기마는 질풍으로 치달으며 퇴각하는 청년의 수하들을 닥치는 대로 쓸었다.

청년은 자신의 어깨를 툭툭 쳤다.

"생각보다 어린 놈이군."

그는 기마대를 이끄는 적들의 대장을 보고 있었다.

다부진 몸매에 강렬한 눈빛, 좌충우돌 자신의 수하들을 휩쓸고 있는 적의 대장은 열일곱, 여덟이나 되었을까 싶은 홍안의 소년이었다.

바로 적들의 수괴 문수합납!

"주군, 큰일입니다! 이러다가 전멸하겠습니다!"

청년의 곁에 서 있던 자가 다급하게 말했다.

"그렇군. 오랜만에 힘을 좀 써야겠군. 광풍(狂風)!"

청년이 고함을 지르자 한가하게 풀을 뜯던 말 한 마리가 급히 달려왔다.

머리 하나 정도가 다른 말보다 커 보이는 말이었다.

청년이 말에 올랐다. 그리고 적들을 향해 질주했다.

"저놈이다!"

그가 나타나자 적들이 고함을 질렀다.

청년은 그들 한가운데를 백호포휴세(白虎鯆烋勢)로 돌진했다. 추산어풍세(秋山御風勢)로 오른편을 휘두르고 다시 춘강소운세(春江掃雲勢)로 왼편을 휘두르니 순식간에 대여섯 명의 적이 나가떨어졌다.

일기당천(一騎當千)이라는 말이 허언은 아니었다. 그것을 시작으로 청년은 폭풍처럼 적들을 휩쓸었다.

쫓겨가던 수하들은 사기(士氣)를 올렸고 곧 반격에 나섰다. 국면이 전환되는 것은 한순간이었다.

홍안 소년 문수합납의 얼굴이 일그러졌다.

"우마왕(牛魔王)! 네 상대는 여기 있다!"

그가 창날의 끝이 세 갈래로 갈라진 삼첨양인도(三尖兩刃刀)를 흔들며 달려들었다.

"우마왕? 누구? 나?"

청년이 그를 상대했다.

카칵! 칵! 챙! 챙챙챙!

뇌력창과 삼첨양인도가 부딪치며 불꽃을 튕겼다. 그러나 그 승부가 오래가지 않으리라는 것은 곧 판명이 났다.

문수합납은 담력도 있고 힘도 있었다. 하지만 기예에 있어 너무 차이가 났다.

청년의 장창 다루는 솜씨는 가히 신기(神技)에 가까웠다. 어떻게 저 투박하고 우둔한 손에서 저런 정교한 초식이 쏟아지는지…….

남들이 보기에 청년과 문수합납의 차이가 기예 차이로 보이겠지만 실상 차이가 나는 것은 힘의 차이였다.

청년은 자신의 힘을 반의 반도 사용하지 않고 있었다.

문수합납이 마음에 들었기 때문이다.

힘도 마음에 들었고 무엇보다 그 누구도 꺾지 못할 것 같은 강단(剛斷)이 마음에 들었다.

잘 키우면 포로로 잡힌 부르칸보다 백 배는 나을 듯했다.

"너, 내 부하 되지 않을래?"

문수합납의 양인도를 슬쩍 피하며 청년이 말했다.

"미친놈! 내가 왜 네놈의 부하가 된단 말이냐! 네놈의 꽁무니를 따르느니 개, 돼지의 꽁무니를 따르겠다!"

뜻대로 싸움이 풀리지 않아 화가 머리끝까지 치솟은 문수합납이 소리쳤다.

"내 부하가 되어라. 용위대장(龍威隊長), 너 줄게."

문수합납이 화를 낼수록 문수합납이 더욱 마음에 드는 청년이었다.

"개소리 마!"

홍안의 소년 장수 문수합납은 너무도 분해 눈에 눈물까지 글썽였다. 그때였다.]

서너 대의 화살이 청년을 향해 날아왔다.

빠르기, 정확도로 보아 제법 선사자(善射者)가 날린 화살이었다. 하지만 상대는 싸움에 있어 전신(戰神)과도 용력(勇力)을 다툴 자.

청년은 화살을 가볍게 퉁겨내며 고개를 돌렸다.

그의 눈에 화살을 날리는 자가 보였다.

"엥! 어린 계집이잖아?"

화살을 날린 자는 의외로 열여섯이나 되었을까 한 어린 계집이었다.

"오라버니, 일단 회군(回軍)해요!"

어린 계집이 청년을 향해 화살을 날리며 소리쳤다.

"이런! 이놈들은 싸움을 모두 어린것들에게나 맡기나 원."

계집이 날린 화살을 쳐내며 청년이 중얼거렸다.

그사이 문수합납이 퇴각을 명했다.

적들이 우르르 목채로 물러났다.

물론 청년은 물러나는 그들을 바라보며 고분고분 있을 생각이 없었다.

그가 질풍으로 말을 몰았다.

광풍이라는 그의 애마는 덩칫값을 했다. 순식간에 문수합납을 따라붙으며 질주했다.

청년이 목채 앞에 이르렀을 때였다. 갑자기 그가 말등에서 벌떡 일어나 두약했다.

그의 몸이 목채를 훌쩍 넘어 떨어졌다.

"야! 너, 항복해라!"

그가 뇌력창으로 막 문을 들어서는 문수합납을 가리키며 한 말이었다.

문수합납의 얼굴이 일그러졌다.

청년은 한 명의 계집을 인질로 잡고 있었다. 바로 화살을 날렸던 여자, 문수합납의 여동생이었다.

"야, 너, 용위장군이 어떤 자리인 줄 알아? 일인지하만인지상(一人之
下萬人之上)의 자리란 말이야. 나 빼고 저놈들 전부가 네 수하야!"
청년은 태사의에 앉아 있었다.
그 아래로 포로들이 줄줄이 묶여 있었는데 문수합납과 그의 여동생
이 제일 앞이었다.
"개자식! 헛소리 마!"
문수합납은 악을 썼다.
"주군보고 개자식이라니! 주군, 저놈의 입을 찢으라고 당장 명해주
십시오!"
메기가 소리쳤다.
청년이 슬쩍 그를 바라보았다.
"너, 입 더 찢어지고 싶어?"
메기는 흠칫 놀라며 자신의 입을 가리고 물러났다.
"우하하하! 주군이라니……! 미친 것들! 고작 비적, 마적들에 불과
한 것들이 갖다 붙이기는 잘도 갖다 붙이는군! 우마왕아, 네 주제를 알
고 날뛰어라!"
문수합납이 조소했다.
"아하! 네 불만이 그것이었군. 그렇다면 그런 걱정 말아라. 십 년 안
에 내가 온 세상을 쥘 테니. 따지고 보면 칭기즈칸도 우리처럼 시작했
다고. 우리 할아버지인 대조영(大祚榮)도 동모산(東牟山)에서 일어날
때 따르는 자가 몇 되지 않았다."
"야, 미쳐도 더럽게 미친놈아! 그 더러운 피를 감히 어디에 갖다 붙

이려 드는 게냐! 나는 안다! 네놈이 비루하고도 비루한 조선 놈이라는 사실을! 발해의 후예는 우리 여진인들이지 네놈들이 아니다!"

문수합납이 눈에 불을 켜고 소리쳤다.

"어이, 나는 조선 사람이 아니야. 그곳에서 태어나기는 했지. 태어났다고 그 나라 사람이 되라고 하는 건 너무 억울하잖아? 별로 마음에 들지도 않는데 말이야. 어쨌든 피는 그 피가 맞으니 우리도 발해의 후손인 것은 분명하다. 그러니 자네와 난 형제이자 친구야. 그러니 싸울 필요 없잖아?"

배운 밑천에 한계가 있는 바, 청년은 절대 역사적인 논쟁을 벌이고 싶지 않았다.

"누굴 보고 형제라 그래, 제 할아버지 이름도 막 부르는 미천하고 미천한 놈이! 당연히 고왕(高王)이라 불러야지!"

역시 문수합납은 배운 것이 있었다. 말싸움 붙지 않기를 잘했다고 생각하며 청년은 메기를 불렀다.

"너, 왜 우리 할아버지의 호칭을 고왕이라 부르지 않고 대조영이라 불렀어?"

짝!

메기의 눈에 다시 불이 번쩍했다.

"그래그래, 그래… 내 이야기는 다시 발해를 세워야 한다는 것이지. 네가 나 좀 도와주라."

청년이 사정했다.

"나라고 왜 꿈이 없겠느냐! 건주여진을 통일하고 고구려, 발해의 웅대한 기상을 이어받아……."

무슨 생각에서인지 갑자기 문수합납이 말을 멈추었다.

그가 자신의 여동생을 가만히 바라보았다.

"아나(阿那), 저놈 어때?"

아나는 그의 여동생 이름이다.

"저놈 별명이 따로 우마왕이겠어요? 돌대가리에 하는 짓이 미친 짓이니 우마왕이지."

아나가 말했다.

"그래도 힘 하나는 엄청나잖아."

"그래서요?"

"하는 꼴 보니 아이를 다루는 것보다 더 쉽겠다. 그래서 문득 놈을 좀 이용해 보았으면 하는 생각이 드는구나. 다행히 나는 놈의 성격이 포악하다는 소리는 못 들었다. 성격이 포악하지 않으면서 머리가 돌대가리인 사람을 우리는 바보라 부르지."

"음, 생각하니 그렇군요. 무슨 말인지 알겠어요. 오라버니 뜻대로 하세요."

그들 남매가 속삭이며 한 말이었다.

"묻겠소! 귀하의 이름이 어떻게 되시오?"

문수합납이 큰 소리로 물었다. 이전과 달리 조금 공손해진 태도였다.

"어, 내 이름은… 대맹호(大猛虎), 대맹호라 하지."

맹호! 어떻게 이름도……. 아나는 청년의 이름을 듣는 순간 터져 나오는 실소를 참느라 이를 악물어야 했다.

"분명 약속하시겠소, 발해의 부활을?"

문수합납이 소리쳤다.

"나라 세울 일이 아니면 무슨 이유로 이 짓을 하겠어? 돈 벌 일거리를 찾았다면 벌써 다른 곳에서 찾았다! 약속하지!"

대맹호라는 자가 주먹을 불끈 쥐었다.

"좋소! 당신을 따르겠소! 단 한 가지를 더 약속해 주시오! 무공을 가르쳐 준다는 것!"

"아무럼! 그것이야말로 내가 바라던 바지! 큰 싸움, 작은 싸움 할 것 없이 내가 없으면 되는 일이 없으니… 나도 나를 대신해 싸울 자를 찾던 바다!"

"알겠습니다! 그럼 우린 당신을 주군으로 받들겠소!"

문수합납이 오체투지로 몸을 숙였다.

대맹호의 입이 찢어졌다.

"나는 한 성(城)을 얻기보다 한 명의 인재를 얻기를 더 원했다! 오늘 문수합납이라는 범 같은 장수를 얻었으니… 술이다! 우리 술 마시자!"

그가 태사의에서 깡충 일어서며 소리쳤다.

'나의 덕망을 칭찬하지 않는 자 없고 영웅들은 기라성처럼 모여드니 창업도 이제 머지않았구나.'

대맹호는 태사의에 느긋하게 앉아 한잔의 술을 마시고 있었다. 난장판 같던 연회가 끝난 후였다.

'그러나 지금까지 얻은 땅이 산채와 수채 몇 개, 사방 백여 리 땅이 전부이니… 고작해야 일 개 성의 성주(城主) 정도… 언제 천하를 내 발 아래 둘꼬. 메기 놈은 아무리 빨리 잡아도 최소한 십 년이라고 했는데……'

왔던 길을 돌이키면 장했지만 앞으로 갈 길을 생각하면 아득했다.

'아아! 내가 정말 이 일을 꼭 해야 하나? 그러나 하지 않으면? 수돌

아, 수돌아, 어찌하여 하늘이 나를 낳고 너를 낳았단 말이냐! 난 다른
것은 몰라도 네놈이 잘되는 꼴은 못 본다!'
그가 인상을 썼다.
그때였다.
방문이 열리며 누군가가 들어왔다.
"너, 여기엔 무슨 일이야? 합납이 보자던가?"
방에 들어온 자는 문수합납의 여동생 아나였다.
"그래그래, 합납 그놈에게 전해. 여진이 발해의 후예라고! 내가 졌
다, 내가 졌어! 웬 놈이… 그냥 우린 형제 하면 될 것을! 뒤섞여 살았으
니 실제로 피가 섞였을 것 아냐!"
대맹호가 고함을 질렀다.
문수합납은 집요했다. 발해의 전통은 자신들에게 있다고 술자리에
서까지 집요하게 주장했었다.
"난 그 이야기를 하러 온 게 아니에요."
아나가 말했다.
"그럼 무슨 이야기야?"
"오라버니가 가라고 했어요. 오라버니께서는 주군과의 결의(結義)를
더 높이기 위해 주군과 인척(姻戚)으로 맺어지기를 원하셨어요."
아나가 볼을 슬쩍 붉히며 말했다.
"뭐?"
대맹호는 놀라 태사의에서 떨어질 뻔했다. 인척이 된다고 함은…….
"그만둬! 난 아이들에게 관심없다."
그가 손을 저었다.
"난 아이가 아냐!"

아나는 화를 내며 거칠게 옷을 열어젖혔다.

대맹호의 눈이 휘둥그레졌다.

겉옷 안엔 몸을 가릴 아무런 속옷이 없었다.

바람과 햇빛에 잘 그을린 검고 윤기나는 피부, 수밀도(水蜜桃)로 치솟은 젖가슴, 세류요(細柳腰)를 지나 도발적으로 오뚝한 엉덩이, 그 아래 승마(乘馬)로 잘 단련된 미끈한 다리…….

다리 사이의 은밀한 곳에는 여린 풀들이 '나 잡아봐라' 하고 있었다.

방년의 나이라 생각할 수 없는 너무도 도발적인 몸!

육류를 즐겨 먹고 거친 들판을 달리는 유목민의 후예라 성장이 더욱 빠른지…….

"너, 너, 너, 빠, 빨리 옷 입지 못해! 나, 나, 나는 어린 게, 계집애는 관심없다!"

대맹호가 당황해서 소리쳤다.

말은 그렇게 했지만 당황하고 있다는 건 마음이 흔들리고 있다는 증거가 아니던가?

"누가 어리단 말이야! 여자들은 나이로 자신을 이야기하지 않아! 그리고 내 나이는 여진의 여자들에겐 적은 나이가 아니다!"

아나는 아예 옷을 내던졌다.

그녀가 알몸으로 걸어왔다. 그리고 태사의에 앉은 대맹호의 다리 위에 엉덩이를 털썩 걸쳤다.

아나의 매끄러운 피부가 느껴지자 대맹호는 숨도 제대로 쉬지 못했다.

용감한 척했지만 직접 남자의 체취를 느끼자 아나도 부끄러움에 가쁜 호흡만 삼키며 아무 말도 못했다.

대맹호는 마음을 가다듬기 위해 험하게 인상을 썼다.

"아나, 나는 내 스스로에게 맹세한 바가 있다. 놀기를 원하는 여자들에 대해서는 놀아주지만 순정을 바치는 여자에겐 순정으로 대해줄 것이라고. 아나, 나는 지금 너를 노는 여자로도, 순정을 바칠 여자로도 대할 수 없다. 따라서 다른 남자를 찾아보아라. 인척이 되지 않더라도 난 너희 오라비를 믿을 것이다."

그가 근엄하게 말했다.

하지만 아나의 마음은 이미 굳어져 있었다. 대맹호의 사내다움에 반해 문수합납이 시키지 않아도 찾았을 것이다.

때문에 그녀는 대맹호의 이야기가 귀에 들리지도 않았다. 대맹호의 목을 끌어안으며 몸을 더욱 밀착시켰다.

대맹호의 눈썹이 꿈틀 일어났다.

몸을 밀착시키느라 아나가 엉덩이를 들썩이며 다시 그의 무릎에 앉는 순간 아나의 예민한 부분이 바로 그의 손을 점령한 것이다.

그녀의 여린 살결이 느껴지자 그는 한순간 피가 멎는 듯했다.

대맹호도 아무 말 못했고 아나도 아무 말 못했다.

후텁지근한 열기 속에 촌각인지 억겁인지 모를 시간이 흘렀다.

대맹호는 아나의 몸이 끈적끈적하게 녹아 물처럼 자신의 몸속으로 파고듦을 느꼈다. 그리하여 두 손은 자신도 모르는 사이에 아나의 엉덩이를 잡고 있었다.

그가 성난 호랑이처럼 아나를 번쩍 안고 일어서려 할 때였다.

토톡! 톡! 톡!

창문을 두드리는 소리.

대맹호는 놀라 아나를 껴안고 후닥닥 일어섰다.

"웬 놈이냐?"

그가 남이 볼세라 아나를 숨긴다며 아나를 등에 업고 창가로 달려갔다.

그가 막 창문을 연 순간,

"악!"

그의 입에서 비명이 터졌다.

창가에 눈빛 사나운 매 한 마리가 앉아 있었다. 그 매가 전광석화로 대맹호의 머리를 쫀 것이다.

대맹호는 눈물을 찔끔 흘리며 피멍 든 머리를 매만졌다.

"날쌘돌이잖아? 너, 여기 웬일이야?"

그가 그 큰 덩치를 주춤거리며 말했다.

매는 껑충껑충 두 발로 번갈아가며 창틱을 쳤다.

대맹호의 안색이 변했다.

"우히히히히! 아! 이 아가씨? 어… 그냥 놀러 왔어. 놀러 왔다가 더워서… 어? 북방의 날씨가 왜 이렇게 덥지? 나도 옷을 벗어야겠군. 그런데 이곳은 속옷을 입지 않는 게 습관이라……."

정말 더운지 그가 땀을 비질비질 흘렸다.

매는 고개를 갸웃했다. 그와 동시에,

"아악!"

대맹호의 입에서 다시 비명이 터졌다.

매가 삼 연타로 부리질을 한 것이다.

"날쌘돌이, 한번 봐주라. 너도 남자잖니. 살다 보면 그럴 수도 있는 게지."

대맹호가 사정했다.

날쌘돌이는 고개를 옆으로 휙 돌렸다. 그리고 한 발을 척 내밀었다.

"이게 뭐야?"

대맹호는 그제야 날쌘돌이의 발에 달린 편지를 발견했다. 그가 편지를 펼쳤다.

둘째 사형, 안녕하세요? 둘째 사형을 보지 못한 지 햇수로 벌써 이 년여가 다되어가는군요. 둘째 사형, 보고 싶은 마음 간절합니다. 마침 스승님께서 시킨 일이 있어 길을 떠나게 되었는데 이 차에 둘째 사형을 한번 뵀으면 합니다. 단동의 북평회라는 곳에서 보름달이 뜨기 전에 만났으면 합니다. 둘째 사형을 그리워하며… 해원.

"오옷!"

대맹호는 탄성을 터뜨렸다.

"해원아, 드디어 네가 나를 둘째 사형으로 인정했구나! 아무렴! 그 빌어먹을 놈이 둘째라니 말이 되느냐! 아무렴! 가마! 가야지!"

그가 주먹을 치켜들며 고함을 질렀다.

그는 아나가 발가벗었는지 어쨌는지 잊은 듯했다.

아나를 들쳐 업고 그가 급히 달려간 곳은 문수합납이 있는 곳이었다.

문수합납은 두 명의 마누라와 함께 낮의 고단했던 일들을 한 잔의 차를 마시며 이야기한 후에 대제국을 세울 좋은 여진의 씨를 만들기 위해 막 알몸으로 침소에 들어가던 참이었다.

그래서 대맹호가 벌거벗은 동생을 업고 문을 박차고 들어서자 그 역시 알몸으로 대맹호를 맞았다.

"아니아니, 내가 아나를 거부한 건 너에게 마음이 있었기 때문은 절대 아니니 일단 옷은 입고… 뭐, 적을 것 없어?"

대맹호는 좌우를 두리번거렸다.

문수합납은 인상을 찌푸리며 지필묵을 가져왔다.

대맹호가 '어험!' 하며 붓을 들었다. 그리고 지렁이가 꿈틀거리는 글씨체로 몇 자를 적었다.

여(予) 없는 동안 문수합납을 발해국 대리 왕(代理王)으로 명함.

쾅!

그가 해동성국태태왕(海東聖國太太王)이라 적힌 도장을 종이에 찍었다.

"나 없는 동안 나라 잘 다스려."

대맹호는 등을 돌렸다.

씩씩하게 문을 걸어나가던 그가 잊은 게 있었는지 갑자기 우뚝 발걸음을 멈추었다.

그가 아나를 향해 돌아섰다.

"이전에 나는 우리 스승님의 명으로 천하 각지를 떠돌았지. 그때 구한 것이야."

대맹호가 주머니에서 꺼낸 것은 온갖 보석들이 주렁주렁 달린 목걸이였다.

"너 가져."

그가 아나에게 내던지듯 목걸이를 주었다.

아끼던 물건이라 좀 아쉽긴 했지만 이것으로 어린 아가씨가 보여준 마음에 조금이나마 위로가 되었으면 했다.

"다음에 보자구!"

그가 작별 인사를 할 틈도 없이 후닥닥 문을 나섰다. 그리고 그의 애마 광풍과 함께 광풍처럼 어둠 속으로 사라졌다.

산바람이 억새를 파도처럼 뒤흔들고 있었다.

묵묵히 산길을 걷던 성인학은 우뚝 발걸음을 멈추었다.

그가 머리를 긁적였다.

산토끼의 풀 깔짝거리는 소리, 고라니 물 마시는 소리는 들려도 해원의 발걸음 소리는 들리지 않았다.

성인학은 눈살을 찌푸리며 고개를 돌렸다.

시야에도 해원의 모습은 보이지 않았다.

'망할…….'

화가 목구멍까지 치솟았다.

도대체 그는 이해할 수가 없었다. 무엇 때문에 해원이 이 난동을 부리고 있는지…….

해원은 지금 없었다.

‘대사형이 언제 우리를 이해했어요?’

꽥 고함을 지르며 어디론가 사라져 버렸다.

두 사제들 이야기 끝에 나온 행동이었다.

사제들이 이번 구주 여행에 동행하게 되었다는 이야기를 성인학은 해원으로부터 얼마 전 처음 들었다. 단동 북풍회에서 만날 것이라고 했다.

스승과 사문의 이름에 먹칠만 하고 다니는 그놈들! 그래서 그는 그놈들을 왜 데려가느냐고 고함을 쳤다.

해원은 ‘백지장도 같이 들면 낫잖아요’ 하며 스승님의 지시라고 말했다.

‘그놈들이 어디 백지장 같이 들어 나을 놈들인가, 백지장을 같이 들어 찢으면 찢었지! 스승님께서 동행하라 명했으니 어쩔 수 없고, 그놈들 데려가서 앞으로 구주에까지 사문의 명성을 먹칠하게 되었으니 걱정이다’ 라고 말했다.

그 순간, 터져 나온 해원의 고함이 ‘대사형이 언제 우리를 이해했어요?’ 였다.

혜원은 화가 나서 눈물까지 그렁그렁 달고 자신을 쳐다보았다. 그리고 어디론가로 훌쩍 사라졌다.

개망나니 두 사제들에 대해 싫은 소리 한마디 했기로서니 그렇게 화를 낼 이유가 무엇인가!

이해하고 있느냐니? 무엇을 이해 못했단 말인가? 개망나니 행동에 대해 매사에 오냐오냐 해야 옳았단 말인가?

눈물을 그렁그렁 달고 달려들어 당황해 그때는 나무랄 생각도 못했다. 그러나 생각해 보니 오히려 화를 낼 사람은 자신이 아니었던가.

막내라 귀엽게만 봐서 너무 버릇없이 키웠구나 생각하며 돌아오겠지 하고 제 갈 길을 갔다. 그런데 반나절이 지났는데도 사매 해원의 모습은 보이지 않았다.

버릇없는 해원의 행동에 대해 화가 가라앉은 지는 오래였고 슬슬 걱정이 되었다.

제 한 몸 지킬 실력이 있다고는 해도 산길은 여자가 혼자 쏘다니기에는 만만치 않은 길이다. 걱정되었지만 찾아나서지 않은 것은 체면 때문이었다.

제 행동 잘못한 녀석 제 발로 걸어와야지 내가 왜 찾아나서?

하지만 시간이 지날수록 체면보다 앞서는 것은 역시 걱정이었다.

'어디 두고 보자! 이번에야말로 단단히 버릇을 고쳐 주겠다!'

결국 그는 해원을 찾기로 했다.

'헹! 바보 같은 대사형!'

해원은 소매로 눈물을 쓱 닦았다.

두 사형들의 이야기 끝에 화가 터졌지만 그전에 이미 그녀의 불만은 목구멍까지 차 있었다.

어제 나무꾼을 만나고 난 후부터다. 나무꾼이 말하기를 근동에 큰 장이 선다고 했다.

입에 넣기 편한 음식 생각이 났다.

송화(松花), 솔잎, 곡식 가루를 이겨 경단으로 만들어 먹는 것에 대사형은 이골이 나 있었지만 그녀는 아직 아니었다. 무엇보다 여자이기 때문에 한 달에 한 번은 치러야 할 일. 몸이 좋지 않았다.

며칠을 풍찬노숙(風餐露宿)이었으니 따뜻한 방에 따뜻한 목욕물도 그리웠다. 때문에 장터에서 잠시 쉬자고 했는데 대사형은 길이 바쁘다며 냉정하게 거절했다.

화가 머리끝까지 치솟았지만 원래 그런 사람이려니 하고 꾹꾹 참았다. 그러다가 결국 두 사형들의 이야기에서 터지고 만 것이다.

사실 대사형으로서는 좀 황당했을 것이다. 이유없이 뺨을 맞은 기분이었으리라. 하지만 돌아가 사정을 설명하기는 싫었다.

지금은 더욱 싫었고.

어린 사매가 화를 내면 먼저 달래고 볼 일이지 떠난다고 그냥 내버려 둬? 섭섭함을 넘어 서러웠다. 자신을 눈곱만큼이나 생각은 하는지.

"심인검을 터득해서 뭐 해! 인정이라고는 손톱만큼도 없는데!"

코 멘 소리로 투덜대며 해원은 그렁그렁한 눈물을 소매로 다시 닦았다.

"그런데 여기가 어디야?"

화가 나서 앞뒤없이 걷다 보니 나무들만 하늘을 가린 채 빽빽이 들어찬 곳이었다.

그녀는 어릴 때부터 산에서 자란지라 나무나 별을 보고 산에서 길을 찾는 법이 어렵지 않았다.

가까운 곳에서 물 흐르는 소리가 들려와 얼굴이나 씻기로 했다.

물은 얼음처럼 차가웠다.

이왕 씻기로 한 것, 해원은 머리까지 풀고 머리를 감았다. 그리고 햇빛이 손바닥만하게 들어오는 바위를 찾아 앉아 머리를 말렸다.

그때였다.

웅성거리는 사람들 소리!

산삼을 찾는 심마니나 나무꾼이라 생각했다.

해원은 소리가 들리는 곳으로 향했다.

짐승 가죽으로 누빈 옷을 입은 네댓 명의 사내들!

해원은 눈살을 찌푸렸다.

웅성거리며 산을 오르고 있는 자들은 심마니도, 나무꾼도 아니었다. 군도(軍刀), 박도(朴刀), 낫을 댄 창…….

딱 보아 산적들이었다.

"잉?"

갑자기 등장한 해원을 보고 산적들은 눈을 휘둥그레 떴다.

"이 산중에 웬 여자? 여우는 아니겠지? 가봐."

선두에 선 군도를 든 작자가 뒤의 자에게 눈짓을 했다.

뒤의 자가 가자미눈으로 해원의 주위를 슬금슬금 돌았다.

"꼬리는 없는뎁쇼."

작자가 히히거리며 말했다.

"아이고! 객고 풀라고 산신령께서 내려주신 계집인 모양입니다. 어떻게 하시럽니까? 산채로 데려갈깝쇼?"

박도를 든 자가 군도를 든 자에게 물었다.

"배 열 척이 지나가도 표시나지 않을 엉덩이 펑퍼짐한 고산댁도 숨겨놓고 홀로 제 욕심을 채우는데 저 어린 계집이야… 쳐다보지도 못하게 할 것이다! 당연히 여기서 맛을 봐야지!"

군도를 든 자가 소리쳤다.

"계집아, 이리 오너라. 극락이 무엇인지 가르쳐 주마."

그들이 침을 질질 흘리며 다가왔다.

해원의 안색이 싸늘하게 굳었다.

일진 사나우려니 이런 놈들까지!

그녀가 정권(正拳)을 세우며 왼발을 반 보가량 내밀었다.

딱! 빠각!

해원의 발이 박도를 든 자의 귀싸대기에 작렬했고 주먹은 그 뒤를 따르던 자의 관자놀이에 꽂혔다.

어중이떠중이들이라 손속 사납지 않더라도 자빠질 자들이었는데 손발에 성깔을 담기까지 했으니……. 두 작자는 비명 한 번 지르지 못한 채 썩은 보릿단 쓰러지듯 풀썩 쓰러졌다.

그들 일행을 이끄는 듯한 군도를 든 자가 놀라 황급히 군도를 빼 들었다.

그러나 그때 이미 해원은 작자의 코앞으로 육박해 있었다. 해원이 작자의 어깨를 잡고 껑충 뛰며 무릎으로 턱을 가격했다.

"커억!"

작자가 코피를 펑펑 쏟으며 쓰러졌다.

산신령이 내려준 선녀인 줄 알았더니 염라대왕이 내린 나찰녀!

군도를 든 자도 맥 한 번 못 추고 쓰러지자 나머지 두 명의 산적들은 아예 싸워볼 생각도 못했다.

그들이 주춤주춤 뒷걸음질을 쳤다.

"거기 서!"

해원이 그들의 앞을 막았다. 그리고 귀를 붙잡고 질질 끌고 와 줄을 세웠다.

"나머지 놈들도 옆에 서!"

벌벌거리고 있는 놈들에게도 고함을 질렀다.

작자들이 일렬로 섰다.

"엎드려뻗쳐!"

누구의 명이라고 거절할까.

작자들이 엎드렸다.

해원은 실한 나뭇가지 하나를 잘라 박도로 다듬었다.

"할 짓이 없어 산적질이야!"

그녀가 몽둥이로 작자들의 엉덩이를 내려쳤다.

"억!"

"아악!"

작자들이 눈물을 찔끔찔끔 짰다.

손아귀가 얼얼할 정도로 작자들을 후려갈긴 후 해원은 작자들을 일으켰다.

"네놈들 두목이라는 자의 얼굴을 좀 봐야겠다. 앞장서!"

화도 풀 겸 산적들의 본거지를 박살 낼 생각이었다.

해원은 태사의에 '에헴!' 하며 앉아 있었다.

그녀의 앞에는 열 몇 명의 산도적들이 죽을 인상으로 머리 조아리고 있었다.

얼굴이 넙데데한 덩치 다부진 놈이 이곳의 두목이었다.

제법 힘깨나 썼지만 해원의 상대보는 까마득했나. 밭이랑 넘나들며 곡식을 훔치던 지리산의 멧돼지 놈 정도의 실력이라고 할까.

겁도 없이 달려들다가 매타작만 실컷 당했었다.

나머지 놈들도 처음 놈들처럼 불나도록 엉덩이를 맞아 제대로 앉아 있지도 못했다.

그들은 감히 달아날 생각도 못하고 해원의 처분만 기다리고 있었다.

산도적이 될 수밖에 없었던 사정들을 이야기하며 눈물, 콧물로 관아에 넘기지 말 것을 애원했다.

핑계없는 무덤이 어디 있던가.

벼슬아치의 가렴주구에 지쳐, 마름의 횡포 때문에, 계집이 딴 놈이랑 붙어 논밭 다 팔아먹고 도망쳐…… 이유를 듣자 하니 측은한 마음이 들었다. 그리고 화도 풀 만큼 푼지라,

"이거, 너희들 먹어. 그리고 이제 모두 자신의 갈 길로 돌아가는 거다."

놈들이 술안주라며 내놓았던 닭고기, 염소 고기를 놈들 앞으로 내밀었다.

"아이고! 선녀, 감사합니다! 제가 술 한잔……."

두목이라는 작자가 술 한잔 따르겠다고 했다.

"좋아."

해원은 잔을 들었다.

그녀가 술을 마셔보기는 이번이 두 번째다.

스승의 술을 살짝 훔쳐먹은 게 처음이다. 쓰고 머리까지 어질어질해 다시는 술을 마시지 않으리라 했다. 그러나 협사(俠士)라면 이런 자리에서 술 한잔은 너무도 당연한 것 아닌가.

두목이 권하는 술을 꿀꺽 비우고 난 해원은 '어!' 했다. 달짝지근한 것이 전혀 쓴맛이 나지 않았다.

머루, 다래 등 온갖 약초를 넣고 빚은 술이라 향도 좋았다. 더해서 위로부터 시작해서 나른하게 퍼져 가는 열기…….

"술 있으면 너희들도 마셔. 남겨서 지고 갈 것도 아니잖아?"

그녀가 선심 쓰듯 말했다.

산적들이 좋다며 술을 꺼내왔다.

화톳불이 오르고 곧 왁자지껄한 술판이 벌어졌다. 그사이 해원은 어느 놈인지 모를 놈의 잔을 몇 잔 더 받았다.

먹은 것도 없었고 몸도 좋지 않아 그녀는 쉽게 술에 취했다.

술을 알았더라면 이게 취기이려니 생각하며 조심했을 텐데 그녀는 술 취하는 게 어떤 것인지도 잘 몰랐다. 몸이 녹녹해지고 만사 걱정이 씻은 듯이 날아가 기분이 좋기만 할 뿐이었다.

"깔깔깔깔깔!"

산적들이 추는 곱사춤에 배를 잡고 웃었다.

해원이 술에 약하다는 것을 먼저 안 자는 두목이었다. 해원의 눈을 피한 작자는 수하 한 명에게 뭐라고 귓속말을 했다.

곧 이어 해원의 앞으로 새로운 술 한 병이 놓여졌다. 미혼약(迷魂藥) 까지 탄 독한 술.

강호 경험 없기로 어찌 성인학만 탓할까! 세상 험함 알기에는 해원 도 아니었다.

눈꺼풀이 점점 무거워지고 있었다.

"대사형, 나 잠이 와."

챙그랑!

술잔을 떨어뜨리며 해원은 탁자에 코를 박았다.

"가봐."

두목이라는 자가 곁의 수하에게 눈짓을 했다.

작자가 주저주저하며 해원의 곁에 섰다.

그가 해원의 어깨를 툭툭 건드려 보았다.

해원은 탁자에 얼굴을 기댄 채 꼼짝도 하지 않았다.

"완전 갔습니다."

수하가 손가락을 세웠다.

"어쩔까요? 두목 침상으로 데려갈까요?"

놈이 물었다.

"개자식! 누구 죽는 꼴 보려고 그래? 쇠사슬 없어? 묶어!"

해원에게 호되게 혼이 난 후라 두목이라는 놈은 다른 생각을 할 수 없었다.

호랑이보다 더 사나운 계집이다.

눈 뜨면 어떤 일이 벌어질지 모르므로 차라리 묶고 자시고 할 것 없이 죽여 버릴까도 생각했다.

그때였다.

"악!"

수하 한 명이 비명을 지르며 쓰러졌다.

산적들은 급히 좌우를 살폈다.

한 명의 청년이 솔방울을 만지작거리며 서 있었다. 화톳불 연기를 보고 찾아온 성인학!

성인학이 몇 개의 솔방울을 더 날렸다.

산적들이 우수수 쓰러졌다.

잔뜩 찌푸린 얼굴로 성인학은 해원의 곁에 섰다.

이게 무슨 추태인가!

화가 목구멍까지 찼다.

'어디 두고 보자!'

그가 해원을 업었다.

토악질로 먹은 술 다 토해내고 맑은 물을 마셨으나 정신이 돌아오기는 아직 한참 먼 듯했다.

마음 같아서는 아무 곳에나 내던지고 싶었지만 술이 깨는지 추위를 하소연해 성인학은 해원을 업고 따뜻한 방이 있는 민가(民家)라도 있나 해서 찾아나섰다.

그러나 산중에 민가가 있을 리 없었다. 바람 피할 곳을 찾아 해원을 눕히고 불을 지폈다.

"음… 냠냠… 대사형이… 뭘 안다고?"

해원은 눈을 감은 채 여전히 횡설수설이었다.

"대사형이… 대사형이 무슨 자격으로 두 사형들을 욕해! 대사형이 두 사형들의 마음을 알아?"

계속되는 해원의 불만이었다.

성인학은 참자 참자 하며 더욱 불을 지폈다.

불씨가 허공으로 치솟았다.

"대사형의 관심은 무공밖에 없었잖아. 언제 우리를 한 번이라도 돌아봤어? 바보, 바보야! 돌아봤냐고! 음… 대사형은 바보다. 사제들에게 티끌만한 관심도 없으면서 무슨 대사형… 헤헤헤! 개가 웃겠다."

해원이 말에 불을 지피던 성인학의 손이 흠칫 굳었다.

"두 사형이 개망나니라고? 당연하지. 사형들이 대사형에게… 얼마나… 열등감을 느꼈는지 알아? 평생 따라가도 못 따라갈 듯하니 옆길로 새지!"

다시 고운 숨소리.

"스승님께서도 두 사형의 애처로운 마음을 알았기 때문에… 간섭하지 않았다. 바보야, 바보 대사형! 너는 그런 사제들의 마음을 백 번 죽었다가 깨어나도 모를 것이다. 혼자 잘난 척만 했으면 했지. 음냐……."

이어지는 해원의 중얼거림.

성인학은 머리가 멍했다.

"헤헤헤! 대사형… 그래도 난 대사형이 좋아. 아! 나도 노리개 하나 샀으면……."

노리개를 시작으로 장터국밥이 먹고 싶다느니 어디에 놀러 가고 싶다느니 옷을 사야 한다느니 한동안 또 횡설수설…….

"대사형, 대사형, 물 좀, 물……."

목이 타는 듯했다.

성인학은 무엇인가에 쫓기듯 후닥닥 일어나 계곡으로 뛰어갔다. 그가 물주머니에 물을 넣어왔을 땐 해원은 이미 고른 숨을 쉬며 깊은 잠에 빠져 있었다.

성인학은 물주머니를 해원의 머리맡에 놓았다.

화톳불에 나무토막 몇 개를 더 던진 후 그는 돌벽에 어깨를 기댔다.

'그랬던가?

해원의 술주정은 그에게 충격이었다.

사제들의 마음이 그럴 줄 전혀 생각하지 못했다.

말도 되지 않는 이야기였기에 그런 생각을 못했던가? 지금 자책하고 있는 이유는 말이 되는 이야기였기 때문이다.

해원의 말이 맞는 듯했다.

무공에 미쳐 정작 중요한 살붙이들인 사제들에겐 신경도 쓰지 않았다. 게으름 피운다고 욕만 하지 않았던가.

아아! 인정도 없는 놈이 검은 배워서 무엇 하리!

대사형이라는 자리가 너무도 부끄러웠다.

보기보다 마음이 여렸고 또 매사를 지나치게 진지하게 생각하는 성격이었으니 그 밤, 성인학이 자책으로 꼬박 밤을 새울 건 너무도 뻔했다.

　새벽이 밝아오고 있었다.
　성인학은 부스스 일어나 일출(日出)을 바라보며 섰다. 그리고 지난 밤의 다짐을 되새겼다.
　구주로의 여행!
　이제 선사를 찾는 것만이 목적이 아니었다. 그에 못지않게 중요한 일이 있었다.
　사형제들 간의 의를 더욱 굳건히 할 것!
　사제들을 절차탁마(切磋琢磨)하여 스승의 제자에 부끄럽지 않도록 만들 것!
　대사형이라는 스스로의 자리를 돌이켜 찾은 책무였다.

북풍회(北風會)

장정 두 명이 안아야 안길 두께의 거대한 나무였다.

나무 앞에는 말쑥한 차림의 미청년과 막 봉우리를 터뜨려 가는 새침데기 아가씨 한 명이 서 있었다.

청년은 손바닥으로 나무를 쓱쓱 쓸었다.

그가 춤을 추듯 휘청 몸을 움직이며 손바닥으로 나무를 쳤다. 탁 하는 소리와 함께 나무의 밑동이 작은 진동을 일으켰다.

그 진동은 위로 올라갈수록 점점 커져 나무 끝에 이르러서는 폭풍을 만난 것처럼 흔들렸다.

나뭇잎이 우수수 떨어졌다.

"와! 정말 대단해요!"

아가씨가 손뼉을 쳤다.

"뭐 이런 것을 대단하다고…… 내가 마음만 먹는다면 보여줄 실력이 어디 이것뿐이겠소. 나는 아무 곳에서나 힘 자랑 하는 자가 아니오."

청년이 눈을 내리깔며 말했다.

말쑥한 외모에 초인적인 무공, 더해서 겸양까지……. 청년을 바라보는 아가씨의 눈빛은 오로지 흠모뿐이었다.

"나는 무술을 무척 배우고 싶었어요. 하지만 아버지께서는 가르쳐 주지 않으셨죠. 검을 배운 자는 검을 쓰게 되고 검을 쓰면 반드시 피를 볼 것이라며……."

"부회주(副會主)께서는 무공을 조금 아는 듯하던데……."

"오라버니는 어쩔 수 없잖아요. 가업을 이어야 하니까. 하지만 저는… 시집도 무가(武家)에는 보내지 않겠다고 하셨어요."

아가씨는 화난 얼굴로 말했다.

"어쩌면 회주의 선택이 옳을지도 모르겠소. 칼은 생각보다 위험한 물건이오. 강호에서 가장 많이 나뒹구는 목은 왕왕 칼이 얼마나 무서운지 모른 채 자랑 삼아 칼을 차고 다니는 어린 치들이지. 집에서처럼 그들의 재롱을 받아줄 만큼 강호는 만만한 곳이 아니오. 아차 하는 그 순간에 이미 목없는 자신의 몸을 보게 될 것이오."

"그렇지만 전 무공을 배우고 싶은걸요. 내일 일어날 일이 무섭다고 오늘 할 일을 참는 건 나의 나이에도 맞지 않잖아요."

"물론 도전하기 때문에 젊음이지. 그러나… 왕왕 그 길이 돌이키지 못할 길이 될 수도 있다는 게 문제 아니겠소? 인생은 시험이 아니오. 아니지만 그 험한 길에 울타리가 되어줄 사람이 있다면 다르지."

"무슨 말씀이죠?"

"내 말은… 강호라는 험한 길을 지켜봐 줄 동반자가 있다면 어느 정도 위험이야 가벼운 소일거리에 불과하다 이 말이오. 사람이 좋은 것은 혼자가 아니기 때문 아니겠소?"

"아!"

아가씨는 살짝 얼굴을 붉혔다. 청년의 속뜻을 짐작했기 때문이다. 짐작했지만 인물 잘났고 실력있는 자였기에 수작 그만 떨라고 소리도 지르지 않았다.

"어쨌든 저는 무공을 배우고 싶어요!"

오히려 더 적극적으로 나섰다.

물론 청년은 그 말을 기다리고 있었다.

"기실 북풍회의 무공은 우리 스승님으로부터 나왔다고 해도 과언이 아니오. 우리 스승님과 아버님이신 회주와의 관계에 대해 들은 적이 있소?"

단동의 북풍회였다. 청년이 나불거리고 있는 이곳!

새침데기 아가씨는 북풍회주의 딸 황소옥(黃素玉)이었고 낯간지러운 수작을 벌이고 있는 자는 묘향산 자치기의 달인 이혜민이라는 청년이었다.

"목숨을 구함받은 적이 있다고 들었어요. 굉장한 무공의 달인이라는 이야기와 함께……. 언제 오라버니와 이야기하던 걸 엿들었어요."

"그렇소. 우리 스승님은 무공에 관한 한 유일하게 천상천하유아독존을 외칠 수 있는 분이오. 이런 말을 하긴 뭣하지만… 북풍회로 흘러 들어간 무공은 우리 사문의 무공 중에서도 곁가지 중의 곁가지! 뭐, 그렇소."

이혜민은 사문의 무공을 결코 자신의 입으로 자랑하지 않겠다며 입을 다물었다.

아버지, 오라버니의 무공이 비하를 당하고 있는데도 이미 이혜민이라는 희멀건 자에게 살짝 마음이 동한지라 황소옥은 화낼 생각도 하지 못하고 있었다.

"저… 저는 그 무공을 조금 배울 수 없을까요?"

"아가씨께서 나를 남같이 대하지 않는데 어찌 내가 모른 척하리까!"

당연한 선택이었다.

원래 이혜민은 살붙이같이 대해주지 않더라도 여자에 대해서는 사해(四海)가 동도라는 사실을 잊어본 적이 없었다.

"저… 이왕 가르쳐 주실 거면 방금 보인 그 무공을 배울 순 없을까요?"

황소옥이 주저하며 물었다.

이혜민은 눈썹 사이를 찌푸렸다.

타투경(打透勁)이 하루아침에 배울 수 있는 무공이던가? 자신만 하더라도 십 몇 년 고생해서 배운 무공인데……. 그렇지만 그는 너무 염치없는 부탁이란 소리는 하지 않았다.

"방금 내가 펼친 무공은 보기에는 간단해도 그렇게 쉬운 무공이 아니오. 이 몸, 이 마음이 내 것이 아니어야 한다는 생각이 있어야 가능하오. 할 수 있겠소?"

"물론이에요!"

황소옥은 주먹을 불끈 쥐며 눈빛을 빛냈다.

"그럼……."

이혜민이 덥석 황소옥의 손을 잡았다. 그리고 그녀를 바짝 끌어당기며 다른 팔로는 허리를 껴안았다.

"몸과 마음을 비우라고 했소!"

황소옥이 놀라 움찔 몸을 빼려 하자 그가 소리쳤다.

황소옥은 한숨을 쉬며 이혜민이 하는 대로 몸을 맡겼다.

이혜민은 황소옥에게 내공을 조금 흘려보냈다. 그리고 춤을 추듯 천천히 움직였다.

실제 그 춤은 내공을 단련시키는 춤이 맞았다. 미풍이 잔가지를 흔들고 지나가듯, 수면에 잔물결이 일 듯 아주 부드럽고 자연스러운 춤.

대우주의 운행과 궤를 같이하여 외계(外界)의 힘을 안으로 받아들이고 또 스스로 안에 있는 대우주의 힘을 밖으로 표출, 안팎이 서로 어우러지게 하여 대우주력(大宇宙力)을 자신의 힘으로 승화시키는 무상(無上)의 내공법!

과연 그 위력은 금방 효과를 보였다.

혈관을 뛰는 황소옥의 피가 놀랍도록 빨라지고 있었다. 그녀는 그 힘을 견디지 못해 연신 가쁜 호흡을 삼켰다. 경혈도 기가 막히게 원활하게 움직여 그녀의 얼굴은 이미 단풍이었다.

무상의 내공법을 한순간에 가르치자니 이혜민은 무척 힘이 드는 듯했다. 그의 호흡도 거칠었다.

그들은 한동안 그렇게 거친 호흡을 내쉬었다.

이제 남은 일은 몸과 마음을 하나로 엮어 무상(無上)의 내공법으로 무상(無想)의 일을 치르는 일밖에 없을 것 같았다.

황소옥의 눈과 입술이 설명 못할 갈구로 촉촉이 젖고 이혜민은 무상의 내공법으로 치솟은 힘을 발휘하지 못해 입술을 질끈 깨물었다.

"황 소저……."

무상의 내공법을 가르치느라 스스로도 무상의 내공이 폭발해 눈알까지 벌게진 이혜민이 황소옥을 불렀다.

"아아! 공자……!"

무가의 여식은 과연 달랐다.

그녀는 짧은 시간에 이혜민의 내공법을 터득했고 벌써 그 내공법을
어떻게 한번 사용해 봤으면 하는 실전 경험까지 찾고 있었다.

찾고 있었지만 역시 모든 일에 초행(初行)은 어려운 것이고 이혜민
역시 보기와 달리 책상머리 스승이라 이후의 일을 어떻게 풀어야 할지
몰랐다.

그들이 심오한 고민에 쩔쩔매고 있을 때였다.

쾨쾅! 쨍! 쨍쨍쨍!

무엇인가 박살나는 소리, 칼 부딪치는 소리…….

이혜민과 황소옥은 놀라 화들짝 떨어졌다.

"이 중요한 순간에 웬 놈이!"

이혜민이 달렸다.

근 몇 개월 사이 황길중의 안색은 말이 아니었다. 깊게 주름진 그의
얼굴에 더욱 깊은 주름이 졌다.

그는 갑자기 북풍회를 찾아와 난동을 부리고 있는 한 명의 청년을
바라보고 있었다.

굵은 눈썹에 호랑이 눈, 칠 척의 키, 괜히 시비를 걸어올까 두려운,
인상이 뭐 같은 청년이었다.

그는 집채만한 말 위에 앉아 쌍두창을 꼬나 들고 있었는데 그의 쌍
두창에 쓰러진 북풍회 수하가 벌써 여섯이나 되었다.

산해관(山海關) 넘어 동북 지역은 무풍 지대다. 마적, 비적, 기분 내
키면 하루아침에 적도들로 변신하는 여진족…….

그 험한 곳에 북풍회가 뿌리내릴 수 있었던 것은 북풍회의 실력이 그만한 정도가 되었기 때문이다.

기실 황길중이 실력 행사를 하고자 했다면 북평의 흑사회, 흑방 정도는 북풍회의 상대가 아니다.

참고 물러난 이유는 흑방을 건드려 음성적인 이권 관계에 있을 것이 뻔한 관부를 자극하기 싫었고 다른 흑사회도 자극할까 하는 우려 때문이었다.

무엇보다 지금 손잡고 일하는 표국들, 상가들이 북풍회가 본격적으로 구주 진출을 준비하는구나 생각하여 경계의 눈으로 바라볼까 하는 걱정도 있었다.

그에게는 황금인형도 중요했지만 지금까지 키워온 북풍회를 잘 이끌어가는 것도 중요했다.

북풍회 수하 한 명 한 명의 실력이 구주 육대표국의 웬만한 표두들의 실력에 버금감은 구주의 표국들도 인정하는 바다.

그런데 병기 부딪치는 소리가 들리고 급히 달려온 그 짧은 시간에 쓰러진 북풍회 수하들의 수가 여섯이었다.

황길중은 눈앞의 청년이 엄청난 고수임을 먼저 인정했다.

"어떻게 된 일이냐?"

그가 눈살을 찌푸리며 북풍회 수하들을 이끌고 서 있는 청년을 바라보았다.

후덕하고 묵직한 인상에 황길중을 꼭 닮았다고 했더니 청년은 황길중의 아들로 북풍회 부회주를 맡고 있는 황영한(黃英韓)이었다.

"불쑥 찾아와 다짜고짜 사람을 내놓으라며 고함을 지르더랍니다. 그래서 문을 지키는 아이들과 시비가……."

“알았다!”

황영한의 말을 가로막으며 황길중이 나섰다.

“수하들의 잘못이 있다면 먼저 용서를 바라겠소. 그런데 공자께서는 무슨 일로 본 회를 찾으셨소?”

황길중이 예의를 갖춘 것은 쓰러진 수하들 중 부상이 큰 자가 아무도 없어 상대가 상종 못할 악인은 아닐 것이라는 확신이 있었기 때문이다.

“난 좀 급했다구. 한시바삐 만나야 할 사람이 있거든. 그런데 저자들이 신분 운운하며 이것저것 꼬치꼬치 캐물으며 길을 열어주지 않잖아. 그래서 좀 화를 냈지. 난 좀 욱하는 성질이 있어서…….”

쌍두창을 든 청년이 딴청을 부리며 말했다.

역시 악한은 아닌 듯했다.

급한 성격에 일을 벌여놓고 내가 왜 실없이 싸웠을까 하며 머쓱해하는 기색이 역력했다.

“그래, 찾으시는 분이 누구요?”

“해원이라고 하는데… 내 사매야. 보름달이 뜰 때 여기서 보자고 했다구.”

청년이 쌍두창으로 말의 엉덩이를 툭 치며 말했다.

‘해원?’

어디서 들은 이름 같았다. 황길중이 어디서 그 이름을 들었을까 생각하고 있을 때였다.

“너, 너, 너… 네놈은 산돌이가 아니냐! 네놈이 여길 어떻게……?”

누군가가 쌍두창을 든 청년을 안다고 했다.

이혜민이었다.

그는 화등잔 같은 눈으로 청년을 바라보고 있었다.

쌍두창을 든 청년의 눈도 찢어져라 커졌다.

"너는 수돌이! 네놈이 여기 왜?"

그가 악귀처럼 인상을 찌푸리며 말에서 훌쩍 뛰어내렸다. 그리고 쏜살같이 이혜민 앞으로 달려갔다.

"해원이가 만나자고 하더군! 이곳에서 따로 만나 할 말이 뭐겠어? 뻔한 이야기지. 그런데 네놈은 왜? 아, 국수나 한 그릇 먹고 정신이나 차리라라며 불렀겠군!"

이혜민이 소리쳤다.

"뭐? 국수? 이놈아, 꿈 깨라! 국수를 얻어먹을 놈은 바로 너다! 해원이 뭐라 했는 줄 알아? 둘째 사형을 나라고 했다! 아무렴! 당연하지! 하루 봄볕이 어디라고 네놈이 사형 운운해?"

쌍두창을 든 청년도 지지 않고 고함을 질렀다.

물론 쌍두창을 든 그는 장백노사의 또 다른 제자인 건주여진의 미친 호랑이 대맹호였다.

"하루 봄볕? 말 잘했다! 내가 먼저 스승님을 만났느냐, 네놈이 먼저 스승님을 만났느냐?"

"또 말도 되지 않는 소리를 지껄이고 있구나! 여러분들, 보시오! 귀하들께서는 한밤중에 남의 담을 살짝 넘은 그놈, 그놈 얼굴을 보았다고 제자로 두시오? 크하하하! 그렇소! 저놈은 천직이 좀도둑이었소! 그날도 스승님의 주머니를 털다가 스승님께 들키지 않았다면 저놈은 벌써 망나니의 칼에 목이 날아가고 없었을 거야! 도둑질하느라 '사부 될 분의 얼굴을 먼저 보았으니 내가 사형이다' 라고 말하는 놈은 천하에 네놈밖에 없을 것이다!"

대맹호의 고함에 이혜민의 얼굴이 홍시처럼 붉어졌다.

"네, 네, 네놈은! 네놈의 천직은 스승님의 밥그릇을 덮친 거지가 아니었더냐! 원래 스승님께서는 네놈을 제자로 삼을 생각도 없었다! 내버려 두면 굶어 죽을 것 같아 네놈을 거둬들인 것뿐이다!"

"그래, 그 말은 맞다! 내버려 두었다면 나는 굶어 죽었을 것이고 네놈은 온갖 횡포를 부리다가 사람들이 던진 돌멩이에 맞아 죽었겠지! 세상 모든 사람에게 물어봐라! 거지가 훌륭한가, 좀도둑이 훌륭한가! 수돌아, 넌 알아야 한다. 나는 불쌍해서 스승님께서 제자로 거두었지만 네놈은 네놈에게 당할 사람이 불쌍해서 어쩔 수 없이 스승님께서 제자로 거두었다는 사실을! 그리고 그날 다리 밑에서 스승님께서 우리를 제자로 삼겠다고 말하고 새로운 삶을 걷게 될 테니 새 이름을 지어주마 했을 때 스승님께서 네 이름을 먼저 지어주더냐, 내 이름을 먼저 지어주더냐?"

"하하하! 내세울 게 없으니 별것을 다 내세우는군! 너는 사문의 전통을 잊었단 말이냐? 정식으로 제자가 되는 날 스승님께서 옷 한 벌을 선물하심을! 내 기억으론 네놈보다 삼 일 전에 내가 새옷을 받은 것으로 알고 있다!"

"그거야 내 몸에 맞는 옷을 구하기 힘들었기 때문이지! 어쨌든 빌어먹을 사제야, 더 추한 꼴 보이기 싫으면 그만 돌아가라! 아무려면 해원이 기생오라비 같은 네놈을 좋아하겠느냐?"

"기생오라비? 그래도 곰, 돼지와 사는 것보다는 낫겠다고 하겠지!"

"말은 잘하는군. 쥐 불알 끝 털만도 못한 놈이!"

"그렇군. 쥐 불알 끝 털 속에 앉아 피나 쪽쪽거리는 벼룩처럼 주둥이 잘 놀리는 놈이 세상에 실제 있군."

"벼룩?"

대맹호가 자신의 애병 사해평정뇌력창을 수직으로 세웠다.

이혜민의 환병도도 슬그머니 허리춤을 떠났다.

"더 할 말 있어?"

대맹호가 물었다.

"없다!"

"살아남는 자가 사형이 되는 우리 둘의 약속, 그동안 변하지 않았겠지?"

"해원이 인정해 주는 자가 사형이 되는 것 역시!"

"물론! 그런데 해원이는 왔어?"

"아직."

"그럼 전자로 승부를 가려야겠군."

"좋지."

목소리는 점점 낮아지고 있었다. 그러나 주위 사람의 피까지 말리는 무시무시한 살기!

때 아닌 날벼락이 떨어질까 북풍회 수하들은 모두 긴장했다. 그렇지만 한 사람은 달랐다.

"저기… 저… 이름이 수돌이었어요?"

용감무쌍한 그녀는 황소옥이었다.

"어… 그것은… 원래 귀한 집 아이는 명 길라고 그렇게 부른다오. 개똥이, 소똥이… 뭐 그런 식으로……."

이혜민이 우물쭈물 대답했다.

"아! 그렇군요. 반드시 이기세요! 난 처음부터 알았어요, 저자가 악당이라는 사실을! 저렇게 생긴 얼굴치고 악당 아닌 사람은 결코 없죠!

그리고 전 거지보다 도둑이 더 훌륭하다고 생각해요! 도둑에겐 그래도 꿈이 있잖아요! 한탕 해서 잘 먹고 잘살 꿈! 난 꿈이 있는 사람이 좋아요. 힘내세요!"

이혜민을 위한 황소옥의 격문(激文)이었다.

"여기저기 껄떡거리고 다니는 것은 여전하군. 제대로 한번 내리꽂지도 못하면서. 갈까?"

대맹호가 인상을 쓰며 손짓했다.

"좋지!"

이혜민이 따라갔다.

그들은 넓은 후원으로 향했다.

북풍회의 수하들은 일이 어떻게 돌아가는지 몰라 모두 황길중을 바라보았다.

황길중은 입술을 지그시 깨물었다.

마침내 모습을 보인 장백노사의 나머지 두 제자들!

차라지 보지 않음만 못했다.

도대체 저들로 무엇을 어떻게 하겠다는 것인지 머리가 다시 지끈지끈 아파왔다.

성인학과 해원은 약속된 날짜보다 오 일이나 늦게 단동에 도착했다.

마침 황길중은 일이 있어 그들을 맞은 사람은 부회주 황영한이었다.

아버지를 통해 대충 생김새를 들었으므로 비슷한 사람이 나타났다는 수하들의 보고를 듣자마자 그는 마을 입구까지 달려나와 성인학과 해원을 환영했다.

황영한은 아버지가 무엇 때문에 장백노사의 제자들을 불렀는지 몰랐다. 몰랐지만 중요한 일을 부탁했다고 들었기에 최대한 정중한 태도로 성인학과 해원을 대했다.

황영한과 함께 황소옥도 마중을 나왔다.

장백노사의 제자들에 대한 존경의 염 때문이 아니고 이혜민과 대맹호가 해원 해원 하며 말끝마다 찾기에 얼마나 예쁜가를 확인하기 위해 오라버니를 따라나섰던 것이다.

‘별로 예쁘지도 않잖아? 여우 짓으로 사형을 홀렸는가 보군!’

황소옥이 해원을 본 첫 소감이었다.

질투 때문만은 아니었다.

사실 해원의 외모는 미인이라 부르기에는 조금 모자란 점이 있었다. 만약 강호에 무술 대회가 아닌 미인 대회가 열린다면 일차 관문은 어떻게 통과할지 몰라도 이차 관문을 통과하기는 해원에게 역부족이었다.

반해서 황소옥은 이차, 삼차 관문도 자신있었고 남들도 그녀를 그 정도의 외모로 보았다.

일단 해원이라는 여자가 자신보다 못생겼기에 안심이 되었고 반대로 못생긴 것이 자신이 관심있어하는 남자들… 남자들이 맞았다. 한 며칠 같이 있어보니 대맹호도 점점 괜찮은 남자로 느껴지고 있었기 때문이다.

어쨌든 관심있는 남자들의 관심을 끌고 있다고 생각되자 미운 털이 송송 박혔다. 둘만 있었다면 ‘여우야!’ 하며 벌써 뺨이라도 한 대 때려 줬을 것이다.

물론 해원은 자신이 뺨을 맞을 위험한 처지에 놓였었다는 사실을 몰랐다.

“많이 늦었죠? 대사형이 걸핏하면 사고를 치는 바람에…….”

그녀가 성인학에게 탓을 돌렸다.

“아버님께서 좀 기다리긴 하셨습니다. 웬만한 일로는 조급해하지 않으시는데… 아무래도 급한 일이 있는가 봅니다.”

황영한은 근자에 아버지의 마음이 편치 못하다는 것을 알고 있었다. 그러나 물어도 아무 말 않고 있기에 냉가슴만 태우고 있는 중이었다.

하여 해원의 입에서 무슨 말을 듣지 않을까 해서 슬쩍 운을 띄웠다.

"우리 대사형은 원래 불의를 보면 참지 못하는 사람이잖아요. 여기까지 오며 싸움만 열 번을 넘게 했어요. 그중 세 번은 저 때문에 일어난 싸움이었죠. 무엇 때문이냐고요? 우리 대사형은 남녀가 같이 길을 가는 것을 인정하지 못해요. 최소한 백 보 이상은 떨어져 걸어야 한다고 생각하고 계시죠. 물론 저이기 때문에 백 보이고 다른 여자는 천 보 이상 떨어져 걸으라 할 거예요. 여하간 백 보면 좀 먼 거리죠. 파락호들에겐 혼자 길을 가는 것처럼 보였을 것 아니에요? 그들이 가만있을 리 없죠."

과장이 좀 섞이긴 했지만 틀린 말은 아니었다.

그날 해원의 주정을 들은 이후 성인학은 달라졌다. 해원의 기분을 맞춰주기 위해 산길 아닌 큰길로 걸었다. 저자에서 노리개도 사고, 옷도 사고, 맛있는 것도 먹고, 그 와중에 해원의 말처럼 개망나니들을 상대로 싸움도 몇 번 붙고… 여행이 늦어질 수밖에 없었다.

그러나 어쨌든 해원의 이야기는 황영한의 관심과 전혀 상관없는 이야기였다.

황영한은 뒤로 슬쩍 고개를 돌렸다.

백 보 정도의 거리는 아니었으나 대사형이라는 자는 여전히 거리를 둔 채 자신들을 따르고 있었다.

해원이 하는 이야기를 들었는지 황영한이 바라보자 그는 다른 곳으로 시선을 돌렸다.

그사이 황소옥이 끼어들었다. 원래 눈에 가시가 박히면 아무리 좋은 말을 해도 듣기 싫은 법이다. 그녀는 해원이 점점 얄미워지고 있었다.

'흥! 혼자 길을 가는데 집적거림을 당한 횟수가 삼 회? 그것도 자랑

이라고 떠들어? 나였다면 백 번도 넘었을 것이다!'

속으로 생각하고.

"이름이 해원이라고 했죠? 해원 아가씨께서는 무공을 배우지 않으신 모양이죠? 듣기로 노사의 제자들은 모두 열 마리의 범도 무서워하지 않는다고 하던데… 간단히 처치할 실력이 되는데 길이 늦어질 이유가 없잖아요?"

그녀가 약간 비아냥거리는 눈빛으로 말했다.

"왜 내게 그런 실력이 없겠어요. 그러나 나는 세상에서 가장 어리석은 여자를 남자가 분명히 할 수 있는 일임에도 자신이 하겠다고 나서는 여자라고 생각해요. 그리고 가장 어리석은 남자는 여자에게 그 일은 '너도 할 수 있는 일이잖아' 라고 말하는 자라 생각하고… 그래서 가만히 있었죠."

'그 봐라! 너 정말 여우 맞지?' 하고 황소옥이 단정 지을 말을 해원이 했다.

"어쨌든 비적과 산적들을 상대로 싸운 싸움이 열 번, 길 가다가 어려운 일을 당한 사람 도와준 일이 열두 번이니 길이 늦어질 수밖에 없었죠. 회주에게는 정말 죄송하게 되었군요."

"미안할 게 뭐 있소. 어려운 자를 보면 당연히 도와야 하고 불의를 보면 당연히 나서야지. 그런데 조선의 사정이 여전히 좋지 않은 모양이오?"

황영한이 말했다.

"무슨 말씀인가요?"

"비적, 산적들을 열 번이나 만났다는 이야기를 듣고 '아하! 그 나라 참 잘 돌아가는군' 할 사람 있겠소?"

"아! 그 말씀이시군요. 우리는 몰랐는데 조선엔 그간 엄청난 일들이 많이 벌어졌더군요. 왕은 아들에게 쫓겨나고 아들들은 저희들끼리 죽어라 싸우고……. 윗물이 흐린데 아랫물이 맑을 일은 없겠죠? 예, 조선은 어수선해요."

정종(定宗) 2년(서기1400년) 정월, 방원(芳遠)과 방간(芳幹) 사이에 또다시 골육상쟁이 벌어졌으니 바로 이차 왕자의 난이다. 그 싸움으로 방원은 안정을 찾았지만 그만의 안정이었고 세상이 안정되기는 아직 너무도 먼 일이었다.

"시집간 여자들이 친정 잘되기를 바라는 마음과 고국을 떠나 객지에 있는 우리가 고국 잘되기를 바라는 마음이 뭐 다르겠소. 나라가 잘되면 우리 마음이 든든하고 못 되면 불안하다오. 서둘러 안정을 찾아야 하는데……."

"어떻게든 굴러가겠죠. 어떻게든 굴러왔으니까요. 그런데 두 사형은 잘 있죠?"

"예, 잘 계십니다."

황영한이 쓴웃음을 흘리며 말했다.

"사형들은 겉은 개망나니 같아도 속마음은 그렇지 않아요. 모두 마음이 여린 분들인네 세상 사람들은 그 마음을 이해해 주지 못하디고요."

보지 않아도 두 사형이 어떻게 놀았을지 뻔해 미리 하는 두 사형에 대한 해원의 변호였다.

'어련하시겠소. 내가 이해하지 못하는데 어찌 남들이 이해하리까.'

속으로 한숨을 쉬며 황영한이 고개를 들었다.

"다 왔소."

그가 성벽처럼 단단한 담으로 둘러싸인 장원을 가리켰다.

"대사형, 여기래요."

해원이 성인학을 불렀다.

성인학이 다가왔다.

그들이 북풍회로 들어섰다.

"음, 생각했던 것과는 다르네요."

잠시 기거할 후원의 별채로 향하며 해원이 말했다.

"무엇이 생각했던 것과 다르단 말입니까?"

"회주의 성품이나 북풍회의 명성으로 볼 때 바람도 쉽게 쉬어가지 못할 만큼 위세가 드높을 줄 알았는데 이건……."

"왜, 폐가(廢家) 같습니까?"

황영한이 실소를 흘리며 물었다.

"좀… 좀 그렇군요."

들어오자마자 눈에 띈 것이 덜렁거리는 현판이었다. 전각들은 여기 저기 구멍이 숭숭 나 있고 수하들의 눈빛은 마치 귀신에 홀린 듯 멍해 생기라곤 없었다.

"곧 이유를 알게 될 것입니다."

어깨를 으쓱하며 황영한이 말했다.

그때였다.

우당탕탕! 콰쾅!

기왓장 깨지는 소리.

이유를 곧 알게 될 것이라더니 거짓이 아니었다.

두 명의 청년이 후원 별채의 전각들을 이리저리 뛰어다니며 창칼을 번뜩이고 있었다. 두 마리 무소가 달리는데 지붕이 멀쩡할 리 없었다.

기와가 와작와작 깨어지며 지붕에 구멍이 숭숭 뚫렸다.

"백성들을 걱정했다고? 무슨 개나발 같은 소리! 권력에 눈이 멀어 조상들의 땅, 믿어준 왕과 상관도 속이고 칼을 거꾸로 돌린 그 더러운 놈이 어지간히 백성을 걱정했겠다!"

"대가리에 돌만 가득한 놈이 뭘 알아? 이 넓은 땅을 지키자면 얼마나 많은 백성들이 고생해야 할 것 같아! 명나라와 싸우기도 전에 여진 놈들과 싸우느라 힘을 다 뺄 것이다!"

지붕에서 들려오는 목소리는 너무도 귀에 익은 목소리였다. 두 사형들!

해원은 난처한 표정으로 황영한을 슬쩍 바라보았다.

"참 싸울 일도 많으신 분들이오. 하루에 보통 세 번은 저렇게 싸운다오. 말리고 싶지만 말릴 능력도 없고 말려서 말려질 분들도 아니니 지켜볼밖에……. 오늘은 또 무슨 일로 싸우시는가?"

황영한이 혼잣말처럼 중얼거릴 때였다.

그림자 하나가 비조(飛鳥)처럼 지붕 위로 치솟았다.

성인학이었다.

동시에 들려오는 '악!' 하는 외마디 비명.

생각도 못했던 사형의 출현에 이혜민과 대맹호는 돌팔매질에 놀린 참새처럼 반사적으로 흩어졌다. 그러나 그들은 지붕 위를 벗어나지 못했다.

지붕 위를 쏘아간 성인학은 공중을 반회전하며 모둠발로 이혜민의 등을 걷어차고 그 탄력을 이용해 다시 반회전해서 대맹호의 등을 걷어찼다.

탄력을 이용하기로는 이혜민과 대맹호도 일가견이 있었다. 등이 깨어질 듯 아팠지만 비틀거리는 그 자세로 죽어라 뛰려 했다.

성인학의 눈썹이 꿈틀 일어섰다.

"이놈들! 네놈들이 가면 어디까지 갈 것 같으냐?"

그가 날카로운 휘파람을 불었다.

순간, 어딘가에서 매 한 마리가 나타나더니 북풍회 주위를 저공으로 선회했다.

영취의 두 마리 새끼 중 한 놈, 성인학이 길들이고 있는 쇠돌이었다.

이혜민과 대맹호는 잠시 고민했다.

재수없는 놈 중 한 놈은 사형의 추적을 받을 테니 잡히는 것은 시간 문제고, 추적을 받지 않는 놈, 그놈이 과연 한 놈 잡힐 시간 동안 쇠돌이 눈을 피해 달아날 수 있을 것인가 하는 것인데…….

이혜민과 대맹호는 물끄러미 서로를 바라보았다.

하나에서 백까지 마음 맞는 것 하나 없었지만 이번에는 그들의 마음이 일치했다. 서로의 실력을 믿지 못한다는 것!

성인학을 피해 달아날 자신이 없었으므로 이혜민과 대맹호는 그 자리에서 점잖게 기다렸다.

성인학이 눈을 지그시 내리깔며 그들 앞에 섰다.

"죽일 놈들!"

쾅!

성인학이 발을 굴리자 대들보가 우르르 흔들리며 한쪽으로 기울었다.

기와가 깨지고 지붕에 구멍이 뚫린 것이야 어떻게 수리라도 하겠지만 대들보가 기운 집이야……. 이혜민, 대맹호가 박살나는 꼴을 은근히 기대하던 황영한의 입에서 절로 한숨이 새어 나왔다.

'대사형이라는 저자는 점잖아 보여 그래도 믿을 만하다고 생각했는데… 노사의 제자들은 왜 저럴꼬?'

"변한 것이 아무것도 없구나. 네놈들은 왜 이럴꼬?"

통한에 찬 눈빛으로 이혜민과 대맹호를 바라보며 성인학이 한 말이었다.

"사형, 저는… 저는 사형이 이렇게 변한 줄 몰랐습니다! 햇수로 이 년여 보지 못했죠? 전 '저 귀공자는 뉘 집 자제 분인고' 했었습니다! 사형인 줄 알았다면 당연히 무릎을 꿇고 예부터 갖추었겠죠!"

이혜민의 처절한 변명이었다.

"저도… 저도 사형을 몇 년 보지 않았더니 '저 마두는 어디서 온 마두인고' 했습니다! 혜민 저놈이 정신없이 달아나기에 하늘에 대마두가 나타난 줄 알고……. 사형인 줄 알았다면 당연히 무릎을 꿇고 예부터 갖추었겠죠!"

살기 위해 지껄였지만 더욱 명을 재촉할지도 모를, 정말 정신없이 지껄인 대맹호의 변명이었다.

성인학은 입술을 깨물었다.

속에서 천불이 났지만 그날 술 취한 해원이 무슨 말을 했던가. 사형 자격이 있느냐고 붙었다. 틀린 말이 아니라고 생각했기에 개밍나니 사제들을 어르고 달래 잘 이끌어주기로 다짐하지 않았던가.

"무릎 꿇어라!"

성인학이 점잖게 명했다.

이혜민과 대맹호는 후닥닥 무릎을 꿇었다.

성인학은 착잡한 눈빛으로 두 사제들을 바라보며 한동안을 침묵했다.

이혜민과 대맹호는 똥줄이 탔다.

매를 들려면 빨리 들 것이지 피 말리게 뜸 들이고 있을 건 뭐람! 한 마디로 좌불안석이었다.

그들은 무릎을 꿇고 앉아 가끔 곁눈질로 해원을 집어삼킬 듯 노려보았다.

믿었던 도끼에 발등 찍히게 해도 유분수지!

사형이 같이 온다는 소릴 들었다면 열 명의 해원이 온다고 해도 나타나지 않았을 것이다.

해원도 원망했지만 더욱 원망스러운 사람은 물론 바로 곁에 앉아 있는 자였다.

'어찌 하늘이 너를 낳고 나를 낳았단 말인가!'

이혜민이 하늘을 원망하며 자신의 신세를 한탄할 때,

'썩을 놈! 하늘은 어찌 저런 놈을 일찍 잡아가지 않고!'

대맹호도 하늘을 원망했다.

속으로 그렇게 서로를 욕하고 있었지만 겉으로는 반성에 반성을 거듭 하는 기색이었다.

사실 그들이 두려워하는 것은 스승도, 한입에 소를 물고 간다는 백두산 호랑이도 아니었다. 그들이 유일하게 두려워하는 사람이 있다면 바로 눈앞의 사형이었다.

사제들의 그런 마음을 아는지 모르는지 한동안 지그시 그들을 바라보고 있던 성인학이 입을 열었다.

"그래, 싸운 이유가 무엇이냐?"

한동안 뜸을 들여 무슨 심각한 말을 꺼내는가 했더니 고작 싸운 이유를 묻는 것이라 황영한 등은 쓴웃음을 흘렸다.

원래 성인학은 그랬다. 성격이 너무 신중하기도 했지만 그보다 행동과 생각이 다른 사람보다 항상 반박자 느렸다. 지리산 깊은 곳에서 세월의 흐름을 잊은 채 소가 풀 뜯듯 한가하게 살아온 때문이었다.

"사형, 혜민 저놈이 가만히 있는 저의 성(姓)에 대해 갑자기 시비를 거는 게 아니겠습니까! 대씨(大氏)는 무슨 놈의 대씨, 거란에 망한 나라가 그렇게 좋더냐 하며! 그래서 내가 말했지요. 이씨(李氏)는 무슨 놈의 이씨! 제 영달을 위해 되찾아야 할 조상 땅을 내던진 이씨, 명나라에 개처럼 꼬리를 살랑살랑 흔드는 이씨가 그렇게 좋더냐 하며!"

"누가 꼬리를 살랑거리고 누가 영달을 바랐어? 사형, 이 넓은 땅을 차지하고자 한다면 살찐 말, 강맹한 군사, 그리고 그것을 받쳐 줄 부유한 백성이 반드시 있어야 합니다! 또한 여진족과도 사이가 좋아야 하고. 그런데 그때 고려의 형편이 어땠습니까! 삼남(三南)에는 왜구들이 날뛰고, 있는 놈들은 제 주머니 채우기에 바쁜, 또 명나라는 최고의 군력을 자랑할 때였습니다! 백성들 가랑이 열 번을 찢어놓는다면 '이 땅은 우리 땅이니 내놔라' 할 수 있었겠지요! 물론 나는 가랑이 열 번 찢어지고 살아남는 사람이 있다는 말은 들어보지 못했습니다! 그리고… 작은 나라는 작은 나라대로의 처신이 있는 법입니다! 큰 나라에 자존심 내세우면 그만한 내가를 받게 되어 있죠! 니는 쥐뿔도 없이 자존심만 내세워 굶주리기보다 조금 아부하고 배부를 수 있는 길이 있다면 그 길을 찾겠습니다!"

"나는 네놈이 그런 더러운 소리 할 줄 알았다! 가랑이 열 번은 무슨! 겁 많은 놈의 핑계에 불과하다! 조금 어렵긴 어려웠지! 하지만 형편이 조금 어렵다고 조상들이 살던 땅을 나 몰라라 해? 가랑이 조금 찢어지면 네 아버지 제사도 나 모르겠다고 할 놈이 네놈이었구나!"

"물론! 빚내어가며 아버지 제사 지낼 생각은 추호도 없다! 물 한 그 릇이면 어때, 마음이 중요하지!"

말싸움에서 이혜민이 대맹호보다 조금 낫긴 나았다. 하지만 대맹호 를 설득할 수 있을 만큼 뛰어난 것은 아니었다. 말꼬리에 같이 물려 늘 어졌다.

"헤헹! 그놈의 마음……. 나는 구리 반지 하나 내놓지 않고 사랑한 다 사랑한다 말만 떠벌리는 놈치고 정말 여자를 사랑하는 놈을 한 명 도 보지 못했다! 마음이 있으면 빚을 내어서라도 구리 반지를 사야지!"

"그런 생각을 가지고 있으니 네놈 주위에 모여드는 여자가 구리 반 지 값어치밖에 안 되는 여자다! 구리 반지처럼 살짝 건드려도 허물허 물 다리 벌리는!"

이혜민과 대맹호가 본말을 잊고 서로의 무식함을 자랑하며 싸웠다. 무식한 자들의 싸움은 그 결과가 뻔했다. 결론을 주먹에서 찾는다는 것!

"뭐?"

대맹호가 벌떡 일어났다.

질세라 이혜민도 벌떡 일어났다.

"꿇어라!"

성인학이 호통을 쳤다.

이혜민과 대맹호는 찔끔하며 원래대로 무릎을 꿇었다.

"나는 도대체 네놈들의 말을 이해하지 못하겠구나. 대씨가 어떻고 이씨가 어떻다고?"

"사형, 스승님은 우리들의 이름만 지어주었을 뿐 성(姓)은 지어주지 않았잖습니까. 그래서 각자 마음에 든 성을 고르기를, 맹호 저놈은 대

씨라 하고 저는 이씨라 했습니다. 그리하여 그 성 지은 연유를 묻다가
결국 싸움이 붙어…….”

험한 눈빛으로 대맹호를 바라보며 이혜민이 말했다.

순간 성인학의 표정이 달라졌다.

“앞서 산돌이 저놈이 혜민 어쩌고 할 때 혜민이 누군가 했더니 수돌
이 네놈의 이름이었군!”

“맞습니다. 저놈은 대맹호구요.”

성인학이 무슨 사단을 칠 것 같아 자라처럼 목을 움츠리며 이혜민이
말했다.

과연 성인학이 엄청 화가 난 것은 사실이었다.

그가 주먹을 번쩍 들었다.

“나는 이씨가 좋은지 대씨가 좋은지 모른다! 그러나 하나는 알지, 스
승님께서 지어준 귀한 이름을 버리지 말아야 함을! 스승님께서 지어준
산돌이, 수돌이라는 좋은 이름을 버리고 혜민, 맹호 운운하니 기분이
좋더냐? 스승님을 얼마나 무시하고 사문을 얼마나 가소롭게 보기에 함
부로 이름을 바꿔!”

그의 눈에 불꽃이 튀었다.

관용으로 용서해 주어야 힐 일이 있고 하지 말아야 할 일이 있다. 아
무리 마음을 너그럽게 가져도 스승에 대한 불경죄는 절대 그가 용서할
수 없는 일이었다. 참자 참자 하며 참았던 매를 마침내 들기로 했다.

“이리 오너라.”

그가 점잖게 대맹호의 손을 잡았다. 그리고 다리를 팔 안쪽으로 걸
친 후 발등으로 대맹호의 뺨을 가격했다.

대맹호가 한쪽으로 픽 쓰러졌다.

곧 이어 이혜민도 뒤로 꽈당 쓰러졌다. 대맹호와 달리 그가 뒤로 쓰러진 이유는 아프지 않게 맞으려고 잔재주를 부리다가 걸려 일순간에 두 뺨을 가격당했기 때문이다.

대맹호와 이혜민의 안색이 핏기 하나 없이 해쓱해졌다. 그들은 사형이 이쯤에서 끝내지 않을 것이라는 사실을 알았다. 반 죽었다고 복창해야 했다.

아아! 너와 내가 마음 맞아 잘되는 일이 뭐 있었던가!

산돌이, 수돌이라는 이름이 수하들, 특히 여자들 앞에서 절대 체통 설 이름이 아니었기에 이름만은 서로의 새 이름으로 불러주기로 합의했는데 마음 맞지 않는 놈은 마음 맞지 않는 대로 살았으면 되었을 것을 합의의 결과는 너무도 참혹할 듯했다.

성인학은 정말 두 사제들을 참혹하게 절단 낼 태세였다. 그러나 다시 해원이 한 말이 떠올라 한 호흡을 삼키며 치솟는 분노를 억눌렀다.

그가 주먹을 내리고 뒷짐을 졌다.

"생각하니 내 나이가 매를 들 나이가 아니고 너희들 또한 매를 맞을 나이가 아니다. 또 잘못이 있다면 너희들에게만 있겠느냐. 너희들을 제대로 인도하지 못한 내게도 잘못은 있지."

그가 먼 하늘을 응시했다. 그리고 명하기를,

"지붕 끝에 서라."

손가락으로 지붕의 좌우 끝을 가리키며 한 말이었다.

이혜민과 대맹호는 우물쭈물 일어나 각자 지붕 끝에 섰다.

"등을 돌려라."

성인학의 명에 이혜민과 대맹호는 등을 지고 섰다.

"눈을 감고 팔을 들어라."

그 명이 떨어지는 순간 이혜민과 대맹호의 안색이 옆에서 보기 안쓰러울 정도로 처절하게 변했다. 그들은 '한 번만 용서를' 하는 애절한 눈빛으로 성인학을 바라보았다.

그러나 성인학은 단호했다.

"발 올리는 것을 잊었더란 말이냐?"

그가 고함을 지르자 이혜민과 대맹호는 화들짝 한쪽 발을 들었다.

북풍회의 후원 전각 지붕에 때 아니게 사람 닮은 두 마리 학(鶴)이 내려앉았다.

쇠돌이라는 매가 기분 내킬 때마다 그 두 마리 학 사이를 오가며 부리로 머리를 쪼았다.

성인학은 나무 의자에 단아하게 앉아 있었다. 그리고 책을 읽었다.

지붕 위의 두 마리 학은 쇠돌이의 공세를 견디며 여전히 석상처럼 서 있었다.

해원은 한숨을 쉬었다.

두 사형들이 취하고 있는 자세, 보통 사람은 반 시진을 견디면 잘 견딘다고 할 수 있었고 어느 정도 무공을 익힌 사람은 반나절 정도였으나 사형들에겐 하루가 장난이었다.

일전에는 꼬박 삼 일 밤을 새는 것도 보았었다.

그래서 문제가 아니었던가.

대사형의 벌칙은 줄어드는 일이 없었다. 저번에 삼 일이었으니 이번엔 최소한 오 일?

두 사형들을 걱정해서가 아니다. 가뜩이나 일정이 늦었는데 벌 선다고 오 일을 허비할 수는 없었다.

해원은 질끈 입술을 깨물며 어디론가 갔다.

잠시 후 그녀가 돌아왔다.

"대사형, 받아요."

해원이 성인학에게 불쑥 내민 것은 곡괭이 자루였다.

성인학이 이게 뭔가 하는 표정으로 해원을 바라보았다.

"간단하게 끝내세요. 우린 바쁘잖아요."

해원은 성인학이 몽둥이 찜질로 두 사형의 벌을 대신하라고 했다. 두 사형도 물론 좋아할 일이었다.

"해원아, 내가 일이 없어 놈들에게 학형(鶴形)을 취하라고 한 줄 아느냐. 나는 놈들이 다투는 것을 보았다. 그간 무슨 짓을 하고 다녔는지 원정(元精)을 많이 흘렸더구나. 따라서 몸을 바로 해서 헝클어진 마음을 다스려야 한다. 너도 알다시피 저 자세는 백회혈에서 용천혈로 이어지는 몸의 중심 선을 바로 갖추어주는 자세이다. 한 십 일 저렇게 서 있으면 몸과 마음이 바로 돌아올 것이다."

"십 일? 대사형, 우린 바빠요! 그사이 저들이 우리가 찾고자 하는 선사를 어떻게 하면 어쩌려고?"

"기보는 스스로 주인을 찾게 되어 있다. 십 일 늦었다고 그 기보를 찾지 못한다면 우리 물건이 아닌 것으로 생각해야지. 그보다 중요한 것은 구주인들에게 스승과 사문의 이름을 더럽히지 않는 것, 저놈들이 저 꼴로 구주에 들어가면 어떤 일이 기다리고 있을지 보지 않아도 훤하다. 먼저 몸과 마음을 추스르게 해야 해."

"대사형, 우린 정말 바쁘다니깐요!"

해원은 발을 굴렀다.

성인학의 눈썹이 꿈틀 일어섰다.

"해원아, 네가 지금 내가 하는 일에 시비를 걸고자 하는 것이냐? 스승님이 없는 자리에선 내가 바로 스승이다!"

엄중한 목소리. 그는 같이 있는 동안 사제들을 스승님께 부끄럽지 않는 제자들로 만들겠다는 자신의 결심을 굳게 지키려 하고 있었다.

"알았어요."

해원은 힘없이 물러났다. 더 이상 고집을 부렸다가는 자신도 지붕 위에 서라 할 것이 분명했다.

그녀가 '어찌할꼬' 하고 있을 때였다. 그녀의 눈에 맹한 눈빛으로 서 있는 황소옥이 들어왔다.

해원은 '옳다구나!' 했다.

그녀가 황소옥 곁에 섰다.

"황 소저."

해원은 황소옥을 불렀다. 그러나 황소옥은 맹한 눈빛으로 여전히 성인학만 바라보고 있었다.

해원이 다시 그녀를 부르자 허깨비를 본 듯 놀라며 비로소 고개를 돌렸다.

"우리 대사형 어때요?"

해원이 눈웃음을 치며 물었다.

황소옥의 얼굴이 갑자기 붉어졌다.

"귀 댁의 대사형이 어떤지 내가 어떻게 알아요? 귀 댁 대사형의 일까지 내가 신경 쓸 이유는 없잖아요?"

그녀가 뜬금없이 화를 냈다.

해원은 속으로 웃었다.

많은 여자들이 남자를 고를 때 단점이 없는가를 본다. 그러나 황소옥이라는 아가씨는 장점부터 찾았다.

하늘이 사람을 내릴 때 어찌 한두 개의 장점을 주지 않고 내렸을까. 때문에 황소옥이라는 아가씨는 두 사형에 이어 대사형에게도 관심이 동한 듯했다.

기실 관심 동할 만도 하지!

도학자(道學者)와 같은 근엄한 자태에 절정의 무공……. 자신의 마음이 동하는데 왜 남의 마음이 동하지 않겠어!

어쨌든 해원은 자신을 제외한 여자들을 대사형이 외계(外界)의 이상한 물건 대하듯 한다는 약점을 알고 있었고 또 황소옥이 대사형에게 관심있어한다는 사실을 알았으므로 황소옥을 이용하기로 했다.

"황 소저, 저들이 불쌍하지 않나요?"

해원이 지붕 위의 두 사형을 가리켰다.

황소옥은 아무 말도 하지 않았다.

"만약 황 소저가 저들의 구명에 나서준다면 저들은 평생 황 소저의 은혜를 잊지 않을 거예요."

"내가 어떻게……? 방금 해원 소저의 말도 듣지 않았잖아요."

황소옥이 배시시 웃으며 자신의 손가락을 깨물며 말했다.

"대사형에게 나는 여자가 아니에요. 그러나 황 소저는 다르죠. 우리 대사형은 미인에 약하거든요."

"그래요?"

황소옥이 눈빛을 빛냈다.

내가 좀 예쁘긴 예쁘지!

"호색한이라는 뜻은 아니고… 우리 대사형은 여자를 만나본 적이 거의 없거든요. '여자는 왜 같은 사람인데 이런 냄새가 나지?' 하며 식은땀을 흘리는 분이에요.”

“아, 산속에서만 살았다고 했죠? 그럴 수 있겠군요.”

기실 두 사제들은 너무 뺀들뺀들거려 조금 마음에 걸렸었다. 그런데 대사형이라는 자는 순진하기까지 하다니… 좋은 여자는 좋은 남자를 놓치지 않는다. 말을 걸어보고 싶은 마음이 굴뚝같았다.

“황 소저가 정중히 부탁하면 대사형은 거절하지 못할 거예요. 그러면 당연히 두 사형은 황 소저에게 백골난망할 것이고 대사형도 속으로 생각하겠죠. ‘그 아가씨, 참 마음 씀씀이가 곱군’ 이라고. 음… 내 말은 그들에게 잘 보이기 위해 황 소저가 나서야 한다는 말이 아니라 황 소저의 말 한마디에 세 사람이 좋아지니 좋은 일이 아니겠느냐 이 말이죠.”

“아! 그렇군요. 알았어요. 말 한마디가 뭐 어렵겠어요?”

황소옥이 나서주겠다고 했다.

“부탁해요.”

해원은 황소옥의 등을 살짝 떠밀었다.

황소옥은 성인학을 향해 조심스럽게 걸어갔다. 그러다가 갑자기 발걸음을 멈추고 해원을 향해 돌아왔다.

“서… 해원 소저, 해원 소저의 두 사형은 눈만 뜨면 해원 해원 하던데 해원 소저는 둘 중 누가 좋아요?”

“아! 그래요? 음, 사형들의 마음이 그렇군요. 그렇지만 나는 아직 그들을 사형 이상으로 생각해 본 적이 없어요.”

“그래도 조금 괜찮다 싶은 사람이 있을 것 아니에요!”

눈에 보이는 뻔한 일, 뭘 시치미 떼느냐며 황소옥이 화를 냈다.

난데없이 대답을 강요받은 해원은 잠시 머뭇거리다 입을 뗐다.

"이(李) 사형인 수돌 사형은 정(情)이 좀 헤프죠. 그래서 아무 여자에 게나 잘해줘요. 그렇지만 진정으로 좋아하는 여자가 아니면 합방(合房)을 하지 않는다고 했어요. 반대로 대(大) 사형인 산돌 사형은 정(精)이 좀 헤프죠. 내 앞에서는 절대 그런 일 없다며 펄쩍 뛰지만 수돌 사형이 이미 말해 주었어요. 아무 여자나 잡고 뒹군다고. 그렇지만 저는 산돌 사형이 어떤 여자에 대해서도 관심있게 두 번 이야기하는 것을 듣지 못했어요. 따라서 여자에게 절대 정(情)을 준 적이 없다는 말은 맞는 말인 것 같아요. 자신이 좋아하는 딱 한 명의 여자에게 정(情)을 주겠 죠. 황 소저, 황 소저는 두 사람 중 누가 좋은 것 같아요?"

이런! 내가 왜 둘 중의 하나를 선택해야 해! 둘이 가진 장점 모두를 가진 사람을 선택해야 당연하지!

'그나저나 당신의 사형들, 왜 그렇게 개차반이야 하고 소리치고 싶 었지만 꾹 참고,

"대사형이란 분은 어때요?"

내일은 어떨지 몰라도 역시 오늘 황소옥이 가장 관심 기울여 보는 남자는 성인학이었다.

"대사형은 최악이죠. 그는 여자에 대해 말하는 것조차 무슨 금기를 범하는 듯 주저하니까요."

해원이 가는 한숨을 쉬며 말했다.

"그렇군요. 그렇지만 나는 여자에 대해 관심이 없다는 남자가 있다 고는 생각지 않아요. 문제는 스스로의 완고한 벽을 일순간에 허물어뜨 릴 여자가 나타나지 않은 거겠죠."

묘한 눈빛으로 황소옥이 말했다. 그리고 그녀는 성인학을 향해 성큼 성큼 다가갔다.

해원은 뒤로 물러나 팔짱을 꼈다.

예상대로 황소옥이 실실 웃으며 말을 걸자 대사형은 땀을 비질비질 흘리며 쩔쩔맸다.

나중에 황소옥은 대사형의 팔까지 붙잡고 아양을 떨었다.

황소옥의 아양에 대사형은 난처해 어쩔 줄 몰라 했지만 절대 싫어하는 기색은 아니었다.

보자 보자 해서 보고 있었는데 절대 지켜볼 장면이 되지 못했다. 이 무슨 개떡 같은 기분이람!

해원의 눈썹이 치켜 올라갔다.

'뭐? 스스로의 완고한 벽을 일순간에 허물어뜨릴 여자가 나타나지 않았기 때문이라고?'

그녀는 주먹을 불끈 쥐었다.

철권(鐵拳)으로 황소옥의 뒤통수라도 한 대 때려야 화가 풀릴 것 같았다.

그러나 그녀는 곧 피식 웃고 말았다.

'여자와 소인배와는 같이 일을 하는 게 아니라더니 맞군. 내가 시킨 일에 내가 화를 내고 있으니……. 아니야, 어디 남자들이라고 해서 다를까, 좋은 사람이 있으면 만사 제쳐 놓고 그 사람부터 잡고 싶지.'

그녀가 나무에 몸을 기댔다.

'음, 그나저나 문제군. 나 아니면 황금인형을 찾을 사람이 없는데 나는 황금인형이 아닌 대사형의 마음 찾을 생각만 하고 있으니 황금인형은 누가 찾는담?'

황금인형 찾기!

망망대해에 떨어진 바늘 찾기와 같았다. 하지만 이미 맡은 일이니 나 몰라라 할 수도 없고 또 나 몰라라 할 일도 아니었다.

구주도 코앞이니 이제부터 신경을 좀 써야겠다고 그녀는 생각했다.

"해원아, 해원아, 나 미치겠다."

이제 더 이상 이혜민이란 이름을 사용할 수 없게 된 수돌이가 퀭한 눈으로 말했다.

"나두…….."

역시 더 이상 대맹호란 이름을 쓸 수 없게 된 산돌이도 죽겠다는 표정으로 털썩 주저앉았다.

"엄살 좀 그만 떨어요. 그까짓 게 뭐 대단하다고."

해원은 혀를 쏙 내밀었다.

"그까짓 거라니! 너, 주먹 찌르기 천 번, 발차기 천 번, 목검 내려치기 천 번, 또 뭐야? 어쨌든 그 일이 쉬운 줄 알아? 쉽다면 네가 해봐라!"

수돌이가 소리쳤다.

"아이고! 아이고! 차라리 날 죽이라 해라."

온몸이 쑤시는지 산돌이는 네 활개를 펴고 누웠다.

성인학에 의해 명령된, 이제 매일 새벽이면 실시될 특훈(特訓)!

산돌이, 수돌이에겐 날벼락도 이런 날벼락이 없었다.

"내가 보기에 두 사형은 정말 문제가 있는 게 맞아요. 고된 훈련이라는 걸 모르는 건 아니지만 이렇게 힘들어할 줄은……. 수련을 게을리 하고 술과 고기를 가까이해 기력(氣力)이 혼탁해진 게 맞는 것 같군요."

대사형의 말에 의하면 두 사형은 몸도 상했고 기도 혼탁해 한동안 심하게 담금질을 해야 한다고 했다. 제 몸으로 돌아오기까지 하루에 땀을 한 말 이상은 흘리게 할 것이라 했다.

물론 해원은 몸 상하게 했던 일도, 기를 상하게 했던 일도 없었으므로 평소 하던 대로 심신을 닦으면 되었다.

"뭐 좀 그러긴 했지만… 그런데 사형은 왜 저 난리야? 꼭 어릴 때 우릴 괴롭히던 것처럼 괴롭히려 하잖아!"

"머리 큰 이후에는 간섭을 하지 않았지. 다 큰 놈들 간섭해 봐야 뭐하냐 하면서 말이야. 너, 오는 도중에 사형에게 이상한 것을 먹인 것 아냐? 사람이 이상해지지 않으면 왜 저러겠어?"

산돌이, 수돌이가 투덜댔다.

그들의 말대로 어느 순간부터 성인학은 사제들에 대해 더 이상 이래라저래라 하지 않았다. 다른 이유 때문이 아니라 포기했기 때문이다.

하지만 그 포기가 너무 이른 포기였다는 사실을 해원의 주정을 듣고 깨달은 후 다시 사제들에게 예전 같은 관심을 쏟아 부으려 하고 있었다.

그러나 어찌 산돌이, 수돌이가 그 사실을 알랴.

알았다면 산돌이와 수돌이가 해원에게 난리를 쳤을 것이다. 왜 술 먹고 실없는 소리 해서 우릴 이 고생 시키느냐고.

"고려의 기서, 선사를 찾는 일이잖아요. 필경 쉽지 않은 일이 기다리고 있을 거예요."

해원은 두 사형들에게도 황금인형이 숨기고 있는 실제 비밀에 대해서는 말하지 않았다. 그러지 않아도 게으른 사형들인데 황금인형이 숨기고 있는 실제 비밀을 안다면 더욱 '우리가 그 일을 왜?' 할 것이 틀림없었기 때문이다.

다른 사람들이 황당하게 생각하든 말든 두 사형들에겐 그들이 원하는 세상의 창건이 중요했지 마음 떠난 조선의 외교적 문제가 관심사는 아니었다.

"선사를 취하기 위해 달려드는 많은 구주의 고수들을 만나겠죠. 그때를 대비해 대사형께서는 맹훈을 시키는 것일 거예요."

어쨌든 원인 제공자인 해원도 술에 취해 있었기 때문에 자신이 성인학에게 어떤 말을 했는지 몰랐다. 몰랐기에 성인학의 강훈(强訓)에 대해 나름대로 그녀가 찾은 이유였다.

"젠장! 선사가 뭐라고. 솔직히 우린 스승님의 가르침을 따라잡기에도 바쁜 사람이다. 고려의 기서, 선사! 높고 높은 도(道)를 추구하는 대사형이나 찾으라고 해! 난 내 주제를 알지! 내겐 어차피 그림의 떡일 뿐이다!"

수돌이가 소리쳤다.

"네놈이 모처럼 옳은 소리를 하는구나! 맞아, 선사가 왜 필요해? 난 지금의 무공만 해도 놀기에 남는다. 그리고 선사, 높고 높은 도, 그 높은 도를 따라가자면 얼마나 똥줄 빠져야 하겠어! 난 다시 무공을 배운다며 고생하기 싫다! 고생은 어릴 때 한 고생으로도 충분해!"

산돌이도 소리쳤다.

고함을 지른 후 산돌이와 수돌이는 서로의 얼굴을 마주 보았다. 그들의 눈빛이 묘하게 빛났다.

해원은 사형들의 눈빛이 무엇을 의미하는지 금방 알아챘다.

"달아날 생각이세요?"

"……."

산돌이와 수돌이는 눈동자만 바쁘게 굴리며 아무 말 하지 않았다.

"선사 찾기! 스승님의 명이에요!"

해원이 차갑게 말했다.

"우리가 언제 스승님의 말 들었나?"

"맞아, 갑자기 말 잘 들으면 스승님이 '저놈들, 미쳤구나' 할지도 몰라. 스승님의 기대에 어긋나지 않는 제자가 모름지기 훌륭한 제자지."

산돌이와 수돌이는 이미 눈빛으로 무엇인가를 결심한 눈치였다.

해원이 입술을 깨물었다.

"좋아요! 갈 사람은 가요! 단, 먼저 발걸음을 떼는 사람, 그 사람은 앞으로 절대 보지 않겠어요! 물론 당연히 사형이라고 생각하지도 않을 거예요!"

그녀가 소리쳤다.

산돌이와 수돌이는 흠칫했다.

"먼저 발걸음을 떼는 사람? 그럼 두 번째 떼는 사람은?"

산돌이가 우물쭈물 물었다.

"한꺼번에 두 사형을 잃는다는 건 너무 억울하잖아요! 뒤에 떠나는 사람은… 어쩌겠어요. 친구 따라 강남도 간다는데. 그래서 그런가 보다 하며 이해해 주어야지.”

짐짓 한숨을 쉬며 해원이 말했다.

“그, 그렇군.”

머리를 긁적이며 산돌이는 수돌이를 바라보았다.

수돌이는 팔짱을 꼈다.

그가 눈을 척 감으며 꼼짝하지 않았다.

“수, 수돌아, 너, 방금 떠난다며?”

산돌이가 슬쩍 밀었다. 그러나 수돌이는 그 자세 그대로 꼼짝도 하지 않았다. 과연 어릴 때 해원으로부터 받은 별명, 복지부동왕(伏地不動王)다운 풍모였다.

“이 사실도 생각하시기 바래요. 두 사형의 무공 실력은 어릴 때부터 호각(互角)이었죠. 지금도 마찬가지! 사실 오래전부터 우리들의 무술 스승은 대사형이었잖아요. 그런데 만약 한 사형은 대사형의 말을 따라 열심히 무술을 배우고 다른 한 사형은 대사형의 말을 따르지 않아 게으름만 부렸다면… 그 결과는 뻔한 일이겠죠. 매일 얻어터지는 사람보다 매일 때리는 사람, 그 사람을 내가 둘째 사형이라 부를 것도 뻔한 일이고.”

은근슬쩍 던진 해원의 그 말, 그 말이 모든 것을 결정했다.

수돌이는 눈을 번쩍 떴다. 그가 느릿한 자세로 춤을 추기 시작했다.

미풍이 잔가지를 흔들고 지나가듯, 수면에 잔물결이 일 듯 아주 부드럽고 자연스러운 춤. 외계의 힘을 안으로 받아들여 내공을 증진시키는, 황소옥에게 가르쳐 주었던 그 춤이었다.

산돌이의 눈도 휘둥그레 돌아갔다. 슬그머니 해원의 눈치를 보던 그가 땅바닥에 몸을 굽혔다.

"으싸! 으싸!"

그가 힘차게 팔굽혀펴기를 시작했다.

'헤헹!'

해원은 속으로 콧방귀를 뀌었다.

두 사형을 다루는 건 장난이었다. 그래서 스승께서 자신을 보낸 것이겠지만……

"음, 나도 몸 좀 풀어볼까?"

그녀가 다리를 들었다.

그녀의 몸은 문어처럼 부드러웠다. 쭉 올라간 발은 너무도 쉽게 머리에 닿았다. 그녀는 좌우 교대로 다리를 들어 올리며 몸을 풀었다.

산돌이와 수돌이의 눈이 자신들의 의지와 상관없이 가자미눈으로 돌았다.

너무도 완벽한 해원의 몸매!

성숙한 처녀티가 물씬 났다. 한 이 년 보지 않는 동안 애티를 완전 벗은 상태였다.

'아이고!'

산돌이와 수돌이는 한숨을 쉬었다. 그리고 문득 서로를 바라보았다.

세상 물건이 어찌 이리 다를꼬!

어떤 것은 눈에 넣어도 아프지 않을 듯한데 어떤 것은 스쳐 보는 것만으로도 눈이 깨질 듯 아프니……

'개자식!'

그들이 서로를 욕하며 급히 고개를 돌렸다.

사형들이 무슨 생각을 하든 해원은 바람에 흔들리는 수양버들처럼 낭창낭창 몸을 풀었고, 눈이 한쪽으로 쏠려 남들이 보기에 바보처럼 보이든 말든 산돌이와 수돌이는 가자미눈을 바쁘게 놀리며 몸을 다졌다.

그때였다.

성인학이 나타났다.

심인검! 깊은 명상이 필요한 바, 조용한 곳에서 따로 수련하던 그였다.

사제들을 향해 걸어가던 그의 눈이 빛났다.

아아! 내가 역시 저 두 놈들에 대해 오해가 있었구나! 보라, 저렇게 열심히 수련하는 것을!

마음이 훈훈했다.

그가 빠른 걸음으로 다가와 사제들 곁에 섰다.

성인학의 출현을 눈치 챘으니 산돌이와 수돌이는 수련에 더욱 박차를 가하고 있었음은 당연했다.

그들은 성인학에게 꾸벅 머리를 숙인 후 더 더욱 열심히 몸을 갈고 닦았다.

성인학은 굵은 땀방울 흘리고 있는 사제들을 바라보며 팔짱을 꼈다.

이 얼마나 감동적인 장면인가! 어찌 하나라도 더 가르쳐 주고 싶지 않을까!

"이리 오너라."

성인학이 산돌이를 불렀다.

가까이 가서 좋은 일이 없었으므로 도살장으로 끌려가는 소처럼 산돌이가 성인학의 곁에 섰다.

"아프겠지만 좀 참거라."

말이 끝나기가 무서웠다.

우두둑!

뼈 부서지는 듯한 소리.

"커억!"

터지는 산돌이의 비명.

성인학이 새 날개 꺾듯 산돌이의 팔을 꺾고 있었다. 굳어버린 뼈를 풀고 뭉쳐진 혈(穴)을 뚫어주기 위한 것!

진기(眞氣)를 제법 소비해야 하는 만만치 않은 일이었다. 그렇지만 사제들이 저렇게 열심인데 어찌 내 진기 아깝다고 하랴. 그가 손에 진력(眞力)을 더했다.

그러나 당하는 당사자인 산돌이에겐 사형의 하늘 같은 은총이 죽음이었다.

"커아! 아악! 아! 악!"

그가 눈물, 콧물을 쏟으며 비명을 질렀다.

수돌이의 안색이 핏기 하나 없이 창백해졌다. 그의 몸이 사시나무처럼 떨렸다.

'아아! 그때 달아났어야 하는 것인데…….'

후회가 물밀듯이 밀려왔다.

하지만 후회는 아무리 빨라도 때가 늦기에 후회!

이왕 들 매, 차라리 자신부터 때리지……. 도저히 쳐다보지 못할 참상이었기에 그는 눈을 질끈 감았다.

그때였다.

천우신조(天佑神助)란 이럴 때 쓰는 말인가 보다.

한 필의 말이 질풍처럼 달려오고 있었다.

북풍회의 전령이었다.

"대공자, 큰일입니다! 회주께서 위험에……! 오정산(五丁山) 놈들이 회주를 급습! 부회주께서 도움을 청하라 하셨습니다!"

그가 소리쳤다.

'앗싸!'

수돌이는 쾌재를 불렀다.

"뭐? 회주께서 급습을 당했다고? 어떤 놈들이야?"

그는 동인지 서인지도 모른 채 뒤도 돌아보지 않고 달렸다.

"아니아니, 놈들이 있는 곳은 저쪽입니다!"

전령이 급히 위치를 수정해 주었다.

수돌이는 방향을 튼 후 마누라가 다른 놈과 붙어 있다는 소식을 듣고 달려가는 그 이상의 속도로 달렸다.

"사, 사형, 나, 나두 좋은 일 하고 싶어."

산돌이가 콧물을 훌쩍거리며 말했다.

성인학은 산돌이를 놓았다.

"수, 수돌아, 같이 가!"

뒤뚱거리며 산돌이가 따라갔다.

"대사형, 가보아야겠죠?"

옷매무시를 만지며 해원이 다가왔다.

성인학은 고개를 끄덕였다.

"앞장서시게."

그가 전령을 앞세웠다.

잡목만 몇 그루 서 있는 돌산이었다.

북풍회주 황길중은 더 이상 물러날 곳이 없는 십여 장 높이의 절벽

끝에 서 있었다.

그의 앞에는 변발(辮髮)을 하고 귀두도(鬼頭刀)를 든 사십 대 초반의 사내가 비릿한 미소를 띤 채 황길중을 바라보고 있었다.

풍뢰단(風雷團)의 단주 증옥병(曾玉柄)!

풍뢰단은 봉성(鳳城)을 지나 계관산(鷄冠山)의 한 자락인 오정산에 자리 잡고 있는 마적들이다.

떼로 몰려다니며 노략질을 했고 훔친 물건으로 구주의 상인들과 거래를 했다. 그 외중에 점점 장사에 재미를 붙여 지금은 반상인, 반마적으로 자리를 잡았다.

장사라는 것은 끊임없이 몸 불리기를 요구하는 바, 세력 확장에 대한 욕심은 필연이었을 테니 북풍회와 가끔 마찰을 빚었다. 그러나 풍뢰단의 힘은 수십 년 동안 기반을 다져 온 북풍회를 이기기엔 역부족이었다.

눈치만 슬슬 보았었다. 그런데 오늘 용의 간이라도 삼켰는지 불시에 공격을 해왔으니…….

급습으로 북풍회주 한 명만 처치하면 북풍회가 무너질 것이란 미련한 생각은 하지 않았을 것이고 아마 믿는 구석이 있었을 것이다.

엄청난 크기의 말, 당장이라도 적진을 달리지 못해 거친 숨을 뿜어내고 있는 말은 산돌이의 애마 광풍이었고 그 말에 탄 사람은 해원이었다.

해원은 풍뢰단 단주 증옥병의 뒤에 서 있는 두 명의 오십 대 중늙은이들을 주시하고 있었다.

칼날이 양편으로 뾰족한 연자검(練子劍)을 든 늙은이와 방절편(方節鞭)을 든 늙은이!

제법 한 수 할 것으로 보였다.

아니나 다를까!

"요서사괴(遼西四怪)……."

황영한의 입에서 신음이 터졌다. 중늙은이들은 잔인하기로 소문난 요하(遼河)의 괴물들이었다.

먼 길을 온 이유야 풍뢰단의 증옥병이 북풍회를 삼킬 수 있다면 그만한 대가를 지불한다고 했겠지.

어쨌든 요서의 노괴(老怪)들까지 보았으니 황영한의 마음은 급했다.

"아버지!"

그가 뛰쳐나갔다.

"사형, 잡아요!"

해원이 산돌이에게 명했다.

산돌이가 황영한을 붙잡았다.

황영한은 왜 잡느냐며 해원을 노려보았다.

해원은 손에 접었다 폈다 할 수 있는 쥘부채[摺扇]를 들고 있었다.

"이상한 일이잖아요. 회주도 달아나지 못했는데 행수(行首)가 달아날 수 있었다는 것은……."

그녀가 쥘부채를 쫙 펼치며 말했다.

모든 자들의 시선이 북풍회의 수하들을 이끌고 있는, 전신에 칼자국 덕지덕지한 사십 대 장한에게 쏠렸다.

황길중과 황영한에 이은 북풍회의 삼인자, 황길중의 최고 심복, 북풍회의 표행을 책임진 자, 이번 황길중의 외유에 따라갔으며 황길중이 습격을 받았을 때 간신히 몸을 피해 북풍회에 변고를 알린 자.

"나는 회주와 함께 끝까지 싸우려 했소! 그러나 회주께서 놈들의 습격을 알리는 게 더 중요하다고 해서……. 아가씨께서는 나를 놈들과 내통한 불온한 자로 생각하시는 게요?"

행수가 목소리를 높였다.

"아무려면 내가 행수를 의심하겠어요? 내가 이야기하고 싶은 것은 주위 정황이에요."

"무슨 정황?"

"요서사괴라는 늙은이들의 실력이 예사롭게 보이지 않아요. 행수를 잡으려 했다면 잡을 수 있었을 것이고 회주를 어떻게 하려 했다면 벌써 어떻게 할 수 있었을 거예요. 그런데 저들은 점잖게 서 있네요. 마치 우리를 기다리기라도 한 것처럼. 음, 혹시 저들은 구원하러 오는 자들까지 쓸어버릴 북풍회 멸살계를 생각한 건 아닐까요?"

해원의 말해 황영한을 비롯한 모두의 안색이 변했다. 마음이 급해 그 생각까진 못했지만 가능성이 있는 이야기다.

"마침 돌산으로 가는 저 양편 숲은 매복을 두기에도 딱 좋은 곳이군요. 요서사괴이니 늙은이들은 네 명일 것이고 보이는 자는 두 명뿐이니… 난 나머지 사괴들은 풍뢰단 졸개들과 함께 저 양편 숲에 숨어 있을 것이라 생각하는데 여러분들의 생각은 어떠세요? 아! 사형들, 이리 좀 와요."

해원이 산돌이와 수돌이를 불렀다.

산돌이와 수돌이가 어슬렁거리며 다가왔다.

"사형들이 좀 확인해 줘요. 산돌 사형은 좌측, 수돌 사형은 우측."

"재수없는 일은 예나 지금이나 우리 차지군."

수돌이가 투덜대며 환병도를 뽑았다.

"매복이 있다는 확인만 하면 되는 거지?"

산돌이도 사해평정뇌력창을 세웠다.

"확인만 할 거라고요? 그렇게 하고 싶다면 그렇게 하세요. 단, 방금
전 결심했어요. 사문의 평화를 위해서도 이젠 누가 둘째 사형인지 결
론을 내려야 한다고! 몇 해 동안 결론을 내리지 못한 문제를 어떻게?
가장 편한 방법을 찾았어요. 이번 구주 여행에서 보다 큰 공을 세우는
자! 공과표(功過表)를 만들어 최후의 그날에 심판할 생각이에요."

생각나는 대로 쫑알거린 말이었다. 그러나 해원의 한마디는 산돌이
와 수돌이에겐 천둥이자 벼락이었다.

누가 먼저랄 것도 없이 그들은 달렸다.

"부회주, 따라가 봐야 하지 않을까요? 회주에 대해서는 걱정 말아
요. 회주는 대사형과 내가 책임지죠."

해원이 쥘부채를 흔들며 말했다.

황영한은 퍼뜩 정신을 차렸다.

그는 북풍회 수하들을 반으로 나누었다.

반의 인원으로 황영한은 산돌이의 뒤를 좇았고 나머지 반은 행수의
인솔 아래 수돌이를 좇았다.

성인학은 조금 떨어진 곳에 서 있었다.

"대사형, 우리도 가요."

부채를 살랑살랑 흔들며 해원은 광풍을 몰았다.

해원의 예측대로 수풀 양편에는 풍뢰단원들이 먹이를 기다리는 뱀
처럼 똬리를 틀고 있었다.

풍뢰단원들은 그것을 매복이라 생각했으나 산돌이, 수돌이는 숨바
꼭질 정도로 생각했다.

"우! 야야야야얏! 거기, 거기 누가 숨었나? 나와라!"

산돌이는 성난 멧돼지처럼 뇌력창으로 아름드리 나무를 우당탕 쓰러뜨리며 달려들었고,

"우히히! 히히!"

수돌이는 원숭이처럼 나무 사이를 달렸다.

산돌이와 수돌이의 갑작스런 공격에 놀란 풍뢰단원들이 일제히 화살과 노(弩)를 날렸다.

산돌이는 뇌력창을 바람개비처럼 돌려 화살을 퉁겨내며 정면으로 돌진했고 수돌이는 발없는 귀신처럼 나무 사이를 움직여 화살을 피했다.

주위를 초토화시키며 전진하는 곰 같은 산돌이의 힘!

이 나무, 저 나무를 날아다니며 나뭇가지를 투창으로 날려 적들을 요격하는 날다람쥐 같은 수돌이의 날렵함!

풍뢰단원들이 대적해야 할 상대로는 너무 강했다. 감히 싸울 생각도 못하고 피할 구석부터 찾았다.

북풍회의 수하들은 산돌이와 수돌이를 뒤따라가며 오합지중(烏合之衆)으로 흩어지는 풍뢰단원들을 거저 주워 먹기만 하면 되었다.

"커억!"

"칵!"

여기저기서 터지는 비명.

승부는 끝난 듯했다.

산돌이와 수돌이는 느긋한 표정으로 어딘가에 있을 요서사괴 중 보이지 않는 둘을 찾았다.

그들은 비슷한 순간에 눈빛이 음침한 중늙은이들을 발견했다. 산돌

이가 발견한 늙은이는 유성추(流星鎚)를 들고 있었고 수돌이가 발견한 늙은이는 비차(飛叉)를 들고 있었다.

유성추를 든 늙은이는 요서사괴 중의 셋째였고 비차를 든 늙은이는 넷째였다. 풍뢰단주 증옥병의 뒤에 선 연자검을 든 늙은이가 첫째, 방절편을 든 늙은이는 둘째였고.

산돌이와 수돌이가 바짓가랑이를 추스르며 요서사괴의 셋째, 넷째를 취해갈 때였다.

"잡졸들을 상대하기에는 두 사형들의 무공도 제법 쓸 만하네요. 그러나 요서의 늙은이들을 상대로는 어떨지… 역시 우열은 누가 먼저 저 늙은이들을 제압할까로 가려지겠네요.".

돌산을 향해 광풍을 몰고 가며 해원이 한가롭게 말했다.

그 말이 끝나기도 전에 산돌이와 수돌이는 폭풍으로 치달았다. 요서의 두 늙은이들을 향해서였다.

해원은 승부의 결과에 대해 전혀 관심을 가지지 않았다.

묵묵히 광풍을 몰아 돌산을 올랐다.

풍뢰단주 증옥병의 표정이 점점 일그러졌다. 북풍회가 언제 저런 무서운 고수들을 준비해 두었던고!

"노야들, 서둘러 북풍회주를 잡읍시다!"

그가 초조한 표정으로 소리쳤다. 만약의 경우 그는 황길중을 인질로 쓸 생각을 했다.

그러나 요서사괴의 첫째와 둘째는 움직이지 않았다. 그들은 보고 있었다, 너무도 무참히 무너져 내리고 있는 셋째와 넷째를! 산돌이, 수돌이의 공세에 셋째와 넷째는 제대로 된 반격 한 번 못하고 일방적으로 몰리고 있었다.

곧 피를 뿌리며 쓰러질 게 뻔했다.

요서의 두 늙은이들이 굳은 듯 움직이지 않자 증옥병은 입술을 질끈 깨물며 홀로 황길중에게 달려들었다. 그러나 그는 황길중의 근처에도 가지 못하고 '억!' 하며 무릎을 꿇었다.

뇌전같이 날아온 돌멩이, 성인학이 던진 돌멩이가 천추혈(天樞穴)을 강타한 것이다.

증옥병은 이마에 식은땀을 비질비질 흘리며 숨도 제대로 쉬지 못했다.

요서사괴의 첫째와 둘째는 깊은 한숨을 쉬었다. 오늘은 길(吉) 자를 기대하기는 어려울 듯했다. 그들이 잔뜩 찌푸린 얼굴로 각자의 병기를 들었다.

"대사형, 나 진검 승부란 거 한번 해볼래요. 좋은 기회잖아요."

해원은 성인학의 대답을 기다리지 않았다. 광풍의 등에서 벌떡 일어나 허공을 빙글빙글 날아 적들을 취해갔다. 곡예를 부리는 듯한 유려한 동작이었다.

요서사괴의 첫째와 둘째는 바짝 긴장해 있었다. 어린 계집이라는 이유로 공격에 체면을 차릴 생각은 없었다. 시작부터 합공으로 상대했다.

연자검과 방절편이 날카로운 괴성을 내며 흘렀다.

해원의 무기는 쥘부채였다. 쥘부채로 연자검, 방절편의 공격을 막아내며 군더더기 하나 없는 무공들을 선보였다.

동작이 너무 부드럽고 화려해 싸우는 것같이 보이지 않았다. 장난기 많은 선녀가 성질 급한 두 마리의 소를 희롱하고 있는 듯했다.

황영한 등의 입이 딱 벌어졌음은 물론이다.

"해원의 실력이 제법 늘었군."

중늙은이의 멱살을 질질 끌고 나오며 산돌이가 말했다. 중늙은이는 요서사괴 중 셋째였다.

"한 주먹에 끝낼 일이지 뭘 저렇게 질질 끌어? 너무 멋을 부리고 있군. 버릇되면 곤란한데… 어쨌든 보기엔 좋군."

요서사괴 중 넷째를 획 내던지며 수돌이가 말했다.

사실 수돌이의 말처럼 해원은 싸움에 임함에도 결코 자신의 우아함이 흐트러지지 않아야 된다고 생각하고 있었다. 특히 대사형까지 보고 있으니…….

하지만 성인학의 마음은 달랐다.

"너는 어디서 그런 못된 버릇을 배웠느냐? 아무리 악한이고 약한 상대라 해도 검을 든 이상 무사! 장난으로 대하지 말아야 함을 잊었더냐!"

그가 근엄하게 소리쳤다.

해원의 입이 삐죽 튀어나왔다.

"알았어요!"

그녀가 쥘부채를 착 접었다.

그녀의 쥘부채가 약한 상대 운운에 눈이 더욱 뒤집혀져 가슴 근처의 사혈(死穴)을 무자비하게 찔러오는 요서사귀 중 둘째의 방절편에 찰싹 달라붙었다.

인경(引勁)을 사용했는지 이화접목(移花接木) 같은 현묘한 수법을 발휘했는지 둘째의 방절편이 쥘부채에 주르르 끌려 방향을 틀었다.

쾌도무비로 다가오는 첫째의 연자검을 향해서였다.

챙! 챙!

쥘부채와 연자검, 방절편이 사납게 얽혔다.

그 짧은 순간,

해원이 허공으로 펄쩍 뛰며 대회전각(大回轉脚)을 발휘했다. 그녀의 왼발이 걸린 곳은 둘째의 관자놀이였다.

빡 하는 소리와 함께 둘째의 몸이 한쪽으로 휘청 굽었다. 동시에 등을 보이며 반회전하던 해원의 오른발이 밀듯이 첫째의 명치를 가격했다.

첫째가 파랗게 질린 안색으로 몸을 건들거리는 그 순간 해원은 허공을 한 바퀴 돌아 착지했다.

비틀거리며 물러나던 둘째와 뻣뻣하게 선 채 몸을 건들거리던 첫째가 쿵 하며 동시에 쓰러졌다.

황길중, 황영한 등은 긴 한숨을 내쉬었다.

요서사괴라는 이름이 어디 가벼운 이름이었던가. 하지만 그들은 지리산에서 온 저 젊은이들의 일초지적(一招之敵)도 되지 못했다.

영산 지리산! 그 산의 스승 장백노사! 상상도 못할 엄청난 호랑이들을 키워낸 게 분명했다.

풍뢰단주 중옥병의 목은 한 칼에 날아갔고 요서사괴는 기해혈(氣海穴)을 파괴해서 무공을 폐했다.

잡힌 풍뢰단원들 중 수뇌급 인물들은 중요 근맥을 잘라 평생을 불구로 살게 했다.

황길중이 눈 하나 깜짝 않고 내린 지시였다.

강호는 강호의 법대로!

산돌이와 수돌이에겐 대수롭지 않은 장면이었으나 성인학과 해원에겐 가슴 섬뜩한 장면이었다.

사람 좋게만 보이던 북풍회주였는데 요서사괴와 풍뢰단을 처치하는 데는 염왕과도 같았다.

말로만 듣던 강호의 험함을 느낀 순간이었다.

싸움판의 뒷정리는 행수에게 맡겨졌고 나머지 일행은 북풍회로 돌아왔다.

　피를 본 후라 마음이 좋지 않았던지 북풍회로 돌아오자마자 성인학은 자신의 방에 틀어박혔고 산돌이와 수돌이는 황소옥이 차려주는 상에 앉았다.

　아쉽게도 요서사괴, 풍뢰단원들을 상대로 성인학은 별 위용을 보여주지 못했다. 산돌이와 수돌이는 그들의 위용을 신나게 보여주었고.

　황소옥은 북풍회의 수하들로부터 각자의 활약상을 들었다. 원래 그녀는 눈에 보이는 사실을 우선적으로 믿는 바, 당연히 이제 그녀의 관심은 성인학이 아니라 요서사괴와 풍뢰단원들을 상대로 눈에 띄는 활약을 보여준 산돌이와 수돌이였다.

　황소옥의 환대에 산돌이와 수돌이는 승전가를 부르며 질펀하게 놀았다.

　두 사형들에게 강제로 끌려와 해원도 그 판에 앉았다. 그러나 그녀 역시 강호의 험함을 본 후라 기분이 좋지 않았고 또 황소옥의 아양이 눈꼴시어 머리 아프다는 핑계를 대고 일찍 자리를 떴다. 그리고 지금!

　달이 높이 솟은 지 오래였다.

　황길중과 해원은 늦은 시간임에도 정자에 앉아 서로를 마주 대하고 있었다.

　황금인형 때문에 심기가 많이 상해 있었고 또 낮에 격전까지 치른지라 황길중의 얼굴은 말이 아니었다.

　해원은 좀 쉬라고 했다. 하지만 황길중은 쉴 마음의 여유가 없었다. 끝끝내 자리를 고집했다.

　사실 해원도 구주 여행에 대한 설렘으로 마음이 급했으므로 늦은 시각이었지만 황길중과 자리를 함께하고 있었다.

그들은 지금 구주 여행의 목적인 황금인형을 어떻게 찾을 것인가를 논의하는 중이었다.

황금인형의 행방에 대해 막막하기는 황길중 역시 마찬가지였으므로 별다른 이야기가 나올 것은 없었다.

서둘러 구주로 가야 한다는 사실을 공감했으므로 당장 내일 출발하기로 결정했다.

그런데 한 가지 생각이 달랐다. 해원이 황길중의 구주 동행에 대해 절대 불가 입장을 밝힌 것이다.

장백노사의 제자들, 이제 뉘라서 그 가공할 힘을 부정할까! 하지만 세상 일, 강호의 일이 무공만으로 해결되는 건 아니다. 황길중은 강호 경험이 적은 젊은 치들에게 모든 일을 맡길 순 없었다. 자신이 나서야 한다고 생각했다. 그리고 무엇보다 자신의 일이 아니던가. 뒷짐을 지고 지켜보고만 있어야 한다는 건 괴로운 일이다.

하지만 해원은 황길중의 입장을 이해해 주지 않았다.

"다시 한 번 말하죠. 회주는 이 일에 관여해서는 안 돼요. 구주에 아는 이들이 많다고 하셨잖아요. 주목을 받을 수밖에 없을 거예요. 그러다가 황금인형과 회주가 연관된 게 드러나면 어떤 문제가 일어날지 생각해 보세요."

그녀의 생각은 단호했다.

황길중은 노안을 찌푸리며 하늘을 우러러보았다. 틀린 말이라고 생각되지는 않았다. 그러나 마음이 내키지 않기는 여전히 마찬가지였다.

"백두산의 대왕(大王) 호랑이는 울지 않아요. 그러나 울면 세상 천지가 뒤집어지죠. 우리 사형들이 바로 백두산의 대왕 호랑이예요. 그들은 아직 울 일을 만나지 못했죠. 그래서 자신들조차 자신들의 능력을 몰라요. 자신을 표범이나 삵으로 착각하고 엉뚱한 짓거리만 하고 다니죠. 그러나 만약 울 일을 만난다면 구주가 뒤집어질 거예요. 난 우리 사형들을 믿어요."

해원이 자신만만한 눈빛으로 말했다.

황길중은 입술을 깨물었다.

"우리를 믿지 못한다면 황금인형 찾는 일을 다른 사람에게 맡기는 게 옳죠. 회주, 제 말이 틀렸나요?"

협박에 가까운 해원의 말!

황길중은 지그시 눈을 감았다가 떴다. 그가 품속을 뒤져 두루마리를 꺼냈다.

해원의 앞에 펼쳐 보인 두루마리는 인명부(人名簿)였다.

"무엇이에요?"

"구주에 정착해 있는 고려인들의 명단이오. 밀객으로 활약할 때부터 알게 된 사람들이오. 도움을 청할 일이 있다면 내 이름을 대시오. 반드시 도와줄 것이외다."

대상가를 경영하는 자답게 황길중은 자신의 감정을 앞세우는 사람이 아니었다. 인명부를 건네준다는 것은 구주 동행을 포기하겠다는 것!

"아, 그렇군요. 앞으로 많은 도움이 되겠네요."

다행이라 생각하며 해원은 인명부를 소매에 넣었다.

"북평에 가면 서직문(西直門) 근처에 있는 태화루(太和樓)라는 객잔을 찾으시오. 구주의 상시세(商時勢)를 시시각각 파악하기 위해 내가 만들어둔 정보처와 같은 곳이오. 점주가 양만석(梁萬石)이라는 자외다. 오랫동안 나를 따른 자이지. 난 그자에게 흑방에 대해 꼼꼼히 살필 것을 명해두었소."

"흑방이라 하면 북평의 흑사회 말씀이지요? 황금인형을 훔친 것으로 의심되는 북평 좀도둑들의 모임인 회서방을 관할하고 있다는 곳."

"그렇소. 흑방! 회서방이 감쪽같이 사라져 버린 지금으로선 황금인형을 찾을 유일한 단서라 생각되는 곳. 내가 잠시 외유를 한 이유는 양만석이라는 놈이 흑방에 대한 새로운 정보를 알아낸 것이 있나 해서였소. 그래서 반금(盤錦)까지 가보았지. 마음이 급해 가만히 앉아 있을 수가 없었소."

황길중은 쓴웃음을 흘렸다.

"아! 예전 응천부의 그 여자의 하인들, 주위가 시끄러울지 모르니 잠시 다른 곳에 몸을 숨기고 있으라고 했소. 태화루의 양만석이라는 놈에게 있을 곳을 마련해 주라고 했으니 양만석에게 묻는다면 그들이 있는 곳을 말해 주리다. 혹 만날 마음이 있다면 찾아보시오."

그가 술잔을 비웠다. 그리고 허한 눈길로 밤하늘을 응시했다.

해원은 황길중의 마음을 이해했다. 황금인형에 대해 아무 일도 할 수 없는 자신의 처지가 괴로울 것이다.

"그럼 내일 일찍 출발하겠습니다."

그녀가 자리를 파했다.

"소저, 부탁하겠소. 꼭 찾아주시오, 그 황금인형."

메마른 목소리로 황길중이 한 말이었다.

"알겠습니다."

해원은 머리를 숙였다.

"나는, 나는 보고 싶소, 그 황금인형이. 다른 이유를 떠나 그것은 그 여자가 남긴 마지막 물건……"

아아! 끊이지 않는 지난날의 상념이여! 황길중은 다시 응천부의 옛 기억을 떠올리고 있었다.

돌아서며 해원은 생각했다. 후회를 남길 사랑은 절대 하지 말아야 한다. 나이 들어 대동강 물 불리기 싫다면…….

"대사형, 내일 본격전인 출정(出征)이야!"

황길중으로 인해 가라앉은 기분을 돌리기 위해 그녀는 주먹을 불끈 치켜세웠다. 하지만 구주에 가까워질수록 점점 마음이 무거워지는 건 어쩔 수가 없었다. 자칫하면 웅천부, 연왕부를 상대로 싸우게 될지도 몰랐다. 곧 천하를 상대로 싸워야 한다는 것!

일이 거기까지 가지 않기를 바랬다. 그러나 아쉽게도 이미 일은 그녀가 상상할 수 없을 만큼 걷잡을 수 없이 확대되어 있었다.

第四章

황금인형이 부른 폭풍

강남은 봄으로 한창이었다. 하지만 사람들의 발걸음은 가볍지 못했다.

단 한 번의 공세에 우르르 무너질 줄 알았던 반도 연왕의 군대는 이제 오히려 황군을 압박하며 전선을 확대시키고 있었다.

황도(皇都) 응천부(應天府)!

급한 군령(軍令)을 실은 몇 기의 기마가 흙먼지를 자욱이 일으키며 숨 가쁘게 질주했다.

금천문(金川門)의 수문장(守門將) 이덕(李德)은 휘휘 날리는 흙먼지를 손으로 저으며 눈물을 찔끔거렸다.

잠이 사정없이 밀려들었다.

비상 근무로 연일 피로가 가중되어 전쟁의 긴장감마저 무색하게 만들고 있었다. 방금 밥까지 먹은 후라 더했다.

그러나 그는 곧 자세를 갖추었다.

전시(戰時)라 군율이 사나워 자칫 상관의 눈에 잘못 보였다가는 치도곤을 당하기 딱 좋았다.

그가 눈을 부릅뜨며 수하들을 바라보았다.

수하들도 나른해하기는 마찬가지였다.

"이놈들! 정신들 차리지 못하겠느냐! 지금이 어느 때인 줄 알고!"

그가 고함을 질렀다.

수하들이 놀라며 창검을 바로잡았다.

그러나 전장은 멀리 있었고 날씨는 너무도 화창했다. 이덕을 비롯한 수문병들의 몸이 다시 풀려갈 때였다.

삿갓을 깊게 눌러써 전쟁이라는 특별한 사정이 없더라도 남의 이목을 끌 사내 한 명이 금천문을 향해 다가오고 있었다.

수문병들이 장창을 엇대며 작자의 길을 막았다.

사내가 자신의 신분을 증명할 패를 꺼냈다.

수문병들의 안색이 달라졌다. 그들이 이덕을 향해 시선을 돌렸다.

이덕은 거드름을 피우며 다가왔다.

"소감(少監)이셨구려. 그런데 의심하는 것이 아니라 시절이 시절이라… 얼굴을 좀 보여주시겠소?"

사내가 내민 영패를 살피며 그가 말했다.

사내는 삿갓을 들었다.

삼십 대 중반 정도의 나이에 잡티 하나 없이 깨끗한 얼굴, 바람이 불면 휙 하고 흔들릴 만큼 체구도 호리호리해 어두운 곳에서 잘못 보면 자칫 여자로 착각할 자였다. 그러나 외양과 달리 깊고 무심한 눈빛은 묘하게 사람을 긴장시켰다.

이덕은 헛기침을 몇 번 했다.

"내궁(內宮)의 사람이 맞군. 들어가시오."

그가 길을 열었다.

사내는 다시 삿갓을 눌러쓰며 성내로 들어섰다.

"젠장! 계집 복장을 하면 영락없이 계집으로 보일 놈이군. 하긴 놈들이야 이미 반은 계집이었지. 그나저나 어디를 다녀오시는 겐가? 어디 남색(男色)이 동하는 남자라도 만나셨나?"

이덕이 지껄인 말이었다.

소감! 내궁!

사내는 환관(宦官)이었다.

어쨌든 남색 운운은 들으라고 한 소리가 아니다. 또 들을 수 있는 거리도 아니었다. 하지만 소감의 귀는 보통 사람들의 귀보다 몇 배 이상은 밝은지 그 소리를 들은 듯했다.

그가 발걸음을 멈추며 고개를 돌렸다. 그리고 삿갓을 들며 이덕을 바라보았다.

순간 이덕은 심장이 굳어듦을 느꼈다.

설명할 길 없는 사이(邪異)한 눈빛!

이덕은 이마에 식은땀을 비질비질 흘리며 자신도 모르게 기립 자세를 취했다.

현헌(顯憲)은 서안문(西安門)을 들어서기 전에 거울을 꺼냈다.

수염 하나 없는 얼굴!

이십 년 가까운 세월이 흘렀지만 언제 보아도 낯선 그 얼굴은 자신의 얼굴이 맞았고 남성이 거세된 환관의 얼굴이 맞았다.

‘이제 익숙해질 때도 되었는데……’

쉽지 않았다.

뒤에서 수군거리는 수문장 놈의 그까짓 말을 참지 못해 살심(殺心)까지 드러낼 정도로.

현헌은 자신의 경박함에 쓴웃음을 흘리며 서안문을 들어섰다.

궁성을 지키는 자들은 대부분 그와 안면이 있어 그는 별다른 제지를 받지 않고 궁성 깊숙한 곳까지 들어섰다.

그가 자신의 거소로 향할 때였다.

“소감, 이제 오십니까?”

십오륙 세가량의 어린 내관 한 명이 그의 곁으로 다가왔다. 환관의 수장인 태감(太監)의 시중을 드는 아이였다.

“웬일이냐?”

“오늘 내일쯤 오실 거라며 태감께서 기다리라고 하셨습니다. 어서 가보시지요. 협공당(協恭堂)에서 기다리고 계십니다.”

“알았다. 옷을 갈아입은 후 곧 가겠다.”

현헌은 손을 저었다.

그가 궁성을 잠시 떠나 있었던 것도 태감의 명 때문이었고 급히 궁성으로 돌아온 것도 태감의 명 때문이었다. 궁 내에 들어서면 곧 찾아갈 일, 아이까지 보낸 것을 보면 어지간히 급한 일이 있는 듯했다.

현헌은 자신의 거소에서 얼굴을 씻고 내관복으로 갈아입었다. 그는 곧 협공당을 찾았다.

주름살투성이에 바짝 마른, 세월과 가난으로 형편없이 늙어간 듯한 노인 한 명이 그를 기다리고 있었다.

고황제(高皇帝:태조 주원장)를 모셨고 당금 황제의 부왕(父王:요절한 주원장의 장자인 표)을 모셨으며 지금 최측근에서 황제를 보좌하는 내관들의 수장. 꼬질꼬질 늙은 눈앞의 늙은이가 바로 태감이었다.

중도 아비를 잘 만나야 팔자가 피듯 내관도 아비를 잘 만나야 팔자가 핀다.

실력있는 내관 아래 배치된 자를 명하(名下)라 한다. 현헌도 명하였다. 궁성에 들어서자마자 지금의 태감을 모셨다. 덕분에 그는 젊은 나이임에도 빠른 출세를 할 수 있었다.

"그래, 공부는 좀 했느냐?"

태감이 자리를 권하며 물었다.

현헌은 아무 말 않고 자리에 앉았다.

"내가 너를 민가에 보낸 것은 황상(皇上)을 측근에서 지킬 적임자가 너밖에 없다고 생각했기 때문이다. 무공에 재주가 있음을 내 모르지 않으니 아마 좋은 성과가 있었을 게야."

태감이 말했다.

현헌이 궁성을 떠난 때는 한두 해 전이다. 그때 그는 황궁의 비고에서 한 권의 무공비급을 발견했었다. 내관이 되었어도 꺾이지 않았던 무공에 대한 열정!

그가 자신의 열정을 태감께 조심스럽게 말하자 태감은 그 열정을 인정했다. 태감이 말한 바와 같이 태감도 지근에서 황상을 호위할 자를 필요로 하던 터였다.

"그래그래, 내가 너를 불렀다. 오면서 보았겠지? 현헌아, 세상이 많이 변했다. 연왕! 이전부터 그의 야심을 모르는 자는 없었다. 생각대로 결국 그가 일을 내고 말았구나. 황상의 마음이 너무 선하셨지. 진작 그 자를 제거했어야 했는데……."

죽을 날만 기다리던 시골 늙은이의 눈처럼 허하던 태감의 눈빛이 잠시 살기로 빛났다.

그가 가쁜 호흡을 가다듬으며 입을 열었다.

"현헌아, 너는 알 것이다. 우리들 중에 믿을 자가 그 누구도 없음을……. 기실 고황제께서는 우리들을 너무 박하게 대하셨지. 황상께서도 마찬가지고. 섭섭하기는 할 것이야. 하지만 우리가 충심으로 모신다면 어찌 황상께서 우리들의 공을 모른다고 하겠느냐. 한 치 앞만 생각하는 어리석은 것들!"

태감은 고황제와 건문제가 취하고 있는 환관 억제책에 대해 말하고 있었다.

환관들의 폐해를 역사의 경험으로부터 배운 주원장은 환관의 역할을 극도로 축소시켰고 건문제도 할아버지의 입장을 계승하고 있었다.

그러나 연왕은 달랐다. 그는 환관들을 우대했다. 때문에 궁성의 환관들 중 많은 자들이 속으로 연왕을 환호했고 연왕과 밀통까지 하는 형편이었다.

"그래그래, 믿을 사람이 없다. 황상께서 믿을 만한 자를 찾아달라고 했는데 생각나는 사람이 너뿐이더구나. 그래서 너를 불렀다."

태감의 말에 현헌은 고개를 번쩍 들었다. 황상께서 찾으셨다니?

"황상을 대하지 못한 지 오래되었지?"

태감의 물음에 현헌은 고개를 숙였다.

"오래되었는데도 네 이름을 잊지 않고 계시더구나. 네 이름을 말했더니 아주 좋아하시더구나. 네 등에 업혀 다닌 일, 무공을 배운 일 등을 말씀하셨다."

태감이 듬성듬성 빠진 이를 드러내며 웃었.

현헌은 고개를 숙였다.

황상께서 잊지 않고 계시다니… 가슴에 물안개 같은 뿌연 수막이 뜨겁게 피어올랐다.

"황상께서 왜 너를 찾는지 나는 모른다. 태상시경(太常侍卿)께서 문화전(文華殿)에서 기다리고 계시다. 먼저 그를 찾아가 보아라."

태감의 말에 현헌의 표정이 다시 굳어졌다.

태상시경 황자중(黃子撜)!

황상이 가장 존신(尊信)하여 늘 황 선생(黃先生)이라 높이 부르는 인물.

연왕의 숙청(肅淸) 계획은 기실 그의 머리 속에서 나온 것이라 할 수 있었다.

황상에 이어 황자중이란 이름까지…….

현헌은 자신이 맡게 될 일이 생각보다 쉽지 않은 일일 것이라는 걸 직감했다.

관료들이 퇴청한 문화전은 적막했다.

전각을 거닐며 태상시경 황자중은 말했다. 황금인형이 무엇인지, 황금인형이 품고 있는 비밀이 무엇인지.

그 비빌을 어떻게 알게 되었는가에 대해서도 말했고 지금까지 일이 진행된 과정도 말했다.

귀를 의심하게 할 충격적인 이야기! 하지만 현헌은 묵묵히 그 이야기를 듣기만 했다.

황자중이 마지막으로 말했다. '황금인형을 찾아야 한다. 소감이 그 일을 맡아주었으면 한다' 고.

깊은 침묵이 흘렀다.

현헌은 그제야 알 것 같았다. 환관을 깔보는 이곳에서 왜 환관인 자신에게 이런 중책을 맡기려 하는지.

황금인형을 찾는 일은 곧 연왕의 출생 비밀을 밝히는 일!

맞았다. 지금 그가 맡으려 하는 일은 황족(皇族)의 내부 사정과 연관된 일이었다.

자칫 잘못하여 세간에 황금인형이 품고 있는 비밀이 알려지면 황실(皇室)의 체통이 땅바닥으로 떨어질 수도 있는 문제였다.

과연 황실의 치부를 알게 되어도 황실에 누가 되지 않을 자가 누가 있더란 말인가!

결국 황상께서는 정작 급할 때 믿을 수 있는 자는 가장 가까운 곳에서 당신과 함께하는 내관뿐이었으리라.

황상의 총애에 가슴이 찡했다.

그는 천천히 고개를 들었다.

그의 앞엔 흰머리가 희끗희끗한 노유(老儒)가 뒷짐을 진 채 황망한 눈빛으로 하늘을 바라보고 있었다. 그가 바로 태상시경 황자중이다.

할 말을 다 한 후라 황자중은 더 이상의 말을 하지 않았다.

현헌이 입을 열었다.

"제가 할 일이 어디론가 사라진 황금인형을 찾는 일이란 말입니까?"

그가 자신의 임무를 확인했다.

"좀 더 정확히 이야기함세. 황금인형이 아니라 황금인형에 들어 있던 베, 베에 적힌 서신……."

황자중이 착잡한 눈빛으로 말했다.

"솔직히 말하지, 이런 구질구질한 일에 왜 집착하는지. 전황이 썩 좋

지 않네, 총대장이 경병문(耿炳文)에서 이경륭(李景隆)으로 바뀌고 증원
군을 파견해야 할 정도로.”

경병문은 운남, 사천, 섬서 각지를 평정한 역전의 노장이다. 그러나
그는 웅현(雄縣)의 싸움에서 연왕에게 패했다.

그 책임을 지고 경병문이 물러나고 이경륭이 대장군이 되었는데 이
경륭을 대장군으로 추천한 사람이 바로 황자중이다.

개국 공신 이문충(李文忠)의 장자 이경륭!

명문의 자제답게 늘씬한 키에 이목구비가 수려했고 언동도 당당하
여 마치 사자, 호랑이와 같은 인물이라 할 수 있었다.

하지만 현헌은 이경륭을 신뢰하지 않았다. 황궁에 가끔 놀러 왔으므
로 어릴 때부터 몇 번 본 적이 있었다.

현헌이 판단하기에 이경륭은 허우대 멀쩡한 것 빼곤 별 볼 것도 없
는 자였다. 더해서 군공(軍功)까지 없으니…….

당연히 북평 공략전에서 패했고 지금은 백구하(白溝河)까지 밀려나
있었다.

그럼에도 노유 황자중은 자신이 추천까지 한 인물이라 이경륭이 승
전보를 가져올 것을 굳게 확신하고 있었다.

“물론 이(李) 장군(將軍)이 승리하겠지. 승리한다고 하더라도 연왕의
잔존 세력을 일거에 뿌리 뽑기는 쉽지 않을 것일세. 때문에 또한 우리
는 필요하다네. 연왕의 근거 자체를 없앨 어떤 것을…….”

황자중이 현헌을 향해 눈길을 돌렸다.

“수고해 주시겠나?”

현헌은 아무 말 않았다.

“입이 무거운 친구군. 다행일세.”

황자중이 고개를 끄덕였다.

"사실 나는 이 일을 내관에 맡기는 걸 반대했네. 난 내관들을 믿지 않는다네. 그렇지만 황실의 치부와 관계된 일이라 꼭 내관에게 이 일을 맡겨야 한다기에 황상의 뜻에 따르기로 했지. 그런데 이제 자네를 보니… 잘못 추천된 사람은 아니라는 생각이 드는군. 자네를 믿네."

그가 눈을 지그시 감으며 말했다.

현헌은 머리를 숙였다.

"황상께서 보기를 원하시네. 같이 가세."

황자중이 문화전을 나섰다.

현헌은 그를 따랐다.

"현헌아, 현헌아! 네가 맞구나!"

약관에도 채 못 미치는 홍안의 소년!

옥좌에서 벌떡 일어나 현헌을 향해 반갑게 달려오는 자가 바로 황제 건문제였다.

현헌은 황제가 아이처럼 좋아하며 달려오자 급히 부복했다.

내관들은 눈이 있어도 보지 말아야 하며 귀가 있어도 듣지 말아야 한다. 목석 같은 마음을 가져야 하며 또 그렇게 생활하기 때문에 감정이 메마르기도 했다.

특히 현헌은 자신의 마음에 더욱 철저해 동료인 같은 환관들까지 꺼려하는 냉혈한(冷血漢)이었다.

하지만 황제에 대한 그의 마음은 달랐다. 원래 핏빛처럼 붉은 데다가 황제께서 이렇게 기쁘게 맞아주기까지 하니…….

부복해 있는 현헌의 눈빛이 흐려졌다. 그의 눈에 뿌연 물기가 맺혔다.

"현헌아, 그동안 어디 있었느냐? 여(予)가 너를 보지 못한 지 몇 해
는 되는 것 같구나."

현헌을 일으켜 세우며 황제가 말했다.

"태감께서 맡기신 이 일 저 일을 했습니다. 얼마 전까지는 병장국(兵
仗局)에서 일했습니다."

"아하! 그래서 내가 너를 보지 못했구나. 현헌아, 그래, 미안하다.
솔직히 그동안 나는 너를 잊었다. 황제라는 자리가 생각만큼 수월치
않더구나. 옛날을 기억할 여력도 없었다. 만약 너를 기억했다면 진작
곁에 두었을 텐데……."

그냥 하는 말이 아니었다. 정말 현헌을 바라보는 황제의 눈빛은 정
으로 넘쳐 현헌을 몸 둘 바를 모르게 하고 있었다.

황제가 현헌의 손을 놓고 고개를 돌렸다.

"황 선생, 하실 말씀은 하셨소?"

"예."

황자증이 고개를 숙였다.

"현헌아, 나는 이 일이 도대체 어떻게 된 일인지 모르겠다. 아무리
세상이 흉흉하다고 해도 이런 헛소문까지……. 틀림없이 어떤 모리배
가 꾸민 일일 것이다. 현헌아, 너는 이 일의 자초지종을 명확히 가려
황실을 모독한 죄의 대가가 어떤 것인지 모두에게 명확히 보여줄 수
있도록 하라!"

황제의 명이었다.

현헌은 깊숙이 머리를 숙이는 것으로 명을 받았다.

"그래그래, 나는 네가 잘할 줄 안다."

황제가 현헌을 격려했다.

"아! 너를 보니 정말 옛 생각이 나는구나. 나는 아직도 이전에 네가 가르쳐 준 몇 가지 격체술(隔體術)을 기억하고 있다. 어떠냐, 다시 한 판 놀아볼……?"

황제는 끝말을 흐렸다. 그가 황자중의 눈치를 살피며 몇 번 헛기침을 했다.

"그래, 네 일이 바쁘지. 천상 네 일을 처리하고 난 후에 한 판 놀아야겠구나. 황 선생, 현헌에게 줄 것을 가져오시오."

황자중이 다가왔다. 그가 현헌의 신분을 나타내는 임명장과 영패를 내밀었다.

황제가 그것을 받아 현헌에게 건넸다.

위진초토사(威震招討司) 정천호(正千戶) 현헌!

위진초토사! 애매한 직책이었다. 애매하기도 했으며 직위도 천호(千戶)에 불과했지만 안찰사, 포정사, 도지휘사사도 머리 숙이게 하기에는 충분했다.

모든 자들에게 '머리 숙여'라고 하는 특별한 황명(皇命)이 적혀 있었으므로!

영패에도 황실을 상징하는 용이 정교하게 그려져 있었다.

"아! 현헌아, 이것도 가져가거라."

황제가 검가(劍架)에서 한 자루의 검을 들고 내려왔다.

"네 명(命)은 이제 여(予)의 명과 같다! 명을 어기는 자가 있으면 이것으로 참하라! 이 검의 이름을 이제 여는 파사검(破邪劍)이라 부르겠다!"

그가 현헌에게 어검(御劍)을 내렸다.

어검까지 내리다니……. 일의 중요성을 생각한다고 해도 지나치게 파격적인 대우였다. 황자중은 '황제께서 정말 이 내관 친구를 좋아하는구나' 라고 생각했다.

곁에서 지켜보는 황자중이 총애를 느낄 정도였으니 당사자인 현헌의 마음은 말하지 않아도 알조다.

현헌은 두 손으로 검을 받든 채 감격으로 꼼짝 못했다.

팔뚝만한 대황촉(大黃燭)이 이글이글 불꽃을 피우고 있었다.

현헌은 팔뚝을 그 위에 올렸다. 여인의 팔처럼 가늘어 실핏줄까지 보이는 팔뚝.

하지만 대황촉의 사나운 불길도 그의 팔에 흠집 하나 남기지 못했다.

잠시 황궁의 서고를 맡은 적이 있었다. 그때 현헌은 황궁의 비고에서 무공비록 한 권을 발견했다. 내관, 내시가 쓴 책이라 누구도 눈여겨 보지 않았던 책 귀왕경천록(鬼王驚天錄)!

경천록은 당나라 때 내관이었던 자가 역시 오랜 보록에서 발견한 무공을 환관인 자신의 몸에 맞게 새롭게 정리한 책이다.

가공할 위력을 가진 무공. 하지만 정작 고인(高人)은 그 사실을 몰랐다.

그에게 무공은 지루한 삶을 달래기 위한 하나의 방편이었을 뿐이다. 또 황궁을 떠난 적이 없어 누구와 자신의 실력을 비교해 볼 기회도 없었다.

알았다고 하더라도 강호 주유를 꿈꾸지는 않았으리라.

현헌은 전대 고인이 남긴 글에서 보았다. 환관인 자신의 처지에 대한 자학, 그로 인한 짙은 허무를…….

보라, 귀왕! 살아 있음에도 그는 스스로를 귀왕, 귀신이라 불렀다.

세상 모든 일이 실없고 실없어 보이는데 고수로 이름을 날린다는 게 무슨 의미가 있었을까. 역시 고인에게 무공은 지루한 시간을 달랠 한낱 소일거리 이상은 아니었다.

소일거리로 이 정도의 무공을 남긴 것을 보면 불세출의 천재였음은 분명하리라.

어쨌든 무공에 대한 고인의 생각은 그랬으나 현헌은 달랐다.

그는 내관이 되기 전에 무공에 입문한 적이 있었다. 환관으로 나설 수밖에 없었던 사고를 당하지 않았다면 지금도 무공을 익히고 있었을 터였다.

무공을 알았고 무공에 대한 열정도 있었으므로 그는 전대의 비급에 매달렸다. 그 결과 불패(不敗)는 자신할 수 없었지만 강호에 이름을 남길 정도의 실력은 쌓은 듯했다.

현헌은 팔에 내공을 더욱 실었다.

팔이 귀기(鬼氣) 어린 푸른 빛을 발하며 청무(青霧)까지 피워 올렸다. 푸른색이 짙어질수록 대황촉의 불꽃은 점점 힘을 잃었다.

현헌은 팔에 실었던 내공을 천천히 풀었다.

어느 순간, 그의 팔이 대황촉에 타고 있었다.

그는 이를 악물었다.

그의 인상이 악귀처럼 점점 일그러졌다.

황제가 한낱 내관에 불과한 자신을 기억할 일이 뭐 있단 말인가? 현헌은 보았다. 초조해 마지않는 소년 황제의 용안을…… . 마음이 편치 않기에 위로받을 옛 추억을 떠올렸을 것이고 미천한 자신까지 기억해냈을 것이다.

그렇게 생각했으므로 현헌의 마음은 찢어질 듯 아팠다. 자신의 팔을 태우는 것으로 황제의 고통을 함께하려 했다.

누구 때문인가?

현헌의 눈에 귀신 불 같은 파란 불꽃이 피어올랐다.

'연왕, 죽일 놈! 황상의 심기를 어지럽힌 네놈의 죄를 내가 용서하지 않을 것이다!'

그는 주먹을 꽉 쥐었다.

그의 손이 다시 푸른 빛으로 빛났다. 귀왕경천록에 실려 있던 무공 중의 하나인 청강수(靑剛手)!

대황촉의 불꽃이 일순간에 꺼졌다.

어둠!

고황제는 전장 속에서 연일을 보낸 사람답게 병기에 관심이 많았다. 황실 병장국 산하에 특별한 병기창 용권부(龍拳府)를 두어 신기(神器)라 불릴 만한 세상의 병기를 모았다.

검가로 이어진 긴 회랑(回廊). 횃불에 반사되어 차갑게 빛을 발하고 있는 병기들.

검, 도, 창, 구(鉤), 봉(棒), 곤(棍), 부(斧), 괴(拐)…….

현헌은 용권부를 걷고 있었다.

검은 실전 병기로 적합하지 않다. 또 황제께서 내린 검에 더러운 피를 묻힐 수는 없었다.

손에 맞는 병기를 구해야 했다.

현헌은 일전에 병장국에서 일한 경험이 있어 눈여겨보아 둔 병기가 있었다.

그가 회랑 끝에 이르러 발걸음을 멈추었다.

손잡이가 가운데 있고 양쪽으로 휘청 굽은 날이 달려 있는 넉 자 길이의 기형양인도(奇形兩刃刀).

현헌은 기형도를 들어 양날을 감싸고 있는 무소 가죽으로 만든 도갑(刀匣)을 뺐다.

당장이라도 피를 뚝뚝 떨어뜨릴 것 같은 칼날이 횃불 아래 빛을 폭사했다.

현헌은 칼날을 손끝으로 매만졌다.

너무 사나워 쓸 일이 없을 것이라 생각했는데 지금 그는 그 병기를 사용하려 하고 있었다.

그동안의 이야기를 황자중으로부터 들은 후라 앞으로 만날 자들이 만만치 않을 듯해서였다.

"귀왕인(鬼王刃), 수고를 좀 해주어야겠다."

그가 칼집을 꽂으며 중얼거렸다.

귀왕인! 방금 그가 지은 기형양인도의 이름이었다. 귀왕경천록이라는 귀왕의 무공을 익혔으니 귀왕의 병기로 귀왕인은 당연하기도 했다.

조용히 처치해야 할 적도 있을 듯해서 나오는 길에 철필(鐵筆) 하나도 소매에 넣었다.

용권부를 나선 현헌은 동화문(東華門), 동안문(東安門)을 지나 교외로 나섰다.

반 마장가량을 걸어 현헌이 도착한 곳은 적적암(寂寂庵)이란 암자였다.

그가 적적암을 둘러싸고 있는 죽림(竹林)으로 시선을 돌렸다.

계곡을 끼고 있는 곳에서 연기가 피어오르고 있었다.

현헌은 그곳으로 다가갔다.

"젠장! 여기서 뭘 하라는 거야?"

"혹 적적암이 대가(大家) 마나님들의 육보시(肉報施)를 해주는 곳 아니냐? 백 일 공양하면 아이까지 덤으로 하나 주는……."

"그런 일이라면 좋지! 잘하면 오늘 마나님들의 허연 엉덩이를 실컷 볼 수 있겠군!"

"대가 마나님의 엉덩이? 아서라! 안뜰이나 아장거리며 다녔을 여편네들 엉덩이, 뭐 볼 것 있을라고. 역시 계집은 물불 가리지 않고 지천으로 싸돌아다니는 계집의 엉덩이가 최고지."

"걸음 빠르기로야 우리들 중 자네가 최고일걸? 하지만 아무도 자네 물건이 좋다고 생각지 않지. 명기(名器)는 훈련이 아니라 타고나는 것일세."

"먹이를 눈앞에 둔 자라의 목과 자고 있는 자라의 목이 같아? 그리고 내가 네놈들 앞에 왜 자라 머리를 내밀어! 나는 남색에는 흥미없다! 네 마누라에게는 조금 관심이 있었으니 정 내 물건이 궁금하면 네 마누라에게 물어봐."

걸쭉한 육담(肉談)을 늘어놓으며 세 명의 사내가 술과 함께 토끼 고기를 뜯고 있었다.

현헌은 그들과 조금 떨어진 바위 위에 팔짱을 끼고 섰다.

"그나저나 언제 우리가 마나님들의 뒤나 캐러 다니기 바빴지?"

"가화만사성(家和萬事成)이다. 보게나, 고황제께서 잘못 키운 망종(亡種) 하나 때문에 지금 세상이 얼마나 시끄러운지. 국가의 안위를 걱정한다면 당연히 집구석부터 단속해야지. 하니 마나님들 엉덩이 단속하는 이 일이야말로 불궤(不軌), 요언(妖言)에 앞서 우리가 해야……."

말쑥한 얼굴에 귀티나는 동작, 여자들 가슴 설레게 할 이십 대 중반의 청년이었다.

느낌이 이상했던지 그가 하던 말을 멈추고 휙 고개를 돌렸다. 그의 눈에 현헌이 들어왔다.

다른 자들도 따라서 고개를 돌렸다.

그들의 표정이 일제히 굳었다.

낮 말은 새가 듣고 밤 말은 쥐가 듣는다는 말을 누구보다 잘 알고 있는 그들이었다. 때문에 항상 주위를 향해 귀를 열어두는 것을 잊지 않았다.

댓잎이 지천에 깔려 있어 발걸음 소리가 났을 텐데도 그들은 전혀 현헌의 등장을 눈치 채지 못했다.

"이런이런! 수염도 없는 아이 놈이군! 아이야, 어른들 이야기에 함부로 끼어드는 것이 아니다. 훠이!"

뾰족 튀어나온 입에 정신 사나울 정도로 바쁘게 눈동자를 움직이는 청년. 그가 현헌을 바라보며 새를 쫓듯 손을 내저었다.

"그나저나 수염도 나지 않은 놈의 상판이 왜 저렇누?"

작자가 쫑알대며 허리춤을 휙 추슬렀다. 그의 허리에는 두 자 크기의 직도(直刀)가 두 자루 매달려 있었다. 그가 직도 곁에 손을 둔 채 거미가 줄을 타듯 바쁘게 손가락을 놀렸다.

마지막 한 명의 청년은 팔 척 장신에 철탑(鐵塔) 같은 체격의 구레나룻이 무성한 자.

그는 두 말 않고 현헌을 향해 뚜벅뚜벅 걸어왔다.

그가 느닷없이 주먹을 내밀었다.

그의 주먹이 바람 소리를 내며 흘렀다.

권풍(拳風)으로 대나무가 흔들릴 정도로 작자의 권력은 대단했다. 하지만 현헌은 바위 위에 그대로 서서 작자의 공격을 가볍게 막아냈다.

끊어 치고, 후려 감고, 몸이 얼마나 유연한지 철판교(鐵板橋)를 펼칠 때면 뒷머리가 발에 닿을 정도였다.

수십 합의 공격에도 현헌이 끄떡 않자 자존심이 상한 듯 철탑거한의 얼굴이 일그러졌다.

그가 깍지를 끼며 손가락뼈를 우두둑 풀었다. 그리고 멧돼지처럼 돌진하며 주먹을 뻗었다.

현헌은 발을 굴렀다. 허공으로 치솟던 그의 몸이 반원을 그리며 거한의 배후로 낙하했다. 그가 뒤꿈치로 맹렬하게 돌진하던 거한의 목덜미를 찍었다.

살짝 건드린 것에 불과했으나 돌진해 오던 제 힘에 겨워 거한은 '어이쿠!' 하며 대밭을 뒹굴었다.

현헌은 제자리에서 뒷짐을 지었다.

"헤헹! 제법 하는군!"

새주둥이의 눈이 뱁새눈으로 찢어졌다. 그는 재빠르게 두 자루의 직도를 뽑았다. 그가 마희단(馬戲團)의 곡예사처럼 두 자루 직도를 놀리며 현헌의 좌측으로 돌았다.

얼굴이 말쑥한 작자는 은빛으로 빛나는 소화창(小花槍)을 애병으로 사용했다. 그는 현헌의 우측을 취했다.

현헌이 고개를 숙였다.

그는 눈앞의 자들을 알고 있었다.

홍무(洪武) 십오년, 황제의 의장(儀仗)과 순찰즙포를 목적으로 만들어졌고 후일 제국에 대한 반란과 불온한 언사를 퍼뜨리는 자들에 대한 처치의 임무까지 져 황권을 공고히 하는 데 절대적인 기여를 하고 있는 곳.

작자들은 바로 금의위(錦衣衛) 소속이었다.

현헌은 대한장군(大漢將軍)이라 불리는 천 몇백 명에 달하는 금의위 위사들의 명단을 일일이 열거한 후 작자들을 뽑았고 금의위 도독(都督)에게 이곳에서 만날 수 있도록 부탁했다.

눈치 빠르기로 둘째가라면 서러워할 곳이 금의위다. 도독으로부터 어느 정도의 이야기는 들었을 테고 또 이미 자신의 무공까지 보았으므로 자신이 도독께서 기다리라고 한 사람이 아닐까 하는 추측은 할 수 있었을 것이다.

그런데 저들은 앞뒤없이 자신을 밀어붙이고 있었다.

이유를 모르지 않았다.

수염없는 자, 환관에게는 환관 특유의 냄새까지 난다고 하니 금방 자신이 내관임을 알았을 것이다.

명을 받을 자가 내관!

기분이 별로 좋지 않았을 것이다.

서로 평복(平服)까지 하고 있었으니 모르는 척 달려들어 기를 꺾어보겠다는 수작이 눈에 선했다.

괴로운 일이다. 매사에 사람을 이런 식으로 만나야 하다니…….

현헌은 씁쓸한 미소를 흘렸다.

그가 고개를 들었다.

실없는 곳에서 주먹 자랑하기 싫었으나 어쨌든 저들이 기 꺾이지 않겠다고 핏대를 세우고 있으니 내일을 위해서도 일단 저들의 기를 꺾어놓기는 해야 할 듯했다.

팟!

그의 몸이 허공으로 솟구쳤다.

"양여상(楊如常)!"

현헌이 명첩(名帖)을 펼치며 이름을 불렀다.

얼굴 말쑥한 청년이 마지못한 표정으로 손을 슬쩍 들었다.

"장맹기(張猛起)!"

주저주저 손을 드는 자는 허우대 좋은 청년이었다.

"상윤호(尙胤虎)!"

"헤헤헤! 접니다!"

마지막으로 새주둥이가 까불거리며 재빨리 손을 들었다.

현헌은 바위에서 내려와 그들 앞에 섰다.

얼굴 말쑥한 양여상이라는 청년,

"면장(綿掌)에 현공권(玄功拳)을 더해서 세류표(細柳飄)……. 무당파(武當派)의 사람이었소?"

그가 현헌의 발길질에 차여 아직 통증으로 저린 가슴을 매만지며 물었다.

"뭐, 무당파 사람?"

새주둥이청년 상윤호의 눈이 돌아갔다.

무당파! 그 대단한 명성을 경외감으로 바라보지 않을 자가 누가 있으랴. 나는 새도 떨어뜨린다는 금의위에 있다고 해도 마찬가지였다.

"우히히! 어쩐지 수법이 고명하시더라. 그런데 정말 무당파의 사람이 맞으시오?"

그가 재차 물었다.

현헌은 대답하지 않았다. 귀왕경천록에 실린 무공은 잔혹한 면이 있어 그 무공을 사용하지 않은 것은 사실이었다.

"양가보(楊家堡)의 사람인가?"

그가 양여상에게 문로(門路)를 되물었다.

양가보! 한때 마가창법(馬家槍法)과 함께 속문이대창법(俗門二大槍法) 중 하나로 불리는 양가창법(楊家槍法)을 이어가고 있는 곳.

"부끄럽지만 그렇소."

근자에 양가창의 위용이 예전의 반에도 미치지 못함은 모두가 공히 아는 사실이다. 그렇다 하더라도 일방적으로 당할 정도는 아니다. 그런데 현헌에게 손 한 번 제대로 써보지 못하고 당했으니……. 사문의 명성에 먹칠을 한 꼴이라 그의 인상이 고울 리 없었다.

"사자철권문(獅子鐵拳門)……."

현헌의 눈길이 철탑거한 장맹기를 향했다.

어이없는 패배에 치솟는 분노를 참지 못하고 있던 장맹기였다. 그런데 황상이 내린 신분첩과 영패를 본 데다가 무당파라는 이름까지 들었으니…….

그는 어느 틈에 정자세를 취하고 있었다.

그가 허리가 구부러져리 꾸벅 고개를 숙였다.

"아이고! 미리 우리 뒷조사를 해두셨구려. 아니면 천하 문파를 한눈에 보고 척 아는 만종(萬種)의 무공을 익혔던가! 나는 풍마방(風馬幫) 출신이오."

묻기 전에 상윤호가 자신의 문파를 소개했다.

풍마방! 서신이나 간단한 물건 등을 가장 빠른 시간 내에 전달해 주는 곳. 밑천이 사람의 두 발, 말[馬]의 네 발이 전부라 강호인들은 그곳을 육족표국(六足鏢局)이라 불렀다.

양가보, 사자철권문, 풍마방!

모두 강호인 출신. 때문에 현헌은 금의위의 숱한 대한 장군들 중에서 그들을 뽑았었다.

"그런데… 우리 바닥을 다 밝혔으니 초토사 어른의 바닥… 헉! 죄송합니다, 주둥이가 바닥이라……. 저… 바닥이 아니라 내력(來歷)… 내력을 밝혀주셔야지요. 무당파의 사람이 정말 맞습니까? 어… 그리고 저… 우리가 도독 어른께 듣기로는… 내관이라 하시던데."

상윤호가 현헌에게 한주먹 맞아 깨질 뻔한 턱을 경망스럽게 매만지며 재삼 물었다.

역시 그들은 현헌의 신분을 알고 있었던 것이다.

현헌은 또다시 그의 질문을 무시했다.

"앞으로 초토사라는 호칭은 사용하지 말 것! 회서방에 대해 아는 자 있는가?"

"……."

"북평으로 가라. 그곳에서 회서방에 관련된 모든 방파를 조사하라. 그리고 짝손이라는 놈! 놈에 대해서도 마찬가지! 기한은 한 달!"

현헌의 명이었다.

"아이고! 초토사… 가 아니라… 대야(大爺), 갑자기 이 무슨 말씀이십니까? 북평은 지금 금의위 아닌 금의위 할아비가 가도 어쩌지 못할 아수라마전(阿修羅魔殿)입니다요. 그런데 회서방이라는 듣도 보도 못한 방파, 더욱 듣도 보도 못한 짝손이라는 놈의 행방까지 한 달 내에 밝히시라니요. 거리만 해도 여기서 어딘데……."

상윤호가 화들짝 놀라며 호들갑을 떨었다.

"한 달 후 동직문(東直門) 밖 저수지에서 기다리겠다."

현헌은 소매에서 주머니 세 개를 꺼내 각자에게 던졌다.

"으메! 이게 뭐여?"

상윤호의 입이 찢어졌다. 주머니 속에는 일 년여를 뚱땅거리며 놀아도 좋을 은자가 들어 있었다.

"지금 하고 있는 일에 대해선 누구에게도 밝히지 마라. 입은 나를 향해서만 열어둘 것! 이제부턴 귀하들의 상관인 금의위 도독에 대해서도 마찬가지다."

그 말을 끝으로 현헌은 등을 돌렸다.

"아이고! 아이고! 대야, 말씀은 해주셔야지요. 우리가 내관 소속인지 금의위 소속인지! 대야, 기실 저는… 저는… 여자 곁에 아직 가보지도 못했습니다. 아무리 국가 안위가 중요하다지만 내관이 되라 하시면……! 그리고 전 외아들입니다요!"

상윤호가 급히 현헌의 앞길을 막으며 절규하듯 소리쳤다. 혹 내관을 따라다니다가 내관이 되는 것은 아닐까? 그가 집요하게 현헌의 소속을 묻는 이유였다.

현헌은 무심히 상윤호를 바라보았다.

"이것만은 약속하지. 이 일을 잘 끝낼 경우 자네들 앞에 금의위 천호(千戶)의 자리는 아무것도 아니라고."

그가 상윤호를 지나쳤다.

상윤호는 망치로 머리라도 맞은 듯 멍한 표정을 지었다.

금의위 천호!

명문가 출신이 아니고서는 꿈도 못 꿀 자리였다.

그가 휙 고개를 돌렸다.

"들었어? 천호래!"

그가 잰걸음으로 양여상에게 달려가며 소리쳤다.

양여상은 수염을 쓰다듬었다.

"천호 자리까지 건 일이라면 그 일이 어떤 일인지 보지 않아도 훤하다. 하니 이왕 적적암에 온 것 부처님께 열 목숨을 더 달라고 빌어보기나 하지."

그가 발끝으로 흙을 툭 차며 말했다.

상윤호, 장맹기의 안색이 새파랗게 굳었다.

밤부터 내린 비가 아직도 계속되고 있었다.

현헌은 동안문을 나서며 삿갓을 벗었다. 말끔하게 깎은 머리, 복장도 승복(僧服)이었다.

황제께서 내린 파사검은 나무 궤에 넣어 비단으로 싸 등에 걸쳤고 귀왕인은 양 끝에 줄을 대어 어깨에 걸쳤다.

파사검은 나무 궤에 들어 있어 검이라 표시날 일이 없었고 귀왕인은 무소 가죽으로 친친 감은 데다가 모양도 특이해 보통 사람들의 눈에 병기로 보일 리 없었다.

왼쪽 허리에는 바랑과 물병. 영락없는 중이었다.

환관으로 눈에 띄는 것보다 차라리 승려로 행세하는 게 편할 것 같아 승려로 분장한 터였다.

현헌은 삿갓을 쓰며 태감을 생각했다.

길 떠남을 알리러 아침에 찾았을 때 태감은 병상에 누워 있었다. 변화무쌍한 봄 날씨를 견디지 못해 몸에 탈이 난 것이다.

"현헌아, 현헌아, 빨리 돌아오너라. 다른 믿을 사람이 있었다면 내가 너를 다시 궁 밖에 내보내지 않았을 것이다.”

태감이 한 말이었다.

자신을 사랑하지 않는 자는 남을 사랑할 수 없다.

태감이 자신을 아끼고 있다는 것을 알았어도 그는 태감을 좋아할 수 없었다. 그런데 늙고 꼬질꼬질한 얼굴을 보자 가슴이 찡했다. 내관들의 수장이라는 자리를 이끌기엔 너무도 능력이 부족한 늙은 환관의 모습에 연민의 정이 불쑥 솟았다.

그러나 그런 감정도 한순간!

웅천부의 성벽이 빗속에 흐릿하게 보이는 곳에 이르러 현헌은 다시 발걸음을 멈추었다.

미행! 따르는 꼬리가 있다는 사실을 직감했다.

현헌은 피식 웃었다.

황자중은 이번 일을 아는 사람은 황제와 자신, 금의위 도독뿐이라고 했다. 금의위 도독도 전모는 모른다고 했다.

그렇다면 비밀을 신신당부한 황자중 본인으로부터 비밀이 샜단 말인가?

충분히 가능한 이야기다. 그래 봐야 황자중은 밀정(密偵)들의 세계와는 너무도 거리간 먼 고루한 유생이다. 행동에 한계가 있었을 게 뻔했다.

금의위 도독 역시 마찬가지라고 생각했다. 현헌이 보기에 금의위 도독은 연왕 토벌군 총대장인 이경륭과 별다르게 보이지 않았다.

웅천부는 연왕부 밀정들의 소굴이라고도 했으니 황금인형에 얽힌 일을 놓치지 않았을 것이다.

그렇게 생각했는데…….

현헌은 어쩌면 황자중이 일부러 자신에게 맡긴 일을 흘리고 있을지도 모른다고 다시 생각했다.

황금인형을 손에 넣는다면 황자중은 자연스럽게 말할 수 있을 것이다.

'봐라, 소문이 사실과 같지 않느냐! 너희들이 믿는 연왕은 그런 사람이었다' 라고.

현헌은 그 또한 가능성이 있는 이야기라 생각했다.

어쨌든 황자중이 사실을 흘리고 있든 말든 중요한 건 적들이 자신의 존재를 알고 있었으므로 자신의 처지가 백척간두(百尺竿頭)에 선 것처럼 위험해진 것은 맞았다. 귀왕인을 병기로 택한 건 백 번 잘한 일인 듯했다.

또 하나 신경 쓰이는 것은 벌써 미행이 붙었다는 것!

궁성 내부에도 연왕과 밀통하는 자들이 있다는 것은 공공연히 알려진 사실이다. 현헌도 알고 있었다. 그러나 개인적인 연통일 뿐 조직적으로 움직이고 있다는 것은 몰랐다.

조직적인 힘이 없다면 이렇게 빠른 시간에 자신에게 미행이 붙을 리 없었다.

현헌은 응천부 궁성의 밀정들을 관리하는 자가 누구일까를 생각했다.

쉽게 떠오르는 자가 있었다.

원나라 잔존 세력을 처치하기 위해 운남으로 진군했던 명나라 군대에 의해 끌려와 환관이 된 소년. 성은 마씨(馬氏)였을 것이고 이름은 법명(法名)으로 대신했는데 아마 복선(福善)?

쭉 연왕을 추종했으며 한때 자신과 같이 궁정 생활을 한 적도 있었다.

어린 나이였지만 그때 놈은 연왕에 못지않은 야심만만한 눈빛을 지니고 있었다. 들리는 소문으로도 연왕의 무장으로 전장에 직접 참가해 맹활약을 펼치고 있다 하지 않던가.

솔직히 그런 점에서 복선이라는 놈이 부러웠다. 좋은 주인을 만난 덕에 내관이라는 신분임에도 제 능력을 실컷 발휘하고 있었으니…….
궁성의 환관들이 연왕을 동조하는 데 이해가 갔다.

그러나 어쨌든 놈은 황상의 심기를 어지럽히는 대역 죄인이다.

만약 복선이라는 놈이 연왕 측 밀정들을 움직이는 수괴가 맞다면 분명 만날 일이 있을 것이다. 그때 그는 놈에게 귀왕인의 참맛을 보여줄 생각이었다.

이슬비로 날리던 빗방울이 점점 굵어지고 있었다.

현헌은 발걸음을 옮겼다.

따르는 꼬리는 신경 쓰지도 않았다. 어떻게 노는지 당분간 지켜볼 생각이었다.

그는 서쪽으로 방향을 잡았다. 북평과는 전혀 다른 방향이었다. 북평으로 가기 전에 들러야 할 곳이 있었다.

3

"비켜라!"

성내(城內)임에도 네댓 필의 말이 질풍처럼 가도를 달리고 있었다.

연왕의 깃발을 펄럭이며 치닫던 말들이 우뚝 선 곳은 연왕부였다.

기마인들이 말에서 훌쩍 뛰어내렸다.

매섭게 빛나는 눈, 주사처럼 붉은 입술에 붉은 얼굴. 선두의 장수는 이제 갓 약관의 젊은 장수였다.

눈빛도 맹수처럼 사나웠으나 수염 하나 없는 얼굴. 아쉽게도 젊은 장수 역시 환관이었다.

그를 보자 연왕부의 수문병들은 황급히 군례(軍禮)를 취했다.

젊은 장수는 그들을 본체만체하며 급히 내전(內殿)으로 방향을 잡았다.

내전도 호위병들로 금성철벽(金城鐵壁)이었다.

젊은 장수는 창을 엇대며 길을 막는 호위병들을 떠밀 듯 밀치며 내전으로 들어섰다.

금수교(金水橋)를 지난 그가 발길을 멈춘 곳은 산사(山寺)와 같이 한적한 작은 전각 앞이었다.

주요 건물로 보이진 않았으나 다른 곳엔 없는 매복까지 있는 것을 보면 연왕부 건물들 중 가장 중요한 곳임이 틀림없었다.

젊은 장수는 대청을 향해 갑주를 철컥이며 걸어갔다.

무슨 인과(因果)인가, 부처님의 제자.
눈 오는 밤은 발이 시리고,
서리가 오면 머리가 춥다.
누가 껴안을까, 여인은 몸은
꿈에 보는 것조차도 용서 못 받네.
이대로 죽는다면 색에 허기져
부처가 되긴커녕 지옥행이어라.

삼엄한 분위기를 비웃기라도 하듯 들려오는 노래. 대전에서 흥얼거리는 소리였다.

젊은 장수는 대전 앞에 섰다.

"군사(軍師), 근위장(近衛將)께서 뵙기를 청하십시다!"

대전 앞을 지키던 시종이 소리쳤다.

근위장! 연왕을 최측근에서 모시는 무장. 바로 젊은 장수의 직책이었다.

"복선? 근위장이 웬일로? 들어오라 하라!"

노래를 흥얼거리던 그 목소리였다.

젊은 장수가 대전으로 들어섰다.

반드르르 깎은 머리에 승포를 걸치고 연왕부의 최고 요지에 앉아 있는 자는 오십 대 중반의 중이었다.

괴승(怪僧) 도연(道衍)!

연왕이 사부로 추앙하는 모신(謀臣)인 연왕군의 군사(軍師). 시문에 능했으며 음양술수(陰陽術數)에 병법(兵法)까지 능통한, 그야말로 괴승 중의 괴승.

도연이라는 이름은 어린 시절 불문에 들며 받은 법명이다.

창업의 내조자인 마 황후(馬皇后)가 세상을 떠났을 때 불공을 드리는 자리에서 연왕을 만나 그 비범함에 반해 줄곧 연왕을 따랐던 인물로 황제에게는 황자증이 있고 연왕에게는 도연이 있다고 세인들이 말하는 그 도연이 바로 눈앞의 중이었다.

도연의 앞에는 문서들이 산더미처럼 쌓여 있었다. 군량미 조달 계획, 증원군 구성 현황, 호족 동향 보고…….

도연은 대전을 들어서는 젊은 장수를 힐끔 바라보았다.

"근위장이 맞군. 앉게."

그가 연신 붓대를 놀리며 말했다.

복선! 젊은 무장 근위장의 이름이었다. 운남 출신의 환관으로 어릴 때부터 연왕을 모셨으며 지금 연왕의 호위 무장으로 맹활약을 떨치고 있는 자.

후일 세상이 연왕의 손으로 넘어갔을 때 연왕은 그 공을 잊지 못해 눈앞의 자에게 환관의 최고 관직인 내관감태감(內官監太監)으로 임명했으며 정(鄭)이라는 성(姓)도 내렸다. 그리하여 정화(鄭和)!

복선은 정화의 원래 이름이다.

"근위장, 어떻게 된 일이냐? 이 급박한 시기에 주군(主君) 곁을 떠나 이곳으로 오다니… 무슨 문제가 있는 겐가?"

도연은 일손을 멈추지 않은 채 한 손으론 문서를 읽고 한 손으로는 문안을 작성하며 물었다.

"웅천부 놈들이 더러운 짓거리를 획책하고 있다는 정보가 입수되었습니다!"

복선이 눈썹을 치켜세우며 소리쳤다.

현헌의 예측대로 역시 연왕 측 밀정들을 관할하는 자는 복선이 맞았다.

"전쟁이란 원래 그런 것일세. 이전투구(泥田鬪狗)! 생사존망이 걸린 문제인데 욕할 수 없지."

"이번에는 다릅니다! 주군의 근거 자체를 위협하는 아주 불순한, 아주 더러운 수법을 놈들이 들고 나왔습니다!"

"엉? 무슨 이야기인가?"

근거 자체의 위협! 심상치 않은 일이라 생각했는지 하던 일을 멈추고 도연은 고개를 들었다.

"주군에 대한 더러운 소문민 흘리고 있는 게 아닙니나! 증거 운운하며 수족들을 풀기까지 한 모양입니다! 예사로운 일이 아니라 생각해서 만사 제치고 급히 달려왔습니다!"

"그래? 천천히 이야기해 보세."

도연은 붓을 놓고 자세를 바로 했다.

"지난날 놈들은 주군의 출생을 마 황후가 아닌 고려에서 끌려온 이름도 없는 공녀(貢女)의 몸에서 났다고 떠들고 다녔습니다."

"그렇게 떠들었지. 하지만 마 황후께서는 분명 말씀하셨지. 표(標)!
상(梂)! 강(棡)! 체(棣)! 숙(橚)! 그들은 분명 당신이 낳은 아들이다."

주체! 연왕은 넷째였다.

"그렇게 말씀하셨는데도 놈들은 계속 그 사실을 떠벌렸습니다! 그리
고 이번에는 더해서……."

생각만 해도 열이 뻗치는지 복선은 호흡을 고르느라 잠시 말을 멈추
었다.

도연은 진정하라며 목탁을 치듯 붓대로 탁자를 톡톡 두드렸다.

복선이 험하게 인상을 찌푸리며 입을 열었다.

"놈들이, 놈들이 이번에는 아예 주군을 고황제의 핏줄도 아니라
고……."

"무슨 소린가?"

도연의 표정이 굳어졌다. 불문에서의 오랜 수행으로 희로애락으로
부터 자유로워졌다고 하는 그도 복선의 말엔 꽤 충격을 받은 듯했다.

그가 미간을 좁힌 채 침묵했다.

"아무리 생사존망이 걸려 있다고 해도 놈들이 이런 더러운 짓거리까
지 벌일 줄은 몰랐습니다!"

복선이 주먹으로 탁자를 치며 소리쳤다.

도연은 자신의 머리를 쓰다듬었다.

"그놈들은 정말 앞뒤를 모르는 놈들이구나. 머리를 굴려도 어찌 제
목숨 아까운 줄을 모르고 그런 머리를 굴렸지? 어린 황상께서 먼저 용
서하지 않을 텐데……."

의외의 말이었다.

"무슨 말씀이십니까?"

복선은 고개를 갸웃했다.

"주군께선 제위 찬탈을 위해 병(兵)을 일으킨 것이 아니네. 간적들로부터 어린 조카를 지키기 위해서지. 또 어린 황제께서는 말씀하셨네. '비록 난을 일으켰으나 그분은 나의 숙부다. 죽이지는 마라' 고. 자, 이제 솔직히 자네에게 묻겠네. 그 말이 그분들의 솔직한 이야기일 것 같은가?"

"……."

"권력 다툼은 비정한 것일세. 세인들도 알고 있고 당사자들은 더욱 잘 알고 있겠지. 하지만 그분들은 알고 있어도 그렇게 말하지 못하지. 대의명분(大義名分)? 그 이야기도 맞지. 그러나 더 중요한 것은… 제위에 오르든 또 제위를 지키기 위해서든 훗날을 위해 반드시 지켜야 할 것이 있다. 황실의 존엄성! 그런데 이게 웬말인가? 주군이 고황제의 핏줄이 아니라니? 이건 주군에 대한 모독에 앞서 고황제에 대한 모독이며 황실 전체에 대한 모독이야. 어찌 황제가 어리다고 해서 그 사실을 모를까. 언젠가 필경 황실을 모독한 죄를 물으려 할 게야. 황실을 모독했는데 구족을 멸함이 대수인가. 한데 놈들이 그렇게 위험한 이야기를 들고 나왔다. 어떻게 생각하는가?"

그 말도 옳은 듯했다. 황실 아닌 저잣거리의 사람이라도 제 아비, 제 할아비를 욕하는데 어찌 그 원한을 잊을 것인가? 도연의 말에 복선은 이마를 찌푸린 채 잠시 생각에 잠겼다.

"간적(奸賊)들이 급했을 겁니다. 하루면 북평성을 충분히 공략할 것이라 생각했는데 연전연패, 지금은 백구하까지 밀려나 있으니 살기 위해 무슨 짓거리든 못하겠습니까?"

"급하다고 해서 삼족, 구족이 멸할 수도 있는 일을 계책이라고 황제께 간한단 말인가? 그리고 사실 급하기는 저들보다 우리가 더 급하지. 이기고는 있지만 우리는 보급에 어려움을 느끼고 있고 저들은 지속적으로 병사와 군량을 충당하고 있잖은가. 근위장다운 생각이 아니야. 자, 이제 솔직히 말하게. 허무맹랑한 유언비어, 그 같은 단순한 수작이라 생각할 일이 아니기에 만사 제치고 여기까지 달려온 것이 아닌가?"

도연이 빙그레 웃으며 물었다.

복선은 곤궁한 표정을 지으며 머리를 긁적였다.

"제가 주군의 출생을 어찌 의심하리까. 하지만 앞서 말씀드린 대로 소문만 나불거리고 있는 게 아니라 증거 운운하며 사람까지 풀고 있다기에……. 무슨 수작이 있는 것은 분명합니다. 물론 그 수작이야 거짓 증인을 만들고 거짓 물건, 거짓 글을 만드는 뻔한 수작이겠지만 어쨌든 놈들이 적극적으로 나서고 있어 무슨 대책이 필요하다고 생각했습니다. 지금 그야말로 실오라기 하나 더하면 저울추가 한쪽으로 기우는 국면 아닙니까. 헛된 소문 하나가 왕왕 국면을 돌이킬 수 없이 어렵게 만드는 것을 저는 지난날의 경험으로 많이 배웠습니다."

그가 툴툴거리며 말했다.

"사람을 풀고 있다고? 누구? 금의위?"

"금의위가 아닙니다. 현헌! 여기 오기 전에 응천부의 밀정이 급한 전서구(傳書鳩)로 보내온 이름입니다."

"현헌이 누구인가?"

"저와 같은 환관입니다. 한때 궁정에 같이 있었던 적이 있죠. 태감의 명하로 출발했기 때문에 지금 황제와도 가까웠던 것으로 압니다. 황제가 황태손(皇太孫)일 때 같이 어울리고 있는 것을 저도 몇 번 보았습니다."

"그 일을 맡은 자가 명문세가의 자제도 아니고 황족도 아닌 환관? 그런가?"

도연의 눈빛이 묘하게 빛났다.

환관! 정치 공작을 벌이고 있다고 생각하기에는 그 격이 너무 낮았다.

그래서 오히려 더욱 뭔가 있다는 생각이 들었다.

"현헌! 과묵하여 누구에게도 자신의 마음을 드러내지 않았죠. 덕분에 친한 사람도 없었습니다. 아주 뛰어난 무공을 지니고 있는 것으로 압니다. 하여 모두 그를 경외심을 갖고 지켜보았죠. 기실 저도 그에 대해서는 조금 두려운 마음이 있었습니다. 어쨌든 궁정 깊은 곳에서 썩어가고 있는 줄 알았는데 갑자기 이 일에 그의 이름이 튀어나왔으니……."

사자는 사자를 알고 호랑이는 호랑이를 안다. 밀정으로부터 웅천부 소식을 들었을 때 가장 찜찜하게 다가온 것이 복선에게는 바로 현헌이라는 이름이었다.

만약 현헌이 웅천부가 아닌 연왕부에 있었다면 자신보다 더 빛나는 모습으로 서 있으리라.

도연을 만나야겠다고 생각한 데도 현헌이라는 이름이 결정적인 역할을 했다.

그만큼 현헌에 대한 복선의 느낌은 인상적이었다.

"문제가 있긴 있군."

도연이 몸을 앞뒤로 흔들며 의자를 삐걱댔다.

"그들이 증거 운운했다고?"

"예."

"들어보지, 그간 무슨 일이 있었는지……."

"알겠습니다."

복선이 이야기를 시작했다. 밀정들로부터 수집된 모든 이야기였다.

놀랍도록 상세한 이야기!

복선은 현헌이 맡은 일에 대해 무척 많은 것을 안다고 할 수 있었다.

그렇게 생각한다면 현헌이 황자중을 만나고 얼마 지나지 않아 웅천부의 밀정들이 황자중이 벌이고 있는 일의 전모를 파악했다는 이야기인데…….

과연 가능한 일인가?

황제나 황자중, 현헌이 입 싼 바보라면 물론 가능하다. 하지만 황제는 그 일을 황실의 치부라 생각해서 입 밖에 내기도 싫어했고 황자중과 현헌은 바보가 아니다. 그럼?

아무래도 현헌의 추측이 맞는 듯했다. 황자중이 이번 일을 현헌에게 맡기기 전부터 조금씩 흘리고 있었다는…….

삼인성호(三人成虎)! 세 명이 모이면 없는 호랑이도 만들어낼 수 있다고 한다. 더해서 현헌이 찾아낼 결정적 증거! 연왕의 존립 근거 자체를 일순간에 무너뜨리기 위해 황자중이 자신있게 준비한 계책임에 분명했다.

어쨌든 복선은 그동안 밀정들이 물고 온 이야기들을 상세히 도연에게 보고했다.

보고를 듣는 도연의 표정이 점점 굳어졌다.

복선의 이야기가 끝나자 도연은 깊은 한숨부터 쉬었다.

"여봐라!"

그가 밖을 향해 소리쳤다.

시종이 대청 앞으로 다가왔다.
"시위장(侍衛將)을 불러라!"
도연이 느닷없이 엉뚱한 사람을 불렀다.

도연이 부중(府中)의 시위장을 통해 부른 자는 안정문(安定門)을 지키는 총기(總旗:소대장 격)였다.

우계(禹啓)라는 총기는 갑작스런 호출에 혹 자신이 잘못한 게 있나 해서 경직된 표정으로 서 있었다.

"우 총기라 했나?"

"예! 그렇습니다!"

우계라는 자가 우렁차게 소리쳤다.

"편히 말하게, 편히."

우계의 고함에 귀가 멍했는지 도연이 귀를 만지며 말했다. 그러나 우계는 긴장을 풀지 않았다.

연왕부 이인자라 할 수 있는 도연에 근위장 복선! 어찌 긴장되지 않을쏜가.

"지난겨울, 아마 십일월이나 십이월쯤이었을 거야. 내가 시위장에게 부탁을 하나 한 적이 있지. 그 부탁을 시위장이 자네에게 맡겼다고 하더군. 지난겨울이 어떠했는지는 자네도 잘 알고 있을 게야. 너무 경황이 없어 부탁을 하고 난 후 나는 곧 그 부탁을 잊었네."

"무슨 부탁을 말씀하시는지……?"

경황없기는 우계도 마찬가지였었다. 지난 십일월이라 함은 황군이 북평성에 총공세를 가하고 있을 때였으니…….

"덕승문(德勝門) 가는 길에 한 채의 아담한 집이 있을 게야. 그 집의 일인데… 잘 생각해 보게."

"덕승문? 아!"

우계가 기억난다며 고개를 끄덕였다.

"전 시위장에게 그 일을 보고했습니다!"

그가 항변부터 했다.

"그랬겠지. 그러나 나는 그 일을 보고받지 못했네. 듣자 하니 시위장의 잘못도 아니더군. 시위장은 분명 전했지, 시종에게. 그러나 그 시종이 하필이면 그날 유시(流矢)에 명을 달리했다네. 그러니 보고를 받으려고 해도 받을 수 없었지. 또 경황 중이라 그 일을 챙길 여력도 없었고. 그래서… 이제 그때의 일을 자네에게 다시 들었으면 히네."

"예, 알겠습니다!"

잘못이 있어 끌려온 게 아니라는 걸 확인한 후라 우계가 씩씩하게 소리쳤다.

"전 사실 군문에 발을 들이기 전에 시정잡배로 건들거렸습니다. 하오문의 무리들을 제법 알고 있죠. 그래서 시위장께서 제게 그 일을 맡긴 줄 압니다. 북평에서 도둑질이라 하면 생각나는 곳이 회서방이라

전 먼저 회서방을 찾았습니다."

우계가 전한 말은 다음과 같았다.

우계는 주위를 집요하게 탐문한 끝에 결국 회서방을 찾았다. 회서방의 방주는 자리에 오른 지 칠 일도 채 되지 않는 신임 방주였는데 우계가 그를 만난 곳은 허름한 관제묘(關帝廟)였다.

그때 우계가 말하기를, 귀하의 방도가 털지 말아야 할 곳, 털지 말아야 할 물건을 건드렸다. 당장 내놓기 바란다. 만약 내놓지 않는다면 회서방은 뿌리까지 무사하지 못할 것이다.

신임 방주 말하기를, 관부인들이 찾는다는 소문을 들어 무슨 이유로 찾는가를 알아보았다. 알아본 결과 그 일이 우리가 벌인 일이 아니라는 것을 확신했기 때문에 귀하를 만나고자 했다. 분명히 말하겠다. 우리가 한 일이 아니다. 사실 얼마 전까지 우리는 방주의 죽음으로 정신도 없었다.

우계 말하기를, 북평에 회서방이 아니면 누가 남의 담을 넘을 자가 있을까.

방주 답하기를, 전쟁은 군자(君子)도 살인귀로 만든다. 지금 상황은 회서방 방도가 아니고도 담을 넘을 자가 많다.

방주의 말은 틀렸다. 전시기 때문에 반대다. 작은 도둑질이라도 걸리면 목이 날아갈 것을 뻔히 아는데 감히 누가 도둑질을 생각할 수 있었을까. 제 버릇 못 줄 자가 틀림없다라고 우계가 말하자 방주 말하기를, 그럼 우리를 못 믿는다는 말인가? 뇌를 쪼개 결백을 증명하지 못함이 한스럽다. 상식적으로 생각하기에도 관부에서 이렇게 들쑤시는데 배 째라 하고 있을 우리들인가. 우리의 간은 그렇게 크지 않다. 솔직히 없는 범인을 만들어서라도 관부의 화살을 피하고 싶은 게 우리 입장이다. 제발 믿어달라.

"울상을 지으며 결백을 주장하고 또 회서방주의 말이 틀렸다고 생각지도 않았기에 전 회서방주의 말을 반은 믿기로 했습니다. 그래서 말했죠. 귀하의 장물아비들 중에 내가 이야기한 그 수상한 물건을 보았다는 자가 있으면 연락해 달라. 또 거동이 수상한 자가 있으면 보고 바란다. 서로 오해나 감정 상하는 일이 없도록 이 일을 잘 처리해 보자고 말한 후 돌아와 시위장께 사실을 보고드렸죠. 시위장께 다음 조치를 물으니 원래 자리인 안정문으로 돌아가 다음 명을 기다리라고 하셨습니다. 그러나 시위장의 다음 명이 없어 저는 죽자고 수성전(守城戰)에만 매달렸습니다. 그래서 그 일을 잊었습니다."

"흐흠! 그렇게 된 것이었군. 시위장도 시종에게 그렇게 보고했다고 하더군. 하지만 작자가 죽어 내게 보고를 못했으니 까맣게 그 일을 잊을 수밖에……."

도연은 혀를 끌끌 찼다.

"아! 성의 방어가 끝난 후 한가해진 마음에 불쑥 저잣거리의 옛 친구에게 물었습니다. 요즘 회서방은 어떤가 하고. 그 친구 말하더군요. '회서방도들이 어느 날 한순간에 증발했다. 그래서 우리들은 그 사실을 북평괴사(北平怪事)라 한다' 라고. 전 생각했죠. 북평괴사라니, 우습군. 그 겁 많은 방주가 범인을 색출하지 못하자 우리들로부터 집중 공격을 받을까 두려워 모습을 감춘 것이다라고요. 물론 제 생각이지만요."

우계가 히죽 웃으며 말했다.

"회서방이 한순간에 사라졌다고?"

도연이 눈살을 찌푸렸다.

"나가보게."

그가 우계를 향해 손을 내저었다.

우계는 군례를 취한 후 물러났다.

"저자를 부른 이유는 뭡니까?"

도대체 주군이 관련된 이 중요한 일을 앞두고 웬 잡도둑 이야기! 도연이 하는 양을 지켜만 보고 있던 복선이었다. 그러나 기다림에도 한계가 있어 그가 미간을 좁히며 물었다.

"뭔가 있어. 차근차근 일을 하나씩 풀어 나가야겠구만. 우선 회서방부터 집중 탐문해야겠군."

도연은 계속 엉뚱한 소리만 했다.

복선은 답답한 마음에 물을 꿀꺽 마셨다. 하지만 도연은 복선의 마음을 몰라라 했다.

"주군께선 어떠신가?"

"정정하시지요! 아직도 선두에 서지 못해 안달이십니다!"

복선이 물잔을 탁자에 거칠게 놓으며 말했다.

"쯧쯧쯧! 주군께선 기운이 너무 넘쳐 탈이야. 이제 자네가 좀 말리게."

"제 말을 어디 들을 분입니까?"

"그렇지. 하긴 주군의 그 용맹이 없었다면 어찌 우리가 여기까지 올 수 있었을까……."

연왕의 작위를 삭탈하고 왕부의 속료(屬僚) 전원을 체포하라는 황제의 명이 떨어질 당시 연왕 측의 병력은 장옥(張玉), 주능(朱能) 두 장수가 거느린 팔백여 병력이 전부였다.

그 병력으로 여기까지 싸워온 데는 누가 뭐라 해도 연왕의 용맹과 지도력이 최우선이다. 다음으로 도연의 신산귀계(神算鬼計).

"백구하의 사정이 좋지 못하지?"

연왕과 황군은 이제 백구하를 두고 건곤일척의 승부를 준비하고 있었다.

"놈들은 물자로 넘쳐 납니다. 얼마 전 서휘조(徐輝祖)가 거느린 삼만 증원군도 도착했고. 우리 사정이야… 군사께서 더 잘 아실 일 아닙니까?"

"그래, 오래 끌어 좋을 싸움이 아니지. 어쨌든 이번 백구하의 전투에서 우리가 무조건 이겨 승세를 굳혀야 하는데……."

"그래서 전 시간이 없습니다! 빨리 주군 곁으로 돌아가야 합니다!"

딴전만 피우는 도연에게 복선이 볼멘소리를 했다. 그러나 도연은 여전히 다른 수작이었다.

"이경륭은 볼 것 없고 적 진중에 평안(平安)이 있다고 했나?"

평안! 한때 연왕을 따라 새외로 출정한 적이 있어 누구보다 연왕의 용병술(用兵術)에 대해 잘 아는 효장(驍將).

"구능(瞿能)도 있습니다!"

구능은 북평 공방전에서 가장 용맹을 떨친 적이 있는 진중의 장수다.

"역시 쉽지 않은 싸움이야, 쉽지 않은……."

도연이 고개를 절레절레 저었다.

"인세는 쉬운 싸움이 있었습니까? 예전보다는 백 배나 낫죠! 어쨌든 싸움은 싸움이고 적들의 간계는 어떻게 하실 겁니까?"

참다참다못해 복선이 물었다.

"근위장, 잘 들으시게. 승자만이 역사를 쓸 수 있네. 그 어떤 역사라도……. 그래서 우린 무조건 이겨야 해."

"그 사실을 모르는 사람이 누가 있습니까?"

“그래서 이기는 것이 중요하고 적들의 간계는… 한 삼 일 기다리게. 아무리 바빠도 바늘을 허리에 매어 쓸 수는 없지 않은가? 부중의 전 인원을 풀면 삼 일 내에 회서방 주위에서 일어난 모든 일들을 알 수 있을 거야.”

“알아서 어떻게 한다는 말입니까? 아, 잡도둑 정도는 잡을 수 있겠군요!”

복선의 심기는 여전히 편치 않았다.

원래 그는 생각이 짧지 않았다. 도연이 저러는 데는 다 이유가 있으리라 충분히 이해가 됐다. 하지만 전쟁은 사람의 성격까지 바꾼다. 전화 속을 뛰어다니느라 그의 마음은 거칠고 조급해져 있었다.

“근위장, 적들이 증거 운운한 물건이 황금인형(黃金人形)이라고 했나?”

“맞습니다.”

“울고 있는 아이의 모습이겠지?”

“황금인형이라는 이야기만 들었을 뿐 어떻게 생겼는지는… 어?”

복선이 의아한 눈빛으로 도연을 바라보았다. 자신도 모르는 황금인형의 모습을 도연이 어떻게 안단 말인가?

“덕승문으로 가는 길 하니 혹 생각나는 집 없던가?”

“덕승문? 잘 모르겠습니다.”

“잘 생각해 보게. 자네도 주군을 모시고 한두 번 그 집 앞에 서 있었을 테니…….”

도연의 말에 복선은 기억을 더듬었다.

“아!”

그가 무릎을 쳤다.

“왜 그 노부부인 듯한 자들이 사는…….”

"맞았네. 자네는 그들이 누군지 아는가?"

"모릅니다. 처음에는 민정 시찰 정도로 생각했고 두 번째는… 좀 오래 있어 무슨 이야기가 저렇게 기나 생각했지만 별로……. 그리고 보니 낯은 좀 익은 얼굴 같던데… 군사께서는 그 늙은이들이 누군지 아십니까?"

"나도 모르네. 그러나 두 가지는 알지. 그들이 고려인이라는 사실과 황금인형을 잃어버린 자들이란 사실!"

"……."

복선은 말을 잃었다.

그가 멍한 얼굴로 도연을 바라보았다.

황금인형이야 말할 것도 없고 고려인이라니?

연왕부 사람들에겐 고려란 절대 꺼내지 말아야 할 말이다. 고려 하면 떠오르는 말이 공비, 연왕의 출생 비밀 등등 저들이 지껄이는 개소리였기 때문.

그런데 황금인형과 함께 고려인이라니?

머리 좋은 복선이었으니 기분 좋지 않은 그림들이 언뜻 떠올랐을 것임에는 틀림없었다.

"지난겨울, 그 늙은이들이 찾아왔지. 주군의 영패를 내미는 데아 내아무리 바빠도 이찌 그늘을 만나지 않을쏜가. 그들을 만났는데 그들이 내게 이야기하더군. 황금인형을 잃어버렸다. 아주 중요한 물건이니 찾아달라고. 노망 든 늙은이들이라 생각했지. 그 바쁜 시국에 주군의 총애를 믿고 잃어버린 물건을 찾아달라 운운하고 있다니……. 그래서 말했지. 잃어버린 황금이 몇 관이냐? 손해를 대신 배상하겠다고. 그러나 그 늙은이들은 거부하더군. 황금 몇 관이 중요한 게 아니다. 황금인형이 중요하다. 꼭 찾아달라고. 질경질경 달라붙는데 어쩔 수 없더군. 그래서 시위장에게 조금 신경 쓰라고 했지."

"그렇게 된 것이군요."

복선은 땀을 닦는 시늉을 했다.

"그런데 주군께서 신물(信物)까지 주다니… 도대체 그 늙은이들이 누구기에… 어?"

덕승문의 늙은이들 얼굴과 겹쳐지는 얼굴의 늙은이들이 문득 생각났다. 연왕부 구석진 곳에 한동안 머물렀던 늙은이들!

"그래, 맞아. 낯이 익다고 했더니 지금 생각해 보니 그들이었어. 눈에 잘 띄지 않는 곳에 있었고 잡일이나 하는 늙은이들이라고 생각해 별로 관심을 두지 않아 얼굴을 기억할 일이 없었지."

이제 생각하니 분명했다. 덕승문의 늙은이들! 연왕부에도 한동안 머문 적이 있는 늙은이들이었다.

"그분들을 천상 한번 만나야겠군요."

그 늙은이들이 아니라 그분들이었다. 연왕부에 머문 적이 있고 주군이 영패까지 줄 정도로 귀하게 생각하던 사람인데 이제는 늙은이들이라 말할 순 없지 않는가?

"그러지 않아도 데려오라고 했어. 올 때가 된 듯한데……."

도연이 문 안으로 시선을 돌렸다.

그 일은 그 일이고 그는 붓을 들고 다시 일을 시작했다. 하늘이 무너져도 끄떡 않을 부동심(不動心)! 도연의 최고 장점이었다.

"주군께서는 적들이 꾸미는 일을 알고 계시나?"

일을 하며 도연이 물었다.

"모르십니다."

"다행이야. 주군께서는 지금 우리가 나눈 이야기들에 대해 앞으로도 몰라야 하네."

"누구를 바보로 아십니까? 그런 헛된 이야기로 주군의 심기를 어지럽힐 만큼 전 바보가 아닙니다."

"그래그래, 주군만이 아니라 누구도 알아서 좋은 일이 아니지. 어쩌면 갑자기 일이 길어질 수도 있다는 생각이 드는군. 그래서 믿고 이 일을 맡길 사람이 필요할 듯한데… 이상한 일이 벌어져도 입을 함부로 놀리지 않을 자로 말일세."

이상한 일? 묘한 도연의 발언이었다.

복선은 그 묘한 말뜻을 금방 알아챘다. 주군을 의심하는 듯해 기분이 별로 좋지 않았다. 하지만 매사에 조심해 나쁠 것은 없지. 그는 도연의 말을 그렇게 이해했다.

"제가 있지 않습니까! 현헌! 언젠가 저는 그와 직접 싸워보고 싶은 마음도 있었습니다!"

그가 가슴을 펴며 소리쳤다.

"현헌이라는 자… 황제를 모셨고 태감을 따랐다니 장래 태감의 자리는 그의 자리겠군. 이거 우리 근위장의 꿈도 태감이 아니었던가? 그래서 묘한 경쟁심을 느꼈나 보군. 허허허!"

"군시, 농담할 때가 아닙니다! 그 일을 할 만한 사람이 저밖에 없다고 생각했기에 드린 말씀입니다!"

복선이 화를 냈다.

"아니아니, 아닐세. 근위장은 안 돼. 근위장에겐 주군을 호위하고 밀정들을 다룰 큰 역할이 이미 주어져 있잖은가. 그리고… 되지도 않는 이야기에 근위장까지 나섰다간 저들이 뭔가 켕기는 게 있을 거라고 생각할 게 아닌가? 그래서 우리는 더욱 안 돼. 우리를 대신할 누구를 찾아야 하는데…….”

그때였다.

“군사, 시위장입니다!”

시종이 소리쳤다.

“어떻게 되었는가?”

도연이 밖을 내다보며 물었다.

“그들은 없었습니다! 삼사 개월여 전 이미 그 집엔 사람의 그림자가 끊겼다고 합니다!”

시위장이 보고했다.

덕승문으로 가는 길의 노부부!

물론 그들은 도연의 무관심에 지쳐 마지막 기댈 곳으로 황길중을 찾아가 도난당한 황금인형을 찾아주기를 부탁했던 자들이다. 황길중의 기억 속에 가슴 쓰린 기억으로만 남은 예전 웅천부 그 여자가 부리던 고려의 하인들…….

“그럼 그들은 어디로 갔단 말인가?”

도연은 복선을 바라보았다.

“그들도 찾아보아야겠군.”

그가 서탁을 두드리며 말했다.

뭔가 일이 복잡하게 꼬이는 기분이었다. 역시 이 일을 전담할 자를 찾는 게 급선무일 듯했다.

第五章

서북쌍검(西北雙劍)

반금을 지나 금주(錦州)!

마음이 편치 않았던지 황길중은 금주까지 배웅했다.

금주에도 북풍회의 분점이 있다.

황길중과는 그곳에서 간단한 송별회를 열고 다음날 헤어졌다. 떠나기 전에 그는 북풍회의 모든 분점에 성인학, 해원 등이 나타나면 가능한 협조를 다하라 했다며 필요한 일이 있으면 분점을 찾으라고 했다.

그리고 다음날부터 그들만의 여행!

북풍회는 기운 센 호마(胡馬)들이 많다. 그런데 지금 말을 탄 자는 산돌이의 애마 광풍을 반 뺏다시피 해서 자신의 말로 만든 해원뿐이었다.

성인학이 말 타는 것을 거부했기 때문이다. 두 발로도 잘 갈 수 있다고 했다.

사실 틀린 말[言]은 아니었다. 성인학의 경신술은 호마를 능가했다. 그러나 해원은 성인학이 말을 타지 않겠다고 한 이유를 경신술이 뛰어나서가 아니라 말을 타지 못하기 때문임을 알고 있었다. 산속에서만 자라 말을 다뤄볼 기회가 없었다. 그녀야 스승을 따라다니느라 말을 타볼 기회가 좀 있었지만······.

말 타는 법을 배우고자 했다면 금방 배웠을 것이다. 하지만 스승에게 누가 될 수 있으므로 남들 앞에서 허둥거리는 모습을 절대 보이지 말아야 한다는 게 대사형의 생각이었다.

그렇게 매사에 스승 걱정이었다. 생각하기에 따라 시시콜콜하게 체통만 차리는 자로 보일 수도 있었다. 그러나 그것조차 해원에겐 별다른 매력으로 보인다는 게 문제였다.

사실 해원은 성인학을 보는 것만으로도 든든했다. 일에 대한 모든 걱정은 잠시 하늘 저편으로······.

그녀가 가슴을 쭉 폈다.

붉은 태양! 붉은 벌판!

산과 강물, 바다가 생기기 전의 태초(太初)의 광막한 광야(廣野)가 쭉 펼쳐져 있었다.

한 번씩 불어오는 아주 쾌적한 바람! 감성이 풍부한 해원이 시(詩)를 떠올리지 않았다면 이상한 일이었다.

붉은 치마에 이슬 함초롬이,
연지도 곱구나, 한 가지의 꽃.
꽃의 생명은 비록 짧다 하여도
원망치 않으리, 흐르는 봄바람을.

그녀가 나지막이 시를 읊조리며 시상(詩想)에 잠길 때였다. 찰박 하며 그녀의 감흥을 깨는 자들.

"뺏어봐! 뺏어!"

"넣어! 말만 하지 말고 넣어보라구!"

두 마리 미친 말이 일으키는 먼지보다 더 뽀얀 먼지를 일으키며 두 사형들이 다투고 있었다.

짚을 뭉쳐 둥글게 만들고 그 위에 가죽을 씌워 기운 공. 그 공을 두고 두 사형은 지치지도 않고 달렸다.

하도 시끄럽게 굴어 거짓말을 조금 보태 공을 백 리 밖으로 차 보냈는데 다시 가까이 엉켜붙고 있었다.

대사형의 맹훈련에 한동안 흐느적흐느적하더니 이제 그 훈련에 제법 적응된 듯했다.

남아도는 힘. 이 광야를 자신들의 놀이터로 즐겼다. 허허벌판이 좁다 않고 무슨 일을 만들어서든 매일 쉬지 않고 달렸다. 그제는 자치기, 어제는 비석치기, 오늘은 공놀이였다.

저희들 노는데 왜 짜증을 낼까만 하필이면 공을 넣을 곳을 광풍의 다리 사이로 정했으니……

가까이 와서 날뛰면 시흥(詩興)이고 뭐고 정신 차리기도 바빴다.

"저리 안 가? 확 공을 찢어버릴 테다?"

그녀가 단도를 빼 들며 소리쳤다.

그러나 이 산 저 강, 구를 자리 있으면 구르려 하는 돌들이라 그녀의 말을 그들이 들을 리 없었다.

"아항! 항! 항! 항! 뺏어봐!"

산돌이는 이마로 공을 퉁기며 광풍을 향해 점점 접근했고 수돌이는 그 공을 뺏기 위해 산비각(飛散脚), 무영퇴(無影腿), 철인각(鐵人脚) 등 마두(魔頭)들을 상대로 사용해도 가슴 서늘할 각법(脚法)까지 아끼지 않았다.

공을 넣을 수 있는 광풍의 기랑이 사이가 가까워지자 그들의 몸놀림은 더욱 격렬해졌다.

"죽고 싶어?"

해원이 꽥 고함을 질렀다.

그녀가 마상에서 벌떡 일어나 몸을 날렸다.

"어, 어, 어?"

해원이 달려들자 산돌이는 급히 몸을 피하려 했다. 물론 그의 실력이 어찌 해원만 못할까. 그렇지만 공놀이라는 게 원래부터 두 손은 사용할 수 없는 것이었으니 두 손, 두 발로 달려드는 해원을 감당할 수 없었다.

공이 해원의 손으로 넘어갔다.

해원은 뻥 하고 허공으로 공을 찼다. 장백노사, 성인학의 가르침이 있어 그녀의 발길질 또한 무서웠다. 산돌이와 수돌이가 저희들의 발길질을 견뎌내라며 가죽 열 몇 겹으로 특별히 만든 공이 아니었다면 터지고 말았을 것이다.

공이 저 하늘 끝까지 치솟았다.

"쇠돌아! 찢어버려!"

해원이 하늘에 대고 소리쳤다.

멀찍이 날고 있던 대사형의 매 쇠돌이는 해원의 표정과 손짓에서 그녀가 무엇을 원하는지 알았다.

공을 따라 날아가며 쇠돌이가 공을 쪼았다.

"너, 죽고 싶어?"

쇠돌이에게 욕하며 산돌이와 수돌이가 달려갔다. 달려가면서도 그들은 다투었다. 어깨로 서로를 밀고 발을 걸고 자빠지면 은근슬쩍 밟아주고 그런 난리가 아니었다.

"떨어져 있을 땐 심심해서 어찌 살았을꼬?"

두 사형을 바라보며 해원이 한숨을 쉬었다.

그녀는 옷에 묻은 흙먼지를 털고 광풍을 몰아 성인학의 곁으로 다가 갔다.

성인학은 두 돌들이 싸우든 말든 신경 쓰지도 않았다. 묵상에 잠겨 있거나 책을 읽었다.

"대사형, 무슨 생각 해요?"

성인학은 생각에 빠져 해원의 목소리를 듣지 못한 듯했다.

해원은 입을 삐죽 내밀며 길가의 강아지풀을 뜯었다.

해원이 강아지풀로 성인학의 목덜미를 간질이려 하자 성인학은 알고 있었다며 해원의 손을 가볍게 쳤다.

"무슨 생각을 하느냐니까요?"

해원이 다시 물었다.

"스승님께서 말씀하신 심인검을 생각했다. 그러나 길이 너무 멀게 느껴지는구나. 구주에는 기라성 같은 인물들이 셀 수도 없이 많다고 하던데… 내 능력이 미천하여 스승님의 얼굴에 먹칠이나 하지 않을까 그것이 종내 걱정이구나."

성인학이 탄식조로 말했다.

"그렇군요. 그러나 난 대사형을 믿어요. 아! 그런데 대사형, 오늘 날씨가 너무 좋죠?"

"좋구나."

"대사형, 어떻게 생각하세요?"

"뭘?"

"한 여자가 있었어요. 타의에 의해 고향을 떠나 여기저기 머물다가 결국 원치 않는 혼인을 하게 된 여자예요."

"남녀상사(男女相思)에 대한 이야기냐? 그렇다면 나는 관심이 없다."

"아주 높은 사람과 혼인을 하게 되었죠. 하지만 원치 않은 혼인이니 마음이 즐거웠을 리 없죠."

성인학은 듣지 않겠다고 했으나 해원은 자신의 이야기를 계속했다.

"매일 밤 자신의 처지에 우울해했어요. 그런 어느 날 한 남자가 나타났어요. 고향 냄새 듬뿍 담겨 있고 다정다감하기까지 한. 그 여자는 그 남자와 사랑에 빠졌어요. 아주 불같이!"

"불 같다니?"

성인학은 눈썹을 좁혔다.

"대사형이 생각하고 있는 그대로예요."

"사통(私通)을 했다는 말이구나?"

"사통? 그래요, 맞아요. 사통이죠. 그렇지만 나는 그 여자의 사통이 나쁘다고 생각하지 않아요. 서로 좋아했잖아요. 그리고 그전에… 원치도 않는 혼인이었고……."

"네가 또 요상한 소리를 하는구나. 원하는 대로 살아갈 수 있다면 누가 세상살이를 힘들다고 하랴. 맞지 않으면 맞춰가면서 살아야지 마음 맞지 않는다고 헤어진다면 누가 혼인을 인륜지대사(人倫之大事)라고 말하겠느냐?"

"마음도 없는 강제 혼인에 인륜은 무슨! 대사형은 산도적에게 끌려
간 어떤 처자가 혼인을 했기 때문에 그 산도적과 살아야 한다고 말씀
하실 분이시군요!"

"경우가 지나치구나."

"뭐가 경우가 지나치다는 말이에요? 그자는 높은 자리에 있기 때문
에 아무 여자나 낚아 혼인해도 문제없고 산도적은 산도적이기 때문에
문제가 있다는 말씀인가요?"

해원은 필요 이상으로 흥분하고 있었다.

"반대의 경우를 생각해 봐라. 자신의 여자를 애지중지 업어가며 살
지는 못했지만 제 나름으로 열심히 노력하며 살아간 사람이 있다. 그
런데 어느 날 자신의 여자가 눈이 맞았다는 이유 하나로 다른 남자와
사라져 버린 거야. 남은 그 남자의 마음이 어떻겠느냐?"

"행복을 빌어주어야지요."

"남의 일이라고 너무 쉽게 말하는구나. 말이 씨가 될 수 있다는 것
을 잊지 마라. 어쨌든… 해원아, 남의 사랑 이야기는 함부로 하는 것이
아니다. 좋아하고 싫어하는 그 깊이를 우리가 어떻게 알겠느냐?"

"맞아요. 사랑 한 번 못해본 우리가 어떻게 알겠어요? 특히 대사형
은 더욱 모르죠. 사랑을 저 산 너머 그림 정도로 생각하는 사람이 대사
형이잖아요. 그렇지만 나는 조금 알아요. 알기 때문에 이해하죠. 방금
내가 이야기한 그 여자의 사랑의 깊이와 좌절의 깊이가 어떠했는지를.
난 그 여자를 생각하면 가슴이 아파요."

해원의 눈시울이 붉어졌다. 그녀는 한때 북풍회주와 불 같은 사랑에
빠졌던 웅천부의 그 여자를 생각하고 있었다. 그 여자만 생각하면 가
슴이 찡했다.

"또 이상한 책을 읽은 게로구나. 책이 어찌 교훈으로만 존재할까만 너의 경우는 너무 그런 책만 좋아해서 탈이다."

성인학이 혀를 찼다.

"책이 아니라 사실이란 말이에요! 아무것도 모르면서!"

해원은 '해동의 기보, 선사 좋아하시네' 하며 성인학의 등에 대고 메롱 했다.

"그런데 대사형, 나는 그 여자가 불쌍하기도 하지만 어떤 면에서는 그 여자가 부럽기도 해요. 내겐 왜 그 여자처럼 불같이 사랑할 남자가 나타나지 않는 걸까요?"

그녀가 성인학의 곁으로 촐랑촐랑 따라붙으며 말했다.

성인학은 눈썹을 좁혔다.

"이제 실없는 소리 그만 해라!"

성인학은 귀찮아하며 다시 자신의 생각에 잠겼다.

해원의 눈썹이 치올라 갔다.

짜증이 치솟았다.

"흥!"

그녀가 말고삐를 세차게 챘다.

광풍은 산돌 사형에게 과분한 말이었다. 아주 영리했다. 조금 훈련시켰더니 토끼처럼 펄쩍펄쩍 뛸 줄도 알았다.

광풍이 깡충깡충 뛰었다.

뽀얀 흙먼지가 뭉게구름처럼 일어나며 성인학을 덮쳤다.

"무슨 짓이냐?"

성인학이 급히 물러났다.

"대사형이 아는 게 뭐가 있죠? 대사형이야말로 이제 그런 책 그만

읽어요! 사서오경(四書五經)이 인생에 도움되었다는 사람을 나는 아직
한 명도 보지 못했어요!"

꽥 화를 내며 해원은 광풍의 머리를 돌렸다.

"달려!"

그녀가 고삐를 챘다.

광풍이 신나게 달렸다.

성인학은 안색을 찌푸렸다.

"저 아이가 요즘 왜 저런지 모르겠다. 걸핏하면 시비를 걸려 하
니……. 내가 근자에 너무 오냐오냐 했기 때문인가? 그래, 맞다. 너무
좋다고만 하는 것도 교육에 문제가 있지. 구주로 들어서기 전에 산돌
이와 수돌이 놈들까지 포함해서 정신 훈화를 한번 해야겠군."

그가 흙먼지를 털며 중얼거렸다.

그때였다.

챙! 타당!

날카로운 쇳소리.

"요 며칠 동안 사이좋은 것 같더니 무슨 일로 또 칼까지 빼 들고 난
리야?"

광풍을 멈추며 해원이 한 말이었다. 그녀는 산돌이와 수돌이기 싸운
다고 생각했다.

하지만 성인학의 생각은 달랐다.

그의 눈빛이 빛났다.

그는 쇳소리가 들린 곳을 향해 바람처럼 질주했다.

“워! 워!”

해원은 광풍을 세웠다.

그녀가 눈살을 찌푸렸다.

우웅! 웅! 웅!

칼바람이 삭풍처럼 매서웠다.

어지럽게 흩날리는 풀, 자욱하게 이는 흙먼지, 태양에 반사되어 물고기의 비늘처럼 번뜩이는 검영(劍影)!

십여 명의 인물들이 형체를 알아보기 힘들 정도의 빠르기로 움직이며 도검을 난마로 내뻗고 있었다.

웬만한 공력을 쌓은 자가 아니라면 눈으로 그림자조차 따라가기 힘들 엄청난 실력의 고수들!

해원도 안력(眼力)을 집중시켜야 했다.

검은 복면에 검은 옷, 낫 끝에 비수를 붙여놓은 듯한, 손잡이가 짧은 겸도(鎌刀)를 두 손에 든 자들이었다.

정확히 아홉 명이었는데 한 명 한 명의 실력이 요서사괴 정도는 눈 아래였다.

해원은 남녀상사에 관련된 책만 좋아하는 게 아니었다. 그녀의 관심은 다방면이어서 진법(陣法)에 대해서도 조금 알았다.

그녀는 아홉 명의 복면인들이 일정한 규칙 속에서 움직인다는 것을 알았고 그것이 진법 중 구궁진(九宮陣), 구궁진에 약간의 변화를 첨가한 구궁변환진(九宮變幻陣)임도 알았다.

아홉 명의 손발은 척척 맞았다. 오랜 기간 동안 동고동락하며 수련해 온 게 틀림없었다.

'만약 내가 저들을 상대한다면……'

해원은 고개를 갸웃했다.

이기기야 하겠지만 이기기 위해서는 조금 험악한 수를 사용할 수밖에 없을 듯했다.

물론 다른 사람이 그 이야기를 들었다면 '비린내도 채 가시지 않은 네깟 년이 뭐?' 했겠지만 해원 역시 장백노사의 제자가 아니던가! 대사형 성인학을 괴롭혀 가며 얻어낸 성과도 제법 되었다.

어쨌든 구궁변환진을 펼치는 자들은 강호 일류를 자처할 자들도 쩔쩔매게 만들 실력자들임은 분명했다. 그런데,

해원의 시선은 한 명의 사내에게 고정되어 있었다. 구궁변환진을 펼치는 자들을 상대하는 자!

허름한 도복을 입은 중년의 도장(道長)이었다. 그는 한 자루 검을 사용하고 있었다.

찌르고, 막고 하는 검법은 지루함이 느껴질 정도로 단조로운 것이었다. 그렇지만 구궁변환진의 사나움도 도장을 절대 침범하지 못했다.

산돌이와 수돌이는 해원보다 한발 앞서 이곳에 와 있었다.

시시껄렁한 자들의 싸움 같았으면 벌써 딴전을 부렸을 터인데 싸움판에서 눈을 떼지 않는 것을 보니 산돌이와 수돌이 역시 중년도장의 검법에 대해 무척 관심이 동한 듯했다.

해원은 마른침을 꿀꺽 삼키며 성인학의 곁으로 다가갔다.

순간, 중년도장이 성인학을 향해 눈길을 돌렸다. 무엇인가 곤혹스러워하는 눈빛이었다.

성인학은 그가 무엇을 곤혹스러워하는지 금방 알았다.

도장의 검은 한 수의 여유가 있었다. 그 여유를 거두고 본실력을 발휘했다면 복면인들은 벌써 땅바닥을 뒹굴었어야 옳았다.

진검 승부에서 땅바닥을 구른다는 것은 죽음이나 큰 부상과 직결된다. 결정적인 순간 때마다 검을 미적거리는 것을 보니 상대에 대한 아량이 틀림없는 것 같았다.

그 때문에 길어지고 있는 싸움이었다.

그러나 성인학은 곧 싸움이 끝날 것이라고 확신했다. 중년도장이 이 지루한 싸움을 끝내야겠다고 결심했음을 알아챘기 때문이다. 미세했지만 자세에 변화가 보였고 검을 쥔 손에도 힘이 느껴졌다.

"그런데 저… 대사형……."

성인학 못지않게 중년도장을 유심히 지켜보던 해원이었다. 사자코에 졸린 듯한 눈, 완만한 턱…… 낯이 익은 자였다.

"저분 어디서……."

고개를 갸웃거리며 그녀가 무슨 말을 하려 할 때였다.

파파팟!

연천섬광(連天閃光)으로 뻗어가는 검광(劍光)! 연이어 병기가 부딪치는 격렬한 소음과 함께 튕기는 불꽃!

겸도가 박살나며 복면인들이 우수수 쓰러지고 있었다.

중년도장은 검을 허리에 꽂았다.

그가 겸연쩍은 표정으로 머리를 긁적였다. 그리곤 복면인들의 곁으로 다가가 복면을 벗겼다.

복면인들은 이미 숨이 끊어진 상태였다. 입에 검붉은 피를 뭉클뭉클 토해내며…….

중년도장이 곁에 있는 복면인의 복면도 벗겼다. 마찬가지였다. 세 번째 복면인, 네 번째 복면인도…….

"아아!"

해원의 입에서 탄식이 터졌다.

중년도장도 당혹스러운 표정으로 머리를 벅벅 긁었다. 그는 자신의 일검(一劍)에 복면인들이 모두 절명할 줄은 몰랐다. 죽은 복면인들이 약관에도 채 미치지 않은 애송이들이라는 사실은 더욱!

해원이 탄식을 터뜨린 이유 역시 죽은 복면인들 모두가 이제야 코밑 수염이 거뭇거뭇 자라기 시작하는 홍안의 소년들이라는 사실 때문이었다.

"검에 인정이 있어 괜찮은 놈인 줄 알았더니 독(毒)을 사용했구나!"

고함을 지르며 수돌이가 환병도를 뽑았다.

"나와 싸워보자!"

산돌이도 뇌력창을 세웠다.

오랜만에 보는 상대할 만한 자였으니 다른 이유가 없어도 호승지심에 검을 뽑았을 그들이었다.

"나? 나는 아니오!"

중년도장이 화들짝 놀라며 고개를 저었다. 절정의 고수에 어울리지 않는 어딘가 어수룩한 동작이었다.

"소협들, 보시오!"

그가 쓰러져 있는 복면인들의 곁으로 다가갔다. 그리고 옷을 벗겼다.

가슴 곳곳에 찍힌 눈에 보이지 않을 정도로 작은 붉은 점!

"역혈대법(逆血大法)이라는 것이오. 잠력(潛力)까지 끌어내어 사람의 힘을 두세 배 증폭시키는 대법! 그러나 한번 시전하면 본원진기까지 모두 끌어내어 버리기에 살 수 있는 확률은 없소. 악독한… 이 어린것들에게까지 이런 수법을 사용할 줄이야."

눈살을 찌푸리며 그가 말했다.

"역혈대법? 그런 말도 되지 않는 거짓말에 우리가 속을 것 같으냐? 당장 칼을 뽑아라!"

산돌이가 고함을 질렀다.

"시끄러워요, 알지도 못하면서! 대사형, 저분 말씀이 틀린 것 같지 않죠? 이상하게도 사혈(死穴)이라고 할 수 있는 자리가 모두 붉은 점으로 점해져 있잖아요."

해원이었다.

성인학은 고개를 끄덕였다.

"대사형, 저분이 누군지 알아요?"

방금 본 사람을 안다고 하는 사람은 없지. 해원의 물음에 성인학은 눈만 끔벅였다.

해원이 웃으며 시선을 돌렸다.

중년도장을 향해서였다.

"사형, 저 모르겠어요?"

사형이라니?

"소저, 나는… 보기보다 나이가 많소. 어… 그리고 내가 아는 한 우리 문파에… 여자야 있지만… 귀 소저는 안면이 없구려."

해원의 갑작스런 말에 중년도장이 난처한 표정으로 말했다.

"사형은 절 모르겠지만 전 사형을 알아요. 원래 제가 기억력이 비상하거든요. 기억나지 않아요? 우리 스승님 장백노사를 따라 천산의 아저씨를 찾아갔던 그 어린 계집아이를……."

"장백노사?"

중년도장이 눈을 둥그렇게 떴다.

해원을 멀뚱멀뚱 바라보던 그가 '아!' 하며 무릎을 쳤다.

중년도장은 구주의 정통 명문이라 할 수 있는 구파일방(九派一幇) 중의 한 곳인 공동파(崆峒派)의 도장이다.

서북쌍검(西北雙劍) 중 서검(西劍)! 별호는 낙일검(落日劍)이고 본명은 이장무(李章武).

이장무와 해원의 관계를 설명하자면 삼십여 년 전으로 거슬러 올라가야 한다.

삼십여 년 전에 구주는 불세출의 기재를 다섯 명이나 배출했다. 무당파의 검왕(劍王), 장강수로연맹의 수왕(水王), 개방의 구걸왕(九乞王), 남해 법련암의 화왕(花王), 천산의 천산왕(天山王)!

강호인들은 그들을 강호오왕(江湖五王), 강호오패라 불렀는데 이장무는 공동파 출신임에도 어릴 때 사문의 명에 의해 천하제일신비인이라는 천산왕을 사사했다. 그와 함께 나란히 북검(北劍)이라 불리는 화산파(華山派)의 엄등(嚴登), 서장(西藏) 천룡사(天龍寺)의 아다함과 함께였다.

천산왕의 문로(門路)는 복잡하다. 일가(一家)를 이루는 데 여러 외문(外門) 스승들의 도움을 받았다. 그 인연으로 이번에는 반대로 도움을 주었던 사문에서 천산왕에게 이장무 등 어린 제자들의 사사를 부탁했던 것이다.

장백노사와 천산왕의 인연은 장백노사 또한 천산왕이 젊었을 때 그가 검에 대해 눈을 뜨는 데 많은 영향을 끼쳤다. 따라서 천산왕은 장백노사를 사부처럼 받들었다.

스승인 장백노사를 따라 해원이 천산에 갔을 때 천산왕은 자신이 가르쳤던 제자들을 불러 모았다. 장백노사에게 사조(師祖)의 예를 갖추게 하기 위해서였다.

그 자리에서 해원은 이장무를 본 것이다.

성인학, 산돌이, 수돌이는 신발을 벗고 이장무를 향해 큰절을 올렸다.

이장무도 고려의 예법에 따라 허둥지둥 맞절을 했다.

성인학도 낯을 가리는 편이었고 이장무도 낯을 가리는 편이라 어색한 분위기 속에 스승들의 근황과 안부가 오갔다. 그리고 마땅한 말을 찾지 못해 침묵!

그 틈을 타 수돌이가 나섰다.

"들자 하니 천산의 사숙 천산왕은 우리 스승님을 사사한 분이니 배분으로 따지면 우리와 동형제라 할 수 있지. 따라서 원래대로 하자면 사형은 우리를 사숙이라 불러야 하오. 그래서… 그렇다는 것이니 사형은 어린 치들이 사형 운운한다고 섭섭해하지 마시오."

이장무의 무공을 본 후라 그는 이장무에 대해 상당한 경쟁심을 느끼고 있었다. 때문에 슬쩍 건 시비였다.

"아! 그건… 맞네. 현제(賢弟)들이 섭섭하면 섭섭했지 내가 왜 섭섭하겠나?"

수돌이의 말에 크게 당황해하며 이장무가 말했다.

해원은 이장무를 보며 속으로 웃었다.

매사에 우물쭈물 제 할 말 못하는 모습이 예전과 같았다. 표정을 보아하니 바쁜 일이 있는 듯한데…….

"사저(師姐), 아다함, 엄 사형도 잘 있죠?"

이장무, 엄등, 아다함은 어릴 때 가르침을 받았고 실제 천산왕의 직계 제자는 한 명뿐이다. 해원이 사저라 말한 여자 만화군주(萬花郡主) 안검명(安劍鳴)!

"아다함은 폐관(閉關)에 들어간 것으로 알고 있고 누님과 엄등은… 그동안 내가 바쁜 일이 있어서 보지 못한 지 오래되었지. 아! 낙양(洛陽)에 들르면 찾아보게. 대화장(大華莊)에 엄등도 같이 있을 것이야."

천산왕의 의발전인인 만화군주는 낙양의 대상가(大商家)인 대화장의 장주이기도 했다.

"알았어요. 그런데 사형, 지금 바쁘시죠?"

"좀… 중요한 자를 쫓고 있었는데… 저들이 방해하는 바람에…….
지금 쫓아가 봐야 할 듯한데……."

이장무가 어물거리며 말했다.

"사형, 우린 당분간 구주에 있을 거예요. 대화장에서 보든 천산에서 보든 나중에 다시 보기로 하고… 지금 바쁜 일이 있다고 하니 하시던 일을 마저 하시죠. 저기 저자들의 뒷정리는 우리가 해드리겠어요."

해원이 복면인들을 가리키며 말했다.

"그래도 되겠나? 어렵게 만났는데……."

이장무가 머리를 긁적이며 미안해했다.

"아니아니, 아니에요. 급한 일이 있으면 그 일부터 해야죠."

해원은 괜찮다며 손을 저었다.

이장무는 수염을 쓸었다.

"방금 본 그대로… 아주 사악한 무리들일세. 철저히 비밀에 가려진……. 이제 겨우 꼬리를 잡았는데 기회를 놓칠 순 없지. 미안하지만… 나중에 다시 만나기로 하세."

그가 헛기침을 하며 옷을 추슬렀다.

"잘 가세요."

해원이 손을 들었다.

"다음에 뵙겠습니다."

성인학과 산돌이, 수돌이는 머리를 숙였다.

이장무는 성인학을 잠시 바라보았다. 그가 가는 한숨을 내쉬었다. 젊은 나이에 저런 출중한 기도를 보이다니, 과연 장백노사의 제자라는 생각이 들었다.

"나중에 보세."

그가 휙 몸을 날렸다.

그의 그림자가 일순간에 사라졌다.

"호호호! 호호!"

이장무가 사라진 후 해원은 배를 잡고 웃었다.

"저 어눌한 모습… 옛날과 전혀 바뀌지 않았어요. 아! 대사형, 방금 저 사형의 다른 별호가 뭔 줄 아세요? 서검이 아닌 서우(西牛)예요. 소처럼 우직하다고. 반해서 엄등이라는 분은 북호(北狐)라 불리죠. 영리하냐고요? 천만에! 늘 똑똑한 척하지만 실속 챙기는 건 아무것도 없죠. 서우, 북호… 그래서 친한 벗들은 이장무, 엄등 사형을 서북쌍검이 아닌 서북쌍치(西北雙癡)라고도 부른대요. 대화장의 사저가 해준 말이에요."

"쌍치라… 그럴지도 모르겠군. 다른 것에 미친 것이 아닌 검에 미친……. 과연 구주엔 인물이 많군."

성인학이 혼잣말로 중얼거렸다. 호랑이는 호랑이를 알아본다고 그 역시 이장무에게서 특별한 기도를 느꼈다.

"시간이 나면 대화장의 사저도 만나보고 천산의 사숙도 만나보기로 하죠."

해원이 말했다.

검로(劍路)를 묻는데 거리가 문제겠는가. 그것이야말로 성인학이 원하는 바라 그는 고개를 끄덕였다.

"그런데 정말 큰일이 있긴 있는 모양이에요. 이장무 사형의 사문인 공동파는 저 서쪽 끝이잖아요. 무슨 일로 여기까지……. 원래 성격이 소같이 느긋한 분이라 어떤 일도 서두르지 않는데……."

해원이 고개를 갸웃했다. 조용할 날이 없는 곳이 구주의 강호라 했지만 이장무를 본 느낌으로 구주 강호에 아주 특별한 일이 있는 것 같았다.

방금 본 장면만 해도 그렇고.

어린 치들에게 역혈대법까지 사용하는 것을 보니 아주 지독한 사파(邪派)가 출현한 게 분명했다.

그러나 그래 봐야 그 일은 자신들의 일과는 거리가 있는 구주 강호의 일! 중요한 건 자신들의 일이었다.

"사형들, 시체 치워요! 우리도 바빠요!"

그녀가 광풍에 훌쩍 올라타며 소리쳤다.

“이런 일이 있을 수 있다고 생각하는가? 한순간에 사람들이 증발해 버리다니……?”

“귀신의 소행인 모양이군요.”

“귀신이 아니라도 이런 일을 벌일 수 있는 사람은 있지!”

“응천부의 수작일지 모른다는 말씀이십니까?”

“응천부? 북평이 그들이 자유롭게 놀 만큼 허술한 곳이었나? 설혹 허술했다고 하더라도 그들은 이렇게 완벽하게 일을 처리하지 못해. 이 런 일을 할 수 있는 사람은 오직 한 사람뿐이지. 강호인!”

“……?”

“자네는 강호인들에 대해 잘 모르겠군. 하지만 나는 조금 알지. 내 음양술수가 어디서부터 왔겠나? 한때 나는 중 노릇이 재미없어 도사 노릇을 조금 한 적이 있었지. 모산파(茅山派)라는 곳에서. 그곳에서 나는 강호, 강호인들에 대해 조금 들을 기회가 있었네."

"저도 호풍환우(呼風喚雨)하는 그들의 능력에 대해 듣지 못한 것은 아닙니다. 그렇다고 해서 이번 일을 강호인들의 소행이라고 어떻게 단정합니까? 알지 못하는 일이 생기면 모두 강호인 탓으로 돌리시겠군요."

"그럴 리야 있나? 한 가지 사실은 분명해졌잖는가. 회서방이 흑방의 한 조각이라는 것! 흑방은 또 종횡으로 얽힌 강호 암류(暗流)의 한 조각!"

"그래서 내가 흑방부터 닦달해 보자고 말씀드리지 않았습니까! 흑방 놈들을 당장 끌고 오겠습니다!"

"쯧쯧쯧! 생각하는 것 하고……. 만약 황금인형을 훔친 자들이 흑방이 아니라면? 흑방의 배후에 다른 또 누군가가 있다면?"

"……."

"결국 지금 흑방을 건드려 우리가 얻을 수 있는 건 황금인형 때문에 우리가 똥줄 말라 한다는 사실과 우리가 나섰으니 너희들은 꼭꼭 숨으라고 하는 것밖에 없지. 맞네. 나는 회서방도들을 멸한 자들이 흑방이 아닐 가능성이 더 높다고 생각하네. 모종의 관계야 있을 수도 있겠지."

"왜 흑방에 그런 능력이 없다고 생각하십니까? 군사께서 말씀하신 대로 회서방은 흑방이 손쉽게 잘라낼 수 있는 하나의 가지에 불과했습니다."

"잘라낼 수야 있지. 그러나 그 누구에게도 들키지 않고 잘라내기는 힘들지. 흑방! 북평에서 얼굴 들이밀면 다 아는 고만고만한 자들이 아닌가? 회서방도의 실종을 전후해 그들의 행적을 탐문했으나 그들의 특별한 행동은 밝혀진 것이 전혀 없었다."

"다른 자들을 부를 수도 있었겠죠."

"다른 자? 누구? 난 그들이 누구를 불렀다면 불려온 그자들이 누구인지 더 궁금하네. 그래서 좀 더 지켜볼 생각이야. 말한 대로 흑방 뒤에 또 누가 있는지를……. 지켜보면 그들의 짓인지 그들의 짓이 아닌지 드러나겠지. 괜히 서둘러 타초경사(打草驚蛇)의 우를 범하고 싶지 않네. 그리고 뒤늦게 묻겠네만… 근위장, 자네는 왜 흑방이 회서방도를 멸했다고 단정하는가?"

"회서방의 아비가 흑방이니 의심은 당연하지요. 흑방은 회서방으로부터 어떻게 황금인형을 손에 넣은 후 황금인형의 비밀을 알고는 무척 당황했을 겁니다. 황금인형! 자칫하면 놈의 기업인 흑방은 물론 일족까지 멸살당할 수 있는 위험한 물건이니까요. 당장 우리들의 손에! 겁이 났겠지요. 그래서 살인멸구(殺人滅口)로 회서방을……. 뻔한 이야기 아닙니까?"

"맞아맞아, 그럴 수도 있지. 그런데… 그래서 나는 알 수가 없네. 응천부는 또 어떤 경로로 황금인형의 비밀을 알게 되었는지를……."

"무슨 말씀이십니까?"

"자네 생각대로라면 황금인형의 비밀을 응천부에 고(告)한 가장 의심 가는 놈은 흑방의 방주겠지. 근위장, 자네는 흑방의 방주라는 놈이 황제에 대한 충성이 넘쳐 황금인형에 대해 응천부에 나불거렸다고 생각하는가? 가까운 곳의 칼, 우리들의 칼을 걱정해서 회서방에 대해 살인멸구까지 생각한 그놈이?"

"……"

"기실 황제에 대한 충성을 생각했다면 이런저런 생각 할 필요 없이 황금인형을 들고 응천부를 찾았을 것이야. 황금인형을 응천부에 건네

주면 끝이지 않는가? 그리고 응천부에 앉아 한 자리 바라고 있었겠지. 하지만 아직 황금인형은 응천부에 전해지지 못했다. 황금인형을 찾기 위해 현헌이라는 자가 이제야 움직였다면서?"

"음, 그렇군요. 그 생각은 못했습니다. 기실 난 놈이 너무 태연자약해 이상하긴 했습니다. 황금인형을 손에 넣었다면 좌불안석 어쩌지 못하고 있었을 텐데⋯⋯. 과연 놈은 황금인형과 무관할까요?"

"단정은 금물이지. 좌불안석 않고 너무 태연자약하기에 난 또 놈을 의심하지. 난 강호의 생리를 조금 아네. 쓰레기든 어쨌든 회서방도 놈의 식솔이다. 식솔들이 어느 날 불시에 사라졌는데 아무렇지 않은 표정을 짓고 있다는 것은 준 만큼 갚는 흑도인들의 생리와 전혀 맞지 않아. 최소한 찾는 시늉이라도 했어야 하는데 놈은 아니었다. 무언가 있다는 이야기지."

"그렇게 생각하니 또 그렇군요."

"어쨌든 사람을 붙여두었으니 놈의 마각(馬脚)은 드러날 테고⋯ 다시 이야기하지. 근위장, 내가 정말 궁금한 것은 응천부에서 어떻게 황금인형에 대한 비밀을 알았냐는 것이야."

"처음부터 조작이었다면 아주 쉽게 가능하죠!"

"조작, 조작⋯ 고려의 늙은이들을 비롯해 흑방과 회서방을 끌어들인 조작⋯⋯. 가능한 이야기지. 그렇지만 조작이니 우리는 알 바 아니다라고 말하기 힘든 게 우리의 입장 아닌가? 조작이라면 어떤 조작인지 밝혀내야지. 어쨌든 조작인지 아닌지를 포함해서 이것저것 생각해 볼 문제가 많다. 하지만 우리는 정면으로 나서기 힘들다. 앞서 말한 대로 자칫하다간 저들의 장단에 놀아나는 꼴이 될 테니⋯ 우리는 우리를 대신해 일할 사람을 찾아야 해."

　"제가 다루는 자들 중에 괜찮은 자들을 가려 뽑아보도록 하겠습니다."

　"아니아니, 그들로는 안 돼. 어떤 이유이든 지금의 주 무대는 회서방과 흑방! 흑도(黑道)로 얽혀 있다. 하여 우리도 그 무대에서 놀 사람을 구해야 해. 강호인이 필요하다."

　"강호인들에 대해 조금 안다고 하셨지요? 생각나는 사람이 있습니까?"

　"있지. 내가 아는 사람이 아닌 주군이 아는 사람. 자네도 몇 번 봤을 거야."

　"누구……?"

　"낙양으로 가게."

　말에서 훌쩍 뛰어내리는 약관의 청년은 연왕을 어릴 때부터 모셨던 환관이자 근자에 연왕의 근위장으로 전장에서 맹활약을 떨치고 있는 복선이었다.

　그는 평복을 하고 있었다.

　그가 말에서 뛰어내린 곳은 전운이 감도는 백구하도, 연왕의 본거지인 북평도 아니었다.

　고두(古都) 낙양!

　백구하를 축으로 전선이 밀집되었다고는 하나 낙양의 분위기도 삼엄했다.

　복선은 성외(城外)에 있는 객잔을 찾아 말을 맡기고 낙양으로 들어가려 했다. 그가 몇 명의 수하들과 함께 객잔으로 들어섰다.

　비가 내려 진창이 된 길을 주마가편(走馬加鞭)으로 달려온지라 복선의 온몸은 흙투성이였다.

복선은 수하들이 준비한 깨끗한 옷으로 갈아입었다.

"너희들은 여기서 기다려라. 함부로 나돌아다니지 말고 요기나 하고 있거라. 빨리 돌아올 수도 있을 것이다."

그는 은자 몇 냥을 수하들에게 던져 준 후 객잔을 나섰다.

검문 검색이 까다로웠으나 복선에게는 전혀 문제될 것이 없었다. 그는 필요할 때마다 골라서 사용할 수 있는 몇 장의 문첩(文牒:여행 목적서)과 보인(寶印:통행 허가서)이 항상 준비되어 있었다.

성내(城內)로 들어선 그는 낙하(洛河)를 따라 거상(巨商)들이 밀집해 있는 북시(北市)로 향했다.

천하가 뒤집어져도 이재(理財)에 대한 상인들의 욕심은 변하지 않는다고 하더니 북시는 전쟁의 소용돌이 속에서도 여전히 북새통이었다.

복선이 발걸음을 멈춘 곳은 그 상가들 중의 한 곳이었다.

한때 강북상련(江北商聯)의 중심이었을 정도로 거대한 상권을 자랑하던 곳, 대화장!

지금은 각 점포들을 분할하여 지점주들에게 대부분의 권한을 이양한지라 총수가(總帥家)로 이름만 이어가고 있을 뿐이었다. 그렇지만 만약 대화장이 총수로서 자신의 역할을 차지하려 든다면 대화장이 다시 강북제일 상가로 부상할 것임을 의심하는 자는 아무도 없었다.

비록 분할되어 떨어져 나갔다고는 하나 각 지점주들의 대화장에 대한 충성은 여전했고 숨겨진 대화장의 재화 또한 엄청나다고 했다. 무엇보다 대화장을 지키고 있는 자!

하늘은 사람에게 여러 재능을 주지 않는다. 그러나 대화장주에게는 달랐다. 이재에 대한 놀라운 재능, 시, 서, 화에도 능했고 화술에도 뛰어났다. 더해서 천하를 놀라게 할 칼 솜씨까지!

하지만 대화장주는 자신의 능력을 세상에 보이기 싫어했다. 너무 많은 재능을 가지고 태어났기 때문인가?

맞는 말일지도 모른다. 재능이 너무 뛰어났기에 눈에 드는 짝을 찾지 못했고 그리하여 사십 대 중반인 그 나이에도 혼자였다.

복선은 주군을 모신 자리에서 그를 몇 번 본 적이 있었다. 대화장 총수라는 직위에 문무겸전, 눈알이 튀어나올 만한 미모!

그때 그도 대화장주를 데려갈 능력있는 남자가 천하에 과연 있을까 하고 생각했었다.

대화장주는 여자였다.

주군과 사저(師姐), 사제 하며 친교를 다졌던 여자 안검명! 만화군주는 그녀의 별호다.

지금 복선은 도연의 명으로 그녀를 만나려 하고 있었다.

대화장 앞에 선 그는 문을 지키는 자에게 장주를 만나고 싶다고 청한 후 그에게 자신의 신분을 증명하는 연왕부 영패를 은밀히 건넸다.

작자는 복선이 예사롭지 않은 인물임을 한눈에 알아챘다. 그는 다른 말 않고 후닥닥 내원으로 달려갔다.

일각여가 지나 그가 다시 모습을 보였다.

"장주께서는 계시시 않으십니다."

실망스러운 답변이었다.

그가 등을 돌릴 때였다. 복선은 그의 소매를 끌어당겨 그를 돌려세웠다.

"계신다는 것을 알고 왔네! 우리 주인의 목숨이 달린 일일세! 그렇다고 목숨을 구해달라는 귀찮은 청을 할 요량으로 온 것은 아니니 우리

주인과의 옛정을 잊지 않았다면 한 번만 만나달라고 하시게!"

복선이 다급히 말했다.

문지기는 이맛살을 찡그렸다.

"알았수. 말하는 것이야 뭐 어렵나."

그가 휘적휘적 내원으로 다시 들어갔다.

복선은 초조한 표정으로 문 앞을 서성거렸다.

대화장주인 만화군주는 항상 바쁘다고 했다. 집에 없을지도 몰랐다. 있다고 하더라도, 아무리 친한 사이라도 권부(權府)의 일에 끼어드는 것을 극히 싫어하는 자가 강호인이라고 하니 없다 하며 만나려 하지 않을지도 몰랐다.

맞았다. 대화장주인 만화군주의 또 다른 모습은 강호인이었던 것이다. 강호오왕 중 가장 신비에 싸여 있는 천산왕의 의발전인!

강호인들은 자유로움을 즐긴다고 하니 어쩌면 그 때문에 상인으로서의 재능을 살리지 않은지도 모를 일이다.

어쨌든 도연은 만화군주가 주군의 일을 모른 척하지 않을 것이라고 했으니 그 말을 믿을밖에!

문지기가 돌아왔다.

"따라오시우."

작자의 말에 복선은 속으로 환호를 질렀다. 그가 문지기를 따라 도착한 곳은 별채의 후원이었다.

홍의 경장 차림의 한 여인이 그를 기다리고 있었다. 장난기 어린 눈빛, 상대를 살짝 비웃는 듯한 묘한 미소, 필 대로 핀 몸은 군살 하나 없었다.

누가 그녀를 사십 대라 이야기할 것인가? 그녀가 분명했다. 예전에 주군의 곁에서 몇 번 보았던 여자 만화군주!

만화군주 그녀에게는 세월이 흐르지 않았는지 그녀의 나이는 많이 보아도 삼십 대 초반 이상으로 보이지 않았다.

그녀는 검술 연습을 하고 있었던 듯했다. 목검을 들고 있었고 얼굴에선 땀이 반짝였다.

"이게 누구신가? 어린 아기씨 아니신가?"

복선을 보며 그녀가 아는 체를 했다.

"저를 기억하십니까?"

"나는 좀 머리가 좋은 편이지. 기억해 둘 필요가 있다고 생각한 사람은 평생 가도 잊지 않아. 그때 눈빛이 예사롭지 않다고 했더니… 근자에 한가락 한다고?"

"과찬이십니다."

복선은 얼굴을 붉히며 머리를 긁적였다. 역시 제왕의 기상은 따로 있는 듯했다. 주군과 군사 외에는 그 누구에게도 마음으로 승복해 본 적이 없는데 이상하게 만화군주 앞에서는 정말 자신이 이전의 아기가 된 듯했다.

"그래, 무슨 일로 왔어? 난 긴 이야기 싫어하니 빨리 말해."

만화군주가 목검으로 손바닥을 탁탁 치며 말했다.

복신은 자세를 바로 하며 호흡을 가다듬었다. 만화군주를 만나러 보내는 길에 도연이 말했다. 어떤 것도 숨기지 말고 말하라고. 우리에게 이익을 주리라고 장담은 못하지만 절대 해를 주지 않으리라는 것은 장담한다고 했다.

때문에 복선은 그동안 황금인형을 둘러싸고 벌어졌던 일에 대해 상세히 말했다. 그리고 자신이 여기에 온 목적, 자신들을 대신해 일해줄 강호인의 천거를 부탁했다.

"별 우습지도 않은 일이 다 있군."

복선의 이야기를 모두 듣고 난 후 만화군주가 한 말이었다.

"도와주십시오."

복선은 머리를 숙였다.

"설마 내가 나서야 된다는 건 아니겠지?"

"그래 주신다면 우리로서는 더없는 영광이지요."

"어린 아기씨, 꿈을 깨시게. 개망나니인 아기씨 주군도 인정해 준 원칙! 권부의 일엔 개입하지 않아. 만약 아기씨의 개망나니가 이런저런 이유를 대며 개입을 요구했다면 난 벌써 그와 절교를 선언했을 거야."

천하에 누가 연왕을 개망나니라 부를 수 있을까? 그러나 한 사람은 가능했다. 바로 만화군주!

복선은 만화군주가 험한 욕을 쓰면 쓸수록 즐거워하던 주군의 모습을 아직도 기억하고 있었다.

세상에는 거리낌없이 사귀고 싶은 사람이 있다. 연왕에겐 만화군주가 바로 그런 존재였다.

"아쉽군요. 기실 군사께서도 응해주지 않으리라 예측하셨습니다. 그래서 천거를 부탁드리라 했습니다."

"아! 그 돌중은 잘 있는가?"

만화군주가 도연의 안부를 물었다.

"예, 잘 계십니다."

"그 돌중이 잘 있어 중원의 백성들은 괴롭겠군. 그때 까불거리며 싸움을 청할 때 명줄을 끊어버렸어야 하는 건데……. 그러나 아직 살아 있으니 그것이 천명(天命)인가?"

"군사께서도 무공을 익히셨습니까?"

복선이 놀라며 물었다.

"모산에도 조금 있었고 운수행각으로 소림에도 잠시 들렀다고 하더군. 그래서 몇 수 배운 모양이야. 말도 되지 않는 수였지만. 아기씨께 무공 자랑을 하지 않은 것을 보니 그때 내게 어지간히 혼이 났던 모양이군."

만화군주의 말에 복선은 속으로 '아!' 했다.

지나치게 단정적으로 강호인의 개입이 있다고 선언하나 했더니 군사 그 자신이 이전에 강호인이었기에 배후에 강호인이 있다는 냄새를 맡은 듯했다.

"그나저나 그 망나니의 처지가 곤궁해졌다고 하니 모른 척할 수도 없고… 그래도 집이라고 잊지 못해 잠시 들르곤 했는데 결국 이런 일이 기다리고 있었구나. 내가 이래서 천산(天山)에서 나오지 않으려 했다."

만화군주는 아미를 찌푸리며 짜증을 냈다.

그녀는 봄, 여름엔 대화장에 있었지만 가을, 겨울은 그녀의 사부 천산왕이 있는 천산에서 머물렀다.

"죄송합니다."

복선은 허리를 굽실거렸다.

"어느 놈이 좋을까?"

결국 만화군주는 벗의 처지를 나 몰라라 할 수 없었다. 그녀는 복선이 들고 온 일에 적합한 사람들을 머리 속으로 물색했다.

"아! 그놈이 있었지!"

그녀가 무릎을 쳤다.

“누구……?”

“아주 경박한 놈이야. 잡기(雜技)를 즐기고… 덕분에 아비로부터 물려받은 재산을 오래전에 탕진했지. 지금은 남의 집 더부살이 신세로 있고.”

“아니, 그런 자를 어떻게……?”

“잡기를 즐기는 놈이라 그런지 잔머리가 보통이 아니다. 별명조차 북쪽의 여우! 따라서 이번 같은 잔머리를 사용해서 싸워야 할 싸움에는 딱 적합할 인물이다.”

“이번 일이 유치한 싸움이긴 분명합니다만 그래도…….”

“실력도 있어. 실력도 있고 머리도 있지만 항상 일확천금만을 노리기에 성공을 못했다. 이번 일이 황실과 연관되어 있다고 하면 놈의 공명심(功名心)에 불이 붙겠지. 이제까지 뒤집어졌던 인생을 이번 일 잘 처리해 남 보란 듯 출세할 거라며…….”

“그는 우리의 승리를 점치고 있습니까?”

“아니, 승리는 둘째고 불러주는 자 있고 부름받아 이름 날릴 기회가 있다면 그것으로 만족이지. 놈의 인생이 그래.”

“그렇군요.”

복선은 씁쓸한 마음에 실소를 흘렸다.

“왜? 내가 추천한 자가 가소로워 보이는가?”

“그게 아니라…….”

그게 아니면 뭔가? 그럼 그런 저잣거리의 파락호를 쌍수를 들어 환영해야 옳단 말인가?

“그놈을 써. 됐지?”

“예, 알겠습니다. 그런데 그분은 지금 어디에 계십니까?”

군주(郡主)가 추천한 사람이니 뭔가 있겠지 하고 스스로를 위로하며 복선은 작자를 직접 보기를 원했다.

"여기저기 남의 집 기웃거리며 공짜로 얻어먹을 술이 없나 하고 있기에 그 꼴이 보기 싫어 강제로 아는 절로 쫓아냈다. 며칠 후면 다시 나타나겠지."

"어느 절입니까?"

들을수록 불쾌함이 느껴지는 작자였다. 다른 일이 아무리 바빠도 작자의 얼굴은 꼭 보아야 할 듯했다.

"아기씨, 바쁘시지? 내가 놈을 돌중에게 가라 하겠다. 그러니 아기씨께서는 백구하로 돌아가. 그 성질 더러운 망나니 곁에 아기씨라도 있어야지."

"군사께서도 추천해 준 그분을 아십니까?"

"알지. 그러니 아기씨는 서둘러 돌아가."

귀찮아서 복선을 쫓아내려 하는 것이 아니라 만화군주는 정말 연왕이 걱정되는 듯했다.

"군사께서도 바로 백구하로 가라 하셨지만……."

역시 가장 큰 싸움, 가장 중요한 싸움은 백구하의 전투였다.

"그럼 됐어."

만화군주가 어디론가 갔다. 그리고 잠시 후 붉은 환(丸)이 든 약병 하나를 들고 왔다.

"그 망나니에게 줘. 이 약 먹고 힘내서 죄없는 자들 목 많이 베라고 해."

그녀가 약병을 건넸다. 그리고 양손으로 목검을 잡고 기지개를 켜듯 팔을 벌렸다.

외모뿐만 아니라 몸의 유연함도 젊은이들 저리 가라였다.

만화군주의 유려한 동작에 복선이 잠시 정신을 뺏기고 있을 때였다. 만화군주가 검을 중단에 수평으로 세웠다. 그녀의 목검이 흘렀다.

복선은 입을 딱 벌렸다.

목검이 닿지도 않았는데 나뭇잎이 우수수 떨어지고 있었다.

복선은 한숨을 쉬며 만화군주를 향해 깊게 머리를 숙였다.

자신의 눈으로 만화군주가 추천한 사람을 평가한다는 게 얼마나 우스운 일인가? 쥐가 고양이를 평가하는 것만큼 가소로운 일이라고 생각했다.

대낮엔 날씨가 제법 무더웠다.

세상이 어수선해 예전만큼 사람의 발길이 잦지는 않았지만 세상의 소요를 피해, 오는 여름을 피해 백마사(白馬寺)로 향하는 사람들의 발길이 적지 않았다.

백마사에서 능선 하나를 넘으면 시원한 물이 흐르는 계곡이 나온다. 그 계곡도 초하객(初夏客)들이 즐겨 찾는 곳이다. 그러나 오늘 그곳을 찾았던 사람들은 모두 인상을 찌푸려야 했다.

갑자기 맑은 계곡물이 핏빛으로 물들어 놀라 달려갔더니 목줄 끊긴 돼지 한 마리가 '나 잘 죽었지' 하며 싱글벙글 웃는 표정으로 늘어져 있었다. 붉은 물의 정체는 그 돼지의 목에서 흐르는 피였다.

그 곁에는 후줄근한 장포, 술기운에 전 얼굴, 낙척거사(落拓居士)에 딱 어울릴 사십 대 초반의 사내와 얼굴이 땟물투성이라 도저히 나이를 짐작할 수 없는 거지 한 명이 뜨거운 물을 돼지의 몸에 부으며 털을 벗기고 있었다.

계곡을 찾았던 자들은 작자들을 향해 쌍소리를 한마디쯤 할 만도 하련만 모두 침만 퉤 뱉고 돌아갔다.

세상에는 상종할 인간이 있고 상종하지 말아야 할 인간이 있다. 시비 걸어 득될 일 없어 보였기에 모두 발걸음을 돌렸다.

상종하지 못할 두 명의 인간 곁엔 거대한 솥이 놓여 있었고 장작불에는 물이 부글부글 끓고 있었다.

중년인과 거지는 돼지 털을 벗기고 그슬린 후 내장을 쭉 훑어냈다. 그리고는 솥에 돼지를 던졌다.

돼지고기가 신나게 끓었다.

중년인과 거지는 돼지가 익는 시간 동안 뜨끈뜨끈한 돼지 간으로 먼저 목을 축이려 했다.

중년인은 술병을 열었고 거지는 간을 잘랐다.

"고맙소, 고맙소. 이렇게 잊지 않고 찾아주는 사람이 있으니 이제 나는 내 인생을 결코 잘못 산 것이라 말하지 않으리다."

거지의 잔, 구걸통에 술을 주르르 부으며 중년인이 말했다.

"내가 어찌 대협을 잊으리까. 시절을 잘못 만나 이렇게 앉아 있지 기회가 닿으면 대붕(大鵬)이 창천을 도약하듯 반드시 큰 꿈을 이룰 것임을 나는 확신하오."

거지도 중년인의 잔에 술을 채웠다.

꼴은 낙척거사였으나 술잔은 옥배(玉杯)였다.

"기회라…… 과연 기회가 올지… 나는 점점 자신이 없어지는구려."

중년인이 건배를 청하며 말했다.

"천하의 상화객(常華客)께서 무슨 그런 약한 말씀을 하시는 게요! 강태공(姜太公)을 생각해 보시오! 날개를 펼칠 날이 반드시 올 것이오!"

"향주(좀主), 그건 너무 심한 말이구려. 강태공을 보라 하시면 몇십 년을 더 이 꼴로 있어야 한다는 말인데……."

"아니아니, 내 말뜻은 그게 아니라… 드십시다!"

거지가 구걸통의 술을 비웠다. 그는 구파일방 중의 일방(一幇)인 천하제일방 개방(丐幇)의 사람이었다. 허리에 맺은 매듭이 사결(四結)이니 향주가 맞는 듯했다.

통상 향주들은 삼결인데 장안, 낙양 같은 대도시의 향주들은 사결을 했다. 각 성을 책임진 분타주들은 총타의 당주와 같은 오결.

돼지 간을 우적우적 씹고 있는 거지는 개방의 낙양 향주 취구개(醉狗丐)였다.

"내 나이 벌써 불혹(不惑)이오. 그런데 아무것도 이루어놓은 일이 없으니… 지난날을 생각하니 이제 후회가 되는구려. 왜 그렇게 한심하게 살았는지. 부처께서는 세상을 고해(苦海)라 했소. 젊은 시절 난 그 말에 전혀 동감할 수 없었소. 우울증에 걸린 자도 아니고 세상이 왜 고해인가? 사람은 즐기기 위해 이 세상에 태어났다고 나는 생각했소. 그래서 열심히 즐겼지. 그리하여 지금 내 꼴이 이렇소."

중년인이 다시 신세 한탄을 했다. 짐짓 입으로는 반성하고 있었지만 돼지 간을 야금야금 씹는 양이 절대 반성하는 자의 표정이 아니었다.

"왜 자꾸 나쁜 쪽만 생각하시오. 상화객이란 별호가 달리 얻어진 별호가 아니잖소. 찬란했던 기억이 더 많을 줄 아오."

"상화객… 한마디로 빛 좋은 개살구지. 내가 상화객일 땐 간이라도 빼줄 듯이 모두 달려들더니 상화객이 아닌 흑누객(黑陋客)이 된 지금

나를 기억해 주는 사람이 향주 말고 또 누가 있소. 상화객으로 얻은 게 있다면 술로 망가진 몸뿐이오. 당연히 세상 사람들은 나를 개 발의 때만도 못하게 여기지.”

“어허! 감히 누가 상화객을 얕본단 말이오? 천산왕을 사사(師事)한 상화객을!”

그 말이 끝나기 무서웠다.

“향주는 입을 다무시오!”

중년인이 불같이 화를 냈다. 사람을 씹어 삼킬 것 같은 표정이었다.

취구개는 놀라 주춤 엉덩이를 뺐다.

중년인은 돼지 간보다 더 붉은 눈빛으로 한동안 취구개를 쏘아보았다.

그는 침을 꿀꺽 삼키며 치솟던 화도 함께 꿀꺽 삼켰다.

“미안하오.”

술을 벌컥 들이키며 그가 말했다.

“향주, 정말 내가 후회하는 일이 두 가지 있소. 하나는 아버지로부터 물려받은 가업까지 말아먹은 것! 또 하나는 천산왕의 이름에 먹칠만한 것! 그 사실을 생각하면 미칠 지경이오. 그래서 누가 내 이름에서 천산왕의 이름을 떠올리면 나는 그를 죽이고 싶소. 내 마음을 알겠소?”

“미안하오, 미안하오. 내가 주책이 없었소.”

취구개는 머리를 긁적였다.

“쓰러진 집을 일으키고 실추시킨 사부의 명예를 회복하고… 해야 할 일은 많은데 기회가 오지 않으니…….”

“용호표국(龍虎鏢局)과 친하지 않소? 용호표국에 말하면 하다못해 총부표두(總副鏢頭) 자리 하난 줄 터인데…….”

용호표국은 북평의 만리표국, 태원의 비마표국(飛馬鏢局), 장안의 풍뢰표국(風雷鏢局), 무창의 무창표국, 사천의 창응표국(昌鷹鏢局)과 함께 천하육대표국 중의 한 곳이다.

그런 곳의 총부표두 자리면 친분이 있다고 해도 앉을 수 없는 자리이니 중년인의 실력이 없다고는 할 수 없을 듯했다. 하긴 강호오왕 중의 한 명인 천산왕을 사사했다고 했으니…….

"부표두가 된다고 해도 받을 수 있는 돈이야 고작 은자 몇 냥일 텐데 그것으로 언제 쓰러진 집을 일으킨단 말이오? 늙어 죽을 때쯤 작은 표국 하나는 차리겠지."

중년인이 네 활개를 펼친 채 끓고 있는 돼지의 발을 잡았다. 그가 벼락 같은 솜씨로 돼지를 번쩍 든 후 돼지의 몸을 돌려 솥에 다시 넣었다. 옆 사람에게 국물 하나 튀기지 않는 깔끔한 솜씨였다.

"돈이 싫다면 협의로 이름을 날릴 수도 있지 않습니까? 선친(先親)께서도, 천산왕께서도 돈 몇 푼 모으는 것보다 오히려 그 일을 더 좋아하실 텐데……. 근자에 녹림, 흑도의 분위기가 심상치 않습니다. 강호는 영웅의 출현을 기다리고 있지요."

살이 잘 익도록 돼지를 칼로 푹푹 찌르며 취구개가 말했다.

"아아, 향주께서는 내 마음을 아나 했더니…… 약관이 되기 전에 나는 이미 느꼈소, 모든 사람의 능력이 같지 않음을. 검을 닦아 검선(劍仙)이 될 자가 있고 검을 닦아 밥벌이할 자가 있소. 물론 내 검은 밥벌이에나 딱 어울리는 검이지. 그 사실을 깨달은 후 협의, 협사라는 말은 다른 분들에게 모두 양보하기로 했소."

"아하! 어린 나이에 고명한 결단을 내리셨군요. 아무렴요! 천하에 밥 벌어 먹는 일만큼 고상한 일이 또 어디 있습니까!"

취구개는 맞장구를 쳤다.

"밥벌어 먹는 일보다 고상한 일이 있긴 있지. 그러나 능력이 없는 자가 고상한 길을 가자면 돈이 꼭 있어야 하니 문제 아니겠소. 어쨌든 한탕 터뜨려야 하는데… 기다리는 기회는 오지 않고 세월만 가는구려."

중년인은 쓴맛을 다시며 간을 날름 집어삼켰다.

"물론 나를 돈벼락이나 바라는 허황된 사람으로 볼 수도 있겠지. 하지만 나는 나를 그런 사람으로 보지 않소. 최소한 나는 한탕을 위해 목숨을 던질 각오는 되어 있는 사람이니……. 내 목숨 값이 얼마라 생각하오? 나는 최소한 도성(都城) 하나의 가치는 있다고 생각하오."

"지당하신 말씀!"

취구개가 박수를 쳤다.

중년인은 끓는 물에서 뒹굴뒹굴 뒹굴고 있는 허파를 단도로 푹 찔렀다.

"이건 익었군."

그가 입맛을 다시며 허파를 건져 낼 때였다.

"엄등!"

날카로운 목소리.

중년인과 취구개가 급히 고개를 돌렸다. 그들의 표정이 딱딱하게 굳었다.

날렵한 홍의 경장에 채찍을 허리에 걸친 여자.

강호인들에겐 천산왕의 직전제자로 더 알려진 대화장의 장주 만화군주였다.

중년인은 해쓱한 안색으로 꼼짝 못했고 취구개는 슬금슬금 네 발로

기며 엉덩이를 뺐다.

만화군주가 채찍을 손에 친친 감으며 걸어 내려왔다.

취구개의 눈에는 만화군주가 사신(死神)으로 보인 듯했다. 아니, 실제 사신이 맞았다. 아는 강호인들은 말한다, 강호에서 가장 성깔 사나운 자가 만화군주임을.

"넌 뭐야? 개방의 방도?"

만화군주가 채찍으로 취구개를 가리켰다.

개방의 사결제자면 초면에 그 누구도 쉽게 반말을 하지 못한다. 그러나 반말을 하는 자가 만화군주 아닌가. 만화군주는 방주에게까지 반말을 한다고 했다.

"저는 개방의 낙양 향주 취구개라고 합니다! 이 돼지는… 전 상화객이 시켜서 한 일일 뿐입니다! 집에 괜찮은 돼지 한 마리가 있으니 들쳐업고 오라고! 예, 예! 전 상화객이 시키는 대로 따랐을 뿐입니다!"

만화군주의 악명에 얼마나 질려 있었는지 취구개는 묻지도 않은 말까지 소리쳤다.

중년인은 취구개를 잡아먹을 듯 노려보았다. 이놈이나 저놈이나 믿을 놈이 없기는 같았다. 그렇지만 아직 돼지 한 마리에 자신을 팔아먹은 놈은 없었다. 취구개가 처음이었다.

거지를 사귀어 이익될 일이 없음을 진작 알았어야 하는 건데 후회해 보아야 이미 때는 늦은 것!

그는 무릎을 꿇었다. 그리고 처분을 기다렸다.

취구개는 주범(主犯)이 아닌 종범(從犯)이었으므로 달아날 자격은 충분히 있다고 생각했다. 그가 튀었다. 그러나 몇 걸음 달아나지 않아 다시 돌아왔다.

"군주, 이 돼지는 내가 잡은 것이오! 훔친 것은 훔친 것이고 잡은 것은 잡은 것이니 수고의 대가로 다리 하나 정도는 가져갈 자격이 내겐 있다고 생각하오!"

과연 누가 개방 방도 아니랄까 공포에 질려 오줌을 찔끔거리면서도 제 먹을 것은 찾았다.

만화군주의 눈썹이 하늘 끝으로 치솟았다.

쉿소리는 그녀의 발길질에 솥이 날아가는 소리였다.

솥이 뒤집어지며 계곡물을 따라 반쯤 익은 돼지가 떼굴떼굴 굴러 내려갔다.

"아이고! 아이고!"

취구개가 돼지를 잡기 위해 물속으로 뛰어들었다.

"앗, 뜨거! 앗, 뜨거!"

그가 눈물을 찔끔거리며 돼지를 등에 멨다.

만화군주의 눈치를 잠시 살피던 그가 김이 모락모락 나는 돼지를 등에 멘 채 뒤도 돌아보지 않고 죽어라 뛰었다.

만화군주는 입술을 깨물었다.

"죽일 놈! 잠시 선방(禪房)에서 마음을 다잡고 있으라 했더니 이 짓이나 하고 있었어?"

그녀가 채찍을 들었다.

중년인은 눈을 질끈 감았다. 그러나 한참을 기다렸는데도 채찍이 떨어지지 않았다.

그가 슬며시 눈을 떴다.

만화군주는 채찍을 내린 채 흘러가는 물을 바라보고 있었다.

중년인은 만화군주가 어떤 마음인지 이해했다.

"히히히! 누님, 죄송합니다요. 때릴 가치도 없는 인간이라서……."

마음을 알았더라도 말은 하지 않는 게 나았는데 애써 참고 있던 만화군주의 화가 폭발했다.

한주먹이었다.

"악!"

중년인이 비명을 지르며 계곡물로 첨벙 나가떨어졌다.

만화군주가 그를 향해 다가갔다.

"아이고! 누님! 아이고!"

중년인은 비명을 지르며 다급히 엉덩이를 뺐다.

"따라와!"

만화군주가 매몰차게 소리쳤다.

중년인은 엉거주춤 자리에서 일어났다. 그가 도살장에 끌려가는 소처럼 잔뜩 겁먹은 얼굴로 만화군주의 뒤를 따랐다.

서북쌍검 중 북검! 북호(北狐)는 친한 사람들이 부르는 애칭이었고 상화객은 별호, 이름은 엄등이었다.

화산파의 속가제자였고 어릴 때 서검 이장무, 천룡사의 아다함과 함께 천산왕을 사사했다. 그 인연으로 그는 만화군주를 알았고 지금 대화장에서 더부살이를 하고 있는 중이었다.

비록 지금은 상갓집 개 같은 꼴이지만 이전에 상화객 하면 제법 강호에 명성이 높았다. 서북쌍검 중 북검의 명성이 하늘에서 떨어진 것은 아니었다.

물론 '상화객에게 명성은 무슨 명성, 천산왕과 만화군주를 연줄로 잘 두었기 때문이지' 하는 자들도 있었다. 하지만 엄등을 아는 사람들은 그 반대였다. 그들은 알고 있었다, 엄등이 얻은 명성은 실제 그의 실력의 반에도 미치지 못함을!

왕왕 처신을 잘못하여, 또 능력을 발휘할 자신의 자리를 찾지 못해 스스로를 깎아 먹는 자가 있다. 엄등이 딱 그런 자였다.

엄등은 지금 대화장에서 만화군주를 마주하고 있었다.

불혹이라는 나이는 남에게 매질당하긴 너무 억울한 나이다. 하지만 때릴 자가 만화군주였고 만화군주에겐 두들겨 맞는 게 일상이 되어 있는지라 엄등은 억울함을 삼키며 맞으려 했다. 하지만 다행히 만화군주는 매를 들지 않았다.

긴 이야기를 했을 뿐이다, 울고 있는 동자상(童子像) 황금인형에 관해…….

"음하하! 정말 흥미있는 일이군요!"

엄등이 탁자를 치며 소리쳤다.

정말 흥미있는 일이었다. 맹하니 죽어 있던 그의 눈빛이 모처럼 매의 눈으로 빛나고 있는 것을 보면 알 일이다.

"관심있나?"

만화군주가 물었다.

"아무렴요!"

엄등은 자리에서 벌떡 일어났다. 황실이 걸린 일, 곧 천하가 걸린 일, 다시 이야기해서 천하의 권력과 천하의 돈이 걸린 일!

손에 묻는 떡고물만 해도 제법 되리라. 당연히 그가 원하던 그런 일이었다. 인생 역전이 눈에 보였다.

"더 자세한 이야기를 알고 싶거든 북평으로 가라. 그리고 도연을 찾아."

"도연? 연왕부의 그 돌중 말입니까?"

엄등은 도연을 알고 있었다. 젊은 시절의 좋지 않은 인연으로…….

"나는 가지 않을라우."

기분이 팍 상했다. 오늘날의 자신이 있기까지 적잖은 공헌을 한 사람이 도연이다. 기분 좋을 리 없었다.

"세상이 연왕의 천하가 되면 도연은 그야말로 일인지하만인지상의 신분이 되지. 웬만한 청은 그의 손에 의해 다 해결될 것이다."

"그렇소?"

엄등이 눈빛이 다시 빛났다.

"과거는 과거이고… 알았소! 내 당장 가리다!"

그가 벌떡 일어났다.

"앉아!"

만화군주가 아미를 찌푸리며 소리쳤다.

엄등은 엉거주춤 다시 의자에 앉았다.

"내가 지금 가장 걱정하는 일이 무엇인지 아는가?"

"황금인형이 응천부의 손에 들어가 연왕의 입지가 난처해지는 것 아니오. 누님이야 원래 연왕과는 누님, 아우 하며 친한 사이이니 당연히 걱정되겠지."

"내가 연왕을 걱정한다고? 난 그 인간을 조금 알지. 황금인형이 아닌 그 이상의 일이 벌어져도 눈 하나 까딱하지 않을 인간이 그 인간이다. 제 능력, 제 고집이 최우선이지. 그 어떤 일이 벌어져도 눈 하나 깜빡 않고 밀어버리는 게 바로 연왕이야."

"연왕이야 그렇겠지만 지켜보는 사람은 다르잖소. 어쨌든 황금인형이 저들 응천부의 손에 들어가면 연왕에게 귀찮은 일이 생길 건 분명하니까."

"물론 귀찮은 일이 생기겠지. 그러나 그 일도 연왕의 일! 내가 걱정할 문제는 아니다. 내가 걱정하는 것은… 문득 이런 생각이 들더군. 황금인형으로 인해 강호대란(江湖大亂)이 일어날 수도 있다는 생각!"

"강호대란? 그 무슨 끔찍한 말씀이오?"

엄등이 지레 놀란 표정을 지었다.

"도연, 그 돌중이 말했어. 황금인형을 둘러싸고 움직이는 암중의 세력 가운데 강호 인물들의 움직임이 느껴진다고. 당장 눈에 띄는 자들은 흑사회나 흑사회 배후에 또 다른 무엇이 분명히 있을 것 같다고 하더군. 도연이 그렇게 느꼈다면 틀림없겠지. 어쨌든 그래서 도연은 나에게 도움을 청했다."

"방금 하신 말씀이잖수."

"흑방이라는 흑사회 배후에 또 누가 있단 말인가?"

"이제 알아보아야지요."

"그래, 알아보는 일이 이제 네가 해야 할 일이고… 웅천부에서도 알아보기 위해 사람을 보냈겠지. 그리고 조만간 그들도 암중의 인물들에게서 강호인의 냄새를 맡을 것이다. 아니, 벌써 맡았을지도 모르지. 자, 그렇다면 이제 웅천부의 그들은 누구를 부를 것 같으냐?"

"……."

"역시 강호인이겠지. 누구?"

만화군주의 물음에 엄등은 턱을 쓱 쓰다듬었다.

"무당파를 비롯한 강호 도문(道門), 더하면 구파일방! 자칫하면 좋은 사이 얼굴 붉힐 일이 생기겠군요."

그의 머리는 과연 나쁘지 않았다. 만화군주의 말뜻을 금방 이해했다.

"그렇다. 구파일방은 응천부의 요구를 거부할 수 없을 것이다. 명분도 있지 않느냐. 파사현정! 어린 황제를 지키고 모반의 수괴 연왕을 처치하는……."

"헉! 그렇군요. 연왕의 편에 섰기 때문에 내가 바로 반역도이자 사파(邪派)군요."

"원래부터 네놈은 사악한 놈이었으니 사파로 불린다고 해도 억울할 건 없을 것이다. 어쨌든 나는 황금인형을 둘러싼 암투가 강호대란으로 퍼지지 않았으면 한다. 겉으로 보기에 단단하게 뭉쳐 있는 듯이 보여도 구파일방 간의 알력이 상당하다는 사실은 아는 자들은 안다. 조카와 숙부 간의 전쟁이 그 알력을 점점 표면화시키고 있지. 강북과 강남, 도문과 불문, 무당과 소림… 한마디로 자칫 황금인형을 둘러싼 암투가 그 모든 알력을 화산처럼 폭발시키는 촉매제가 될 수 있다는 거야."

"무슨 말인지 알겠수. 그런데 그 걱정스러운 일에 왜 나서겠다고 한 거요? 연왕은 걱정할 인간이 아니라면서?"

"네가 아니면 도연은 다른 강호인을 찾겠지. 하북팽가(河北彭家) 같은 사대세가의 사람들 중에도 아는 사람이 있다. 그 다른 자가 이번 일을 맡았을 경우를 생각해 보라. 구파일방이 나섰을 때 당하고만 있을 것 같은가? 그자는 구파일방을 상대하기 위해 새로운 도당(徒黨)을 만들겠지. 상호의 주류(主流)까지 꿈꾸며! 기우(杞憂)라고 생각하는가? 아니야. 강호의 생리를 생각하면 필연이지. 어쩌면 도연이 먼저 바랄지도 모르고. 측근에 둘 수 있는 강호인들이 있다면 이후를 생각해도 편하지. 여하간 그렇게 된다면 정말 걷잡을 수 없는 싸움이 벌어질 것이다."

"누님의 말씀이 옳소."

자신이 맡은 일이 생각보다 어려운 일이라는 사실을 깨달았는지라 엄둥은 가는 한숨을 쉬었다.

"그렇게 되지 않기 위해 나는 너를 생각했다. 나는 너를 안다, 명예니 뭐니 상관 않고 오로지 돈 몇 푼에 만족하는 인간임을. 강호 새 판짜기 운운하며 도당을 지을 이유가 없지. 또 나는 안다, 네놈이 얼마나 제 목숨을 중히 여기는가를. 목숨이 아까워서라도 싸움을 피할 테니 분쟁을 일으킬 위험이 없겠지. 그리고 네가 상대해야 할 적들 또한 너를 안다. 상화객! 북검! 똑똑한 척하지만 실제 엄청 바보인 북쪽의 여우 북호! 그가 얼마나 경박한 인간인가를……. 긴장으로 대하지 않을 테니 살얼음판 같은 분위기를 만들지 않아 좋다. 문득 너를 적임자로 생각한 이유다."

"이런! 칭찬이오, 욕이오?"

엄둥이 뭐 씹은 얼굴로 인상을 찌푸렸다.

"근 이삼십 년 동안 강호는 조용했다. 잡초같이 강인한 흑도와 녹림의 생명력, 아직 눈에 띄는 곳은 없지만 암중에 엄청난 세력을 꾸렸을 줄은 보지 않아도 훤하다. 당연히 가장 조심해야 할 상대! 네가 경박하기 때문에 너를 적임자로 생각했지만 네가 경박하게 행동하지 말아야 할 이유다. 특히 네가 잘못하면 사부의 입장까지 난처해질 수 있다는 것을 너는 알아야 할 것이다. 알겠느냐?"

"알았소!"

엄둥이 툭 튀어나온 입으로 말했다.

"이걸 가져. 부탁한 자가 필요할 것이라며 남기고 간 물건이다. 가라!"

만화군주가 보퉁이 하나를 던지며 손을 저었다.

엄등은 복선이 남긴 보퉁이를 든 채 자리에서 일어났다. 처음 황금 인형에 대한 이야기를 들었을 때와 달리 그의 표정은 결코 가볍지 못 했다.

어? 내가 이 일을 왜 맡았지? 당장 때려치우고 싶은 마음뿐이었다.

이것이 내 인생의 마지막 기회라는 절절한 생각이 없었고 눈앞에 만 화군주의 주먹이 없었다면 '나 못하겠소' 하며 벌써 고함을 쳤을 그였 다.

第六章

폭풍 속으로

능원(凌源)을 넘어 드디어 구주 입성(入城)!

누가 뭐라 해도 구주는 천하 문물의 중심이다. 해원은 특별난 여자가 아니다. 좋은 옷, 좋은 신, 화려한 것들에 대한 기대로 잔뜩 가슴이 설레었다.

그러나 아쉽게도 주위에 그녀의 화려함을 충족해 줄 만한 커다란 도시가 없었다. 하여 그녀는 기억에 남을 구주의 첫날 밤을 대사형 싱인학과 오붓한 밤의 산책을 즐기는 것으로 달래려 했다.

그 일을 위해 그녀는 사전 작업을 잊지 않았다. 구주에서의 첫날이니 사기 충전을 위해 하루를 자유 시간으로!

산돌이, 수돌이는 당연히 좋아라 난리를 부렸고 결국 성인학은 마지못해 고개를 끄덕였다. 그리하여 늘 판만 깨는 두 사형은 벌써 마실 나가고 없었다.

여자를 꼬시고 있든가 아니면 투전판에서 끗발 잡고 있을 게 틀림없었다.

방해자들까지 처치했으니…… 해원은 '에헴!' 하며 성인학을 찾았다.

"대사형."

그녀가 성인학을 불렀다.

"나는 바쁘다."

성인학은 다짜고짜 냉대였다. 오냐오냐 했더니 할아비 수염까지 당긴다고 갈수록 해원이 귀찮게 굴었기 때문이다.

"무슨 일인데 바빠요?"

해원은 객방으로 들어섰다.

성인학은 대꾸하지 않았다. 종이에 무엇인가를 열심히 쓰고 있었다.

해원은 어깨 너머로 성인학이 쓰고 있는 글을 훔쳐보았다. 그녀의 표정이 변했다.

이국(異國)에서의 오붓한 산책이고 뭐고 잠이 확 깬다는 표현이 맞았다.

"대사형, 지금 뭐 하는 거예요?"

그녀가 어이없다는 표정으로 물었다.

성인학은 붓을 놓았다.

"보아라, 틀린 문장이 있는지."

그가 글을 해원이 쉽게 볼 수 있도록 펼쳤다.

두 사형은 스승님이 세상 견문을 넓혀야 한다며, 실은 붙어 있으면 싸움질이라 귀찮아서 내쫓은 것이지만 어쨌든 세상을 두루 돌아다녀 한어(漢語)를 제법 했다. 그러나 글자는 수돌 사형은 조금, 산돌 사형은 아주 조금 알았다.

반해서 대사형은 한어는 조금이었고 한문(漢文)은 어려운 글자까지 썼다. 그렇지만 실생활에 필요한 글은 써본 경험이 없어 자신의 글에 의심이 가는 모양이다.

해원은 한어를 스승으로부터 배웠다. 그렇지만 어학(語學)에 특별한 재능이 있어 유학파인 산돌이와 수돌이보다 말과 문장이 자유로웠다.

매사에 완벽이니 글 한 자라도 틀리게 보이기 싫었을 것이다. 하여 성인학은 해원에게 문장 검토를 청하고 있었다.

성인학이 불쑥 내미는 글에 해원은 한동안 말을 못했다.

"대사형, 이게 뭐예요?"

그녀가 황당하다 못해 기가 찬다는 표정으로 물었다.

"보면 모르느냐. 구주에는 아홉 개의 문파와 한 개의 방파, 구파일방이라는 광명정대한 문파가 있다고 스승님께 들었다. 그들이 세상의 이치를 알고 예의를 아는데 어찌 남의 것을 탐하랴. 나는 그들이 우리의 기보인 선사를 찾는 데 협조해 줄 것이라고 확신한다."

말 그대로였다. 성인학이 쓴 글은 구파일방 앞으로 보내는 황금인형을 찾기 위한 협조 공문이었다. '이 넓은 땅에서 어떻게 황금인형을 찾지?' 하더니 고심 끝에 내린 결론인 듯했다.

한숨 쉴 일은 왜 이렇게도 많은지 해원은 일단 한숨부터 쉬었다.

고려의 기보, 선사! '대사형, 그건 내가 꾸민 말도 되지 않는 이야기예요' 할 수도 없고……

"대사형, 대사형은 그 사람의 성품을 그 사람이 속한 단체로 판단하나요?"

"그럴 리야 있겠느냐. 그러나 유유상종이라 했으니 좋은 곳에는 좋은 사람들이 많겠지."

"맞아요. 구파일방에 좋은 사람들이 많다는 것뿐이지 모두 좋은 사람이라고 말할 수는 없잖아요. 그런데 대사형께서 앞장서서 그들에게 선사가 있다고 말씀하신다니… 견물생심(見物生心)이라는 말이 다른 이유로 생긴 게 아니잖아요. 대사형은 선사가 있음을 구주 전체에 까발려서 그들 모두가 선사 찾기에 나서기를 바라시는 건가요?"

"……."

예상을 못한 문제라 성인학은 침묵했다.

"당장 버리세요."

해원이 공문을 뺏으려 했다. 그러나 성인학은 엄숙한 표정으로 해원의 손길을 저지했다.

"하나의 방파가 옳게 굴러간다는 것은 안에 심보가 고약한 사람이 있어도 통제가 가능하고 옳게 이끌어줄 수 있기 때문이다. 서북쌍검 중 서검… 우리가 만났던 이장무 사형만 하더라도 벌써 인품이 남달랐다. 그런 분이 계신 곳이 구파일방 아니더냐. 나쁜 사람이 있을 리 없지."

엄숙한 표정만큼 엄숙한 발언이었다.

"정말 통제가 가능하다고 생각한단 말인가요? 고작 네 명인 우리 사형제들도 스승님께서는 통제하기 힘들어하셨는데!"

해원이 짜증 섞인 목소리를 높였다.

그녀는 성인학이 자신이 틀렸음을 알면서도 고집을 피운다고 생각했다. 그놈의 권위 때문에.

애써 생각한 자신의 구상이 말도 되지 않는 이야기라는 사실을 아랫사람에게 인정한다는 것은 대사형으로서 자신의 권위에 대한 심대한 타격이라 생각하고 있을 게 분명했다.

무엇이든 그랬다. 자신이 옳아야 했고 매사에 자신이 책임을 져야 했다. 다른 때 같았으면 그것도 매력이려니 했겠지만 오늘은 아니었다. 화가 났다.

해원의 두 번째 반격에 성인학은 반박의 말을 더 이상 찾지 못했다.

"너는 매사를 너무 나쁜 쪽으로 생각하는구나. 긍정적으로 생각하는 방법부터 배워야겠다."

그렇게 말한 후 입을 꾹 닫았다.

"고집쟁이!"

해원은 고함을 지른 후 자신의 객방으로 돌아왔다.

말도 되지 않는 대사형의 고집을 어디 한두 해 겪었나. 익숙할 만한 일임에도 견딜 수 없이 화가 난 것은 첫날 밤의 오붓한 산책에 대한 기대가 팍삭 깨졌기 때문이기도 했다.

사실 그녀는 땅이 새로우면 사람 관계도 새로워질 줄 알았다. 그러나 땅이 바뀌었다고 어찌 사람의 마음이 바뀌랴!

구주라는 새로운 땅을 밟았으므로 하루아침에 멋없는 대사형의 마음이 바뀔 것이라 생각한 건 그녀만의 바람일 뿐이었다.

익숙지 않은 풍경, 낯선 물이 사람의 마음을 부풀러 괜한 조급성만 심어놓는 듯했다. 마음의 천박함을 바로잡아야겠다고 생각했다.

그와 동시에 대사형의 마음 또한 바로잡아야겠다고 생각했다. 앞으로의 일을 위해서도 그냥 넘어갈 수 없었다.

과연 협조 공문을 보낼지 지켜볼 생각이었다. 아니, 협조 공문을 반드시 보내게 하고 말리라 마음먹었다. 그리하여 자신의 고집이 어떤 결과를 가져오는지 보게 하리라.

해원은 벌떡 일어나 창가에 섰다.

석양이 지고 있었다.

그녀는 수돌 사형이 심심할 때 몰래 너만 먹으라고 준 애지중지 숨겨두고 먹는 삼십 년 묵은 공씨(孔氏) 가양주(家釀酒)를 꺼냈다. 그리고 눈 질끈 감고 연이어 석 잔을 마셨다.

술기운이 이내 그녀를 녹녹하게 만들었다. 몸도 녹녹히 풀어졌고 생각도 녹녹하게 풀어졌다.

그녀는 의자를 끌어당겨 길게 몸을 기댔다.

창밖에는 땅거미가 내렸다.

해원은 고개를 끄덕였다.

생각하니 역시 대사형은 나쁜 점보다 좋은 점이 많았다. 원칙대로 산다는 게 뭐 나쁘다는 말인가? 사람 의심하지 않는 마음이 또 뭐 나쁘다는 말인가? 경박한 세상, 경박한 사람들 틈에서 꺾이지 않고 우뚝 선 한 그루 소나무였다. 지나친 경직성은 세월과 나이가 풀어가리라.

마음 넓은 내가 이해해야지 하며 성인학에 대한 화는 그렇게 풀었고 북풍회주의 마음과 황금인형을 올올히 깎았을 응천부의 그 여자 마음, 그 마음들을 생각한다면 어찌 화난다고 화나는 대로 행동할까.

해원은 구파일방에 보내는 협조 공문을 없었던 일로 돌리기로 했다. 문제를 알고 있을 것임으로 그 일을 재론하지 않으면 대사형은 어물쩍 넘어가리라.

그래서, 그렇게 이해했으므로… 아아! 여자의 마음이여! 대사형과의 오붓한 밤 산책이 왜 다시 생각난단 말인가?

그러나 방금 화내고 돌아온지라 산책 운운하기가 멋쩍었다. 자존심이 있지!

하지만 오붓한 산책이 생각나는 걸 어떡해.

'에잇, 모르겠다' 하며 해원은 술 한 잔을 더 마시기로 했다. 가끔 술이 모든 것을 해결해 줄 때도 있다는 것을 이제 경험으로 그녀는 알고 있었다.

그녀는 한 잔의 술을 더 마셨다.

화가 머리끝까지 치솟아 앞서는 몰랐는데 술맛이 좀 특이한 듯했다. 비싼 술이라서 그런가?

'그렇겠지' 하며 그녀가 술기운을 즐길 때였다.

우당탕탕!

계단을 거칠게 올라오는 사람은 산돌이였다.

"젠장! 어떻게 된 동네가 투전판 하나, 제대로 된 술집 하나 없어! 고기 좀 사 왔다. 여기서 한잔하자구."

그가 생고기를 탁자에 던지며 말했다.

혼탁해진 기를 맑게 한다고 성익학은 산돌이, 수돌이가 고기 먹는 것을 엄중히 통제하고 있었다. 그러나 자유 시간이 달리 자유 시간인가. 고기 먹을 자유야말로 가장 큰 자유였으므로 그는 한 덩이의 고기를 사 온 터였다.

"수돌 사형은?"

'이 치들조차 오늘은 도와주지 않는군.'

속으로 투덜대며 해원이 물었다.

"그놈 껄떡거리는 버릇이 구주에 왔다고 달라질까! 아, 눈깔은 달라졌더군! 내가 보기에 완전히 아이 셋 달린 아줌씨던데 '아가씨, 차 한 잔' 어쩌고 하고 있어. 뺨 얻어맞고 곧 올라오겠지. 그런데… 우히히 히히!"

산돌이가 해원이 마시던 술을 보며 실눈으로 웃었다.

"해원아, 혹 욕심쟁이 그놈이 저 술을 준다고 하더라도 절대 마시지 마라. 그놈이 먹어보란 말도 한마디 않고 저 술 자랑만 하기에 내가 아침에 몰래 후닥닥 몇 잔 먹고 대신 오줌으로 병 채워두었다."

해원의 안색이 확 달라졌다.

"사, 산돌 사형……!"

그녀가 배를 움켜쥐며 산돌이를 불렀다.

산돌이가 다가갔다. 순간,

"웩!"

산돌이의 얼굴을 뒤덮는 해원의 놀라운 주전신공(酒箭神功)!

시작부터 예사롭지 않은 그들의 구주 입성기(入城記)였다.

2

산록(山麓)을 부는 바람에 열기가 느껴졌다. 두엄 냄새, 이름 모를 풀 냄새…….

언제 맡아도 좋은 냄새였다.

현헌은 잠시 발길을 멈춘 채 그 냄새들을 음미했다. 천축 특산의 좋은 향에 좋은 나무. 황궁은 언제나 좋은 향으로 가득했다. 그러나 그는 황궁의 냄새보다 이 냄새가 더 좋았다.

어린 시절의 것들은 모두 좋은 기억으로 남는다. 현헌도 마찬가지였다. 그는 농군의 아들이었다. 당연히 풀 냄새, 흙 냄새, 두엄 냄새가 좋았다.

이번 일을 끝내면 황궁을 벗어나기 쉽지 않으리라. 권력에 찌든 냄새나는 것들 사이에서 허리를 굽힌 채 종종걸음으로 바쁘게 움직이고 있겠지.

이전에도 훌쩍 떠났으면 하는 마음뿐이었다. 그러나 그는 떠나지 못했다. 황제가 있었고 태감이 있었고 이제 환관으로 굳어버린 자신의 일상이 그곳에 있었기 때문이다.

떠날 수 있어도 이전에 떠나지 못했기 때문에 앞으로도 떠나지 못하리라. 항상 떠나는 꿈만 꾸고 있겠지.

현헌은 하늘을 우러렀다.

아무래도 한바탕 비가 쏟아지려는 듯했다.

그는 발걸음을 서둘렀다.

아니나 다를까, 얼마 가지 않아 억수 같은 비가 쏟아졌다.

삿갓으로 가릴 수 있는 비가 아니었다.

장하게 내리는 빗줄기에 흠뻑 몸을 적시고도 싶었다. 그러나 그는 황제께서 내린 파사검이 빗물에 씻기는 것을 원하지 않았다. 비를 피할 수 있는 곳을 찾았다.

토지신(土地神)을 모시는 듯한 사당 한 채가 보였다.

현헌은 처마 밑으로 걸어갔다.

후둑! 투두두두! 투두둑!

비는 거침없이 쏟아졌다. 흙먼지가 자욱이 일며 흙 냄새가 하늘, 땅 구분없이 가득했다.

현헌은 귀왕인을 쏟아지는 빗물에 세웠다. 귀왕인을 덮고 있던 무소 가죽으로 만든 도갑이 소리없이 떨어져 나갔다.

빗방울이 줄줄 귀왕인의 양 날을 타고 흘렀다.

현헌은 귀왕인을 수직으로 세웠다.

콰콱!

그의 귀왕인이 사당 벽을 쾌속히 뚫고 들어갔다.

그가 귀왕인을 빼 들었다.

귀왕인에 맺힌 것은 빗방울과 함께 피였다.

현헌은 귀왕인을 회전하며 좌로 몸을 솟구쳤다. 그림자 하나가 그를 덮쳐 오고 있었다.

그는 상대의 수법을 전혀 개의치 않았다. 일도양단으로 달려드는 그림자를 내려쳤다.

그의 귀왕인이 작자의 병기와 함께 작자를 동강 냈다.

"컥!"

짧은 비명과 함께 치솟는 피분수.

현헌은 귀왕인을 바람개비처럼 돌리며 몸을 틀었다.

타탕! 탕!

그의 귀왕인에 퉁겨나고 있는 것은 핵자정(核子釘)이었다.

핵자정을 던진 자는 놀란 눈빛으로 눈을 크게 떴다. 그가 다시 핵자정을 날리려 할 때였다.

현헌이 바람처럼 움직였다.

삭!

좋은 낫으로 풀을 베는 듯한 소리.

피분수가 다시 솟구쳤다.

현헌은 손끝으로 귀왕인을 가볍게 돌리며 정면을 마주 보고 섰다. 귀왕인에 묻혀 있던 핏방울이 빗줄기 속으로 흩어졌다.

그의 앞에는 귀두도(鬼頭刀)를 든 안색이 파랗게 질린 자가 서 있었다.

현헌이 거리를 좁히자 작자는 비칠비칠 한 걸음씩 물러났다. 죽어라 달아나고 싶었지만 등을 돌리는 그 순간 귀왕인이 야수의 이빨처럼 자신을 덮칠 줄 그는 알았다.

천천히 작자를 향해 다가가던 현헌의 몸이 갑자기 귀신의 발걸음처럼 주르르 미끄러졌다.

작자는 황급히 귀두도를 내려쳤다. 하지만 그의 귀두도는 허공에서 더 이상 움직이지 못했다.

"악!"

작자의 입에서 비명이 터졌다. 동시에 그의 손에서 귀두도가 떨어졌다.

현헌이 작자의 완맥을 무소 같은 힘으로 조이고 있었기 때문이다.

"ㅇㅇㅇㅇ……."

작자의 입에서 신음이 계속 터졌다. 작자의 이마엔 심줄이 솟았고 눈은 당장이라도 튀어나올 듯했다. 손목 뼈가 으스러져 내리는 고통이었다.

현헌은 아무 말도 않았다. 무표정한 눈빛으로 작자의 눈만 응시했다.

"아아악!"

작자의 참고 참았던 입에서 마침내 비명이 터졌다.

현헌은 전혀 표정 하나 바꿈없이 작자의 손목을 더욱 조였다.

작자의 몸이 꿈틀 흔들렸다. 그가 발끝으로 몸을 지탱한 채 입을 딱 벌렸다. 그리고 도살장의 소처럼 처량한 눈빛으로 현헌을 응시했다.

현헌은 작자의 손목을 놓았다.

작자가 엉덩방아를 찧으며 풀썩 쓰러졌다.

현헌은 살짝 인상을 찌푸리며 하늘을 우러렀다.

비는 여전히 억수같이 쏟아지고 있었다.

그가 나무 아래로 걸어갔다. 빗물, 핏물로 뒤엉킨 귀왕인을 털며 그는 무심히 작자를 바라보았다.

완전히 공포에 질린 눈빛으로 작자가 입을 열었다.

"나는, 나는 모르오! 내가 아는 것은 당신을 죽여야 한다는 것뿐이오!"

그가 제발 믿어달라는 표정으로 소리쳤다.

"자객당(刺客黨)인가?"

현헌이 짤막하게 물었다.

"맞소! 하지만 나는 모르오! 내가 어디 소속인지……. 사실 자객이 자기 소속을 알고 자기 상관을 알면 어디 자객이겠소! 뭉칫돈과 함께 암향(暗香) 칠십팔호라는 한 장의 쪽지가 놓여 있기에 자객인 줄 알았고 살명첩이 떨어졌을 때 자객이 맞음을 확인했소! 그전까지 나는 돈에 쫓겨 저잣거리를 허덕이던 삼류무사에 불과했소!"

작자는 묻지 않는 말까지 했다.

소속도, 상관도 모르는 자객이라……. 자객이 맞군. 필요에 따라 부려먹는 하급 자객!

현헌은 칼집을 꽂았다.

따르던 꼬리가 없어져서 이상하다고 했는데 결국 그들은 자신의 동성을 파악하기보다 없애는 것이 낫다고 판단을 내린 듯했다. 왜 그런 성급한 결정을 내렸는지…….

내버려 두면 큰일을 벌일 인물이라 이것저것 가릴 필요 없이 없애 버리는 게 낫다고 판단했는지, 아니면 굴러다니는 돌멩이 하나 치우는 기분으로 자객을 보냈는지, 무엇 때문에 자객을 보냈는지는 그들만이 알 일이었고…….

한 가지는 분명했다. 저들이 자신의 무공 실력을 너무 얕보고 있다는 것, 그래서 그는 보여주었다. 자신이 얕보일 상대가 아니라는 사실을!

얕보일 상대가 아님을 알았다면 앞으로 좀 더 무게있는 자를 붙이겠지. 물어서 입에서 나올 말이 있는…….

현헌의 생각이었다.

그는 칼집으로 귀왕인을 꼼꼼히 감춘 후 어깨에 걸쳤다. 그리고 작자를 응시했다.

"다른 것은 몰라도 자객에 대해 한 가지는 아오! 일을 실패한 자에겐 죽음보다 더한 형벌이 기다리고 있음을! 죽여주시오!"

작자가 소리쳤다.

현헌은 고개를 반절 정도 숙였다. 작자의 귀두도는 먼 곳에 있지 않았다. 손을 조금만 내뻗는 수고를 한다면 스스로 죽을 수도 있을 텐데 역시 스스로 죽고 싶은 사람은 없는 듯했다. 그래서 그는 소매를 가볍게 털었다.

금전표(金錢鏢) 하나가 튀어나오며 손끝에 잡혔다. 그가 금전표를 퉁겼다.

퍽 하는 소리와 함께 작자가 눈을 까뒤집으며 쓰러졌다.

현헌은 뒷짐을 졌다.

금전표를 날린 그 순간 문득 그는 자신에게 묻고 있었다. 손속이 너무 사나워진 것이 아니냐고. 굳이 죽이지 않더라도 숨어 있는 적들에게 자신의 실력을 증명할 길은 많았는데…….

사나운 무공을 익히면 사나워진다고 했다. 스스로의 무공에 대해 좀 더 신중히 대해야겠다고 생각했다.

귀왕경천록! 기실 황궁의 그 무공이 인성(人性)을 내던지는 마공(魔功)인들 어떠랴! 그렇지만 그에게는 아직 지켜야 할 사람이 있었고 지켜야 할 명예가 있었다.

빗물이 도랑을 만들며 줄줄 흘렀다. 그 사이로 검붉은 핏물이 뒤섞여 흘러갔다.

현헌은 나무에 몸을 기대며 먼 산을 응시했다. 빗물에 뿌옇게 흔들리는 산!

그가 찾는 곳이었다.

현헌은 운기(運氣)를 끝낸 후 자리에서 일어났다. 아직 이른 새벽이었다.

객잔을 나선 그는 어제 비로 인해 발을 대기조차 힘들 정도로 거세게 불어난 급류(急流)에 몸을 던진 채 몸을 씻었다.

혹시 피 냄새가 남아 있을까 자신의 몸을 꼼꼼히 몇 번 돌아본 후 그는 객잔으로 돌아왔다.

점소이를 불러 잣죽과 차로 아침을 대신하고 여장을 꾸렸다. 그는 객잔을 나섰다.

현헌이 입은 옷은 승포가 아니라 새로 산 깨끗한 도복이었다.

지난 비로 길이 질퍽했다. 그는 옷을 버릴까 조심하며 산길을 올랐다.

불어난 계곡 물을 지나자 돌을 깔아 만든 산길이 나왔다.

현헌은 옷깃을 다시 한 번 추슬렀다.

그가 발걸음을 늦추었다.

이각여가량 돌길을 오르자 갑자기 시야가 확 트이며 연못 하나가 나타났다.

연못을 끼고 도는 산길에는 거대한 나무 한 그루가 서 있었고 그 앞에는 두 명의 젊은 도사(道士)가 서 있었다.

도사들이 현헌의 길을 막았다.

"병기를 풀어주십시오."

우측의 도사가 정중하게 말했다.

귀왕인, 금전표, 철필까지… 현헌은 자신이 지니고 있는 병기를 연못가의 큰 나무에 걸고, 놓았다.

"등에 걸친 것은 무엇입니까?"

도사가 비단보에 싸인 나무 궤를 가리켰다.

현헌은 이 젊은 도사들이 누구를 두려워해서 외부인에게 병기를 풀라고 명한 것이 아님을 알고 있었다. 자신의 사문에 대한 뿌듯한 자부심!

때문에 적당히 둘러대어 나무 궤에 든 것이 검이 아니라고 말하면 검이 아님을 믿을 자들이었다. 그러나 그는 검이라고 말했다. 황제의 신물을 거짓으로 둘러댈 수는 없었다.

"소중히 다루시는 검인 모양이군요. 그러나 본 문의 전통을 아신다면 괘검수에 검을 걸어주십시오."

괘검수(卦劍樹), 바로 현헌이 병기를 놓고 걸었던 큰 나무다. 그리고 연못은 해검지(解劍池).

강호의 태산북두(泰山北斗) 무당검파(武當劍派)!

바로 현헌이 찾은 곳이다.

소림파의 위세가 예전만 못해 현하 무당파의 위세는 말 그대로 태산북두였다. 황제조차 존경의 염을 더해 무당파에 발을 들일 때 병기를 풀어 모두 존경을 표하라 했었다.

무당파는 그만한 존경을 받을 만했다. 명나라, 원나라의 교체기에 호로구축(胡虜驅逐), 호로일소(胡虜一掃)의 기치 아래 가장 열심히 싸웠던 곳이 무당 일파였다.

"미안하지만 이 검은 내가 가지고 있어야겠네. 워낙 귀한 검이라……."

이 검이 어떤 검인가. 황제께서 내린 검이다. 아무리 무당파라 하더라도 현헌은 검을 내려놓을 수가 없었다.

젊은 도사들의 표정이 달라졌다.

"본 문의 전통을 아신다면 예의를 지켜주시기 바랍니다!"

그들이 굳은 표정으로 말했다.

현헌은 삿갓을 벗었다.

"대사형은 계신가?"

긴장으로 검을 쥐는 젊은 도사들에게 그가 물었다.

"대사형? 누구를 말씀하시는 겁니까?"

"서(徐) 자, 명(明) 자, 유(柔) 자를 쓰시는 분이네."

"예? 우리 사부님의 존함인데……? 그렇다면 저희들의 사숙? 죄송합니다!"

젊은 도사들은 일단 허리부터 굽혔다.

"그러나 저희들은 듣지 못했습니다. 저희들이 알지 못하는 사숙께서 계시다는 이야기를……. 속가(俗家)의 분이십니까?"

우측 도사가 주저하며 속가제자임을 물었다. 무당 본산(本山)의 제자들은 몇십 명에 불과하다. 그러나 가지를 치고 뻗어 나간 속가의 무문(武門)까지 따지면 족히 수백 명은 되었다. 또 개인적인 친분으로 엮

인 사람까지 있을 테니 속가의 모든 제자들의 이름을 일일이 알기는
어려웠다.

"대사형께 전해주오, 현헌이 왔다고. 음, 너무 오래전이라 혹 대사형
께서 내 이름을 잊고 있는지도 모르겠군. 어쨌든 일단 전해주게."

씁쓸한 미소를 흘리며 현헌이 말했다.

젊은 도사들은 서로를 바라보며 눈치를 살폈다.

"사형, 제가 갔다 오겠습니다."

우측 도사가 나섰다.

그가 바쁘게 산길을 올라갔다.

현헌은 등에 메었던 나무 궤를 풀었다. 그는 파사검이 든 궤를 든 채
수풀 속에 조용히 들어앉은 무당의 전각들을 살폈다. 훈훈한 향취가
물밀듯이 밀려왔다.

무당파! 이곳엔 유년의 모든 기억이 담겨 있다.

현헌의 일을 돕기 위해 금의위에서 차출한 양가창문의 후예 양여상
이 현헌을 무당파의 사람이 아니냐고 물었는데 현헌은 무당파의 사람
이 맞았다.

어린 시절, 지금 장문인인 현오자(玄悟子)를 사부로 모시며 몇 년을
이곳에 있었다. 그리고 어느 날 자신의 의지와 상관없이 무당파를 떠
나 황궁으로 들어가게 되었다.

떠난 그날 이후 무당파에 더 이상 현헌의 이름은 없었다. 그러나 누
가 인정해 주든 말든 현헌은 아직도 스스로를 무당파의 사람으로 생각
하고 있었다.

자신의 마음에 두 개의 지주(支柱)로 자리 잡고 있는 충성과 명예!

충성은 황제에 대한 충성이었고 명예는 무당파 제자로서의 자부심

이었다. 만약 그것이 없었다면 그는 벌써 허물어지고 말았을 터였다.

현헌이 무당의 전각들을 바라보며 유년의 기억에 잠겨 있을 때였다. 심부름 갔던 젊은 제자 한 명과 사십 대 초반에 호랑이 눈의 도장(道長) 한 명이 급히 내려왔다.

도장은 현헌을 보더니 발걸음을 멈추었다.

현헌은 몸을 바로 했다. 그가 새색시처럼 얼굴을 붉히며 도장을 향해 포권하며 머리를 숙였다.

"삼사형(三師兄), 오랜만입니다."

도장은 눈을 크게 떴다.

"다섯째, 다섯째가 맞구나! 현헌아, 이게 얼마만이냐?"

그가 급히 달려와 현헌의 두 손을 잡았다. 그는 무당 장문인 현오자의 셋째 제자 정준(鄭俊)이었다.

정준은 현헌의 손을 잡고 할 말을 찾지 못했다.

무당파에서 이름이 지워졌으므로 무당파 아닌 사람으로 대우할까 하는 걱정을 현헌은 전혀 할 필요가 없었다. 그 따뜻한 감촉!

"사부님께서는 잘 계시겠지요?"

슬며시 손을 빼며 현헌이 물었다.

"정정하시다."

"사부님을 만날 수 있을까요?"

"마침 같이 자리에 있었다. 네가 왔다는 소식을 듣자 슬며시 일어나 어디론가 가시더구나."

정준의 말에 현헌은 고개를 들었다. 섭섭한 마음이 없다면 무당파에 대한 자신의 마음이 모두 거짓일 터였다.

"사부의 마음을 모르고 있지는 않겠지?"

“……”

“사부께서는 네가 황실에 들어가게 된 것을 모두 당신의 부덕(不德)으로 돌리고 계시다. 너를 바로 보기 힘들었을 거야. 이해해라.”

현헌을 바라보는 정준의 눈빛이 안타까움을 더했다.

“가끔 생각날 때마다 네 이야기를 하셨다. 놈이 잘 지내는지 모르겠다고 하시며……. 너를 보고 싶겠지. 아마 어딘가에서 너를 보고 계실 게다.”

현헌은 고개를 푹 숙였다. 코끝이 찡했다. 그는 쏟아지려는 눈물을 억지로 참았다.

“가자. 이사숙(二師叔)께서 너를 기다리신다.”

정준이 현헌의 소매를 끌었다.

현헌은 물기로 눈이 뿌옇게 변해 아무것도 보이지 않았다. 정준이 이끄는 대로 산을 올라갔다.

산문을 지나고도 몇 개의 전각을 지나고 나서야 현헌은 마음의 진정을 찾을 수 있었다.

그는 넓은 터를 지나고 있었다.

“진무전(眞武殿)은 아직도 막내 사숙이 지키고 계십니까?”

진무전! 무당의 제자들이 무공을 익히는 곳이다. 현헌과 정준은 그곳을 지나고 있었다.

“진무전주는 아직도 막내 사숙이시지. 하지만 교두(敎頭)는 내가 맡고 있네.”

정준은 쑥스럽다며 머리를 긁적였다.

“막내 사숙께서는 폐관에 들어간 사숙조를 시봉(侍奉)하고 계시네.

가끔 내려와서 우리들에게 한 수 무공을 지도해 주곤 하시지. 때문에 안타깝게도 막내 사숙도 볼 수 없겠구나.”

강호인들은 무당의 장문인을 포함해 그 사형제들을 무당칠자(武當七子)라 부른다. 그중 막내인 현정자(玄正子).

막내였지만 무공으로 따지면 무당칠자 중 그가 가장 뛰어났다. 무당 검파의 맥을 잇고 있는 자.

그가 그렇게 강해질 수 있었던 이유는 전대의 스승으로부터 특별한 가르침을 받았기 때문이다. 정준이 말한 폐관에 들어간 사숙조…….

정준이 사숙조라 칭할 무당에 남은 존장은 이제 단 한 명뿐이다. 청의자!

삼십여 년 전, 강호에 일세를 풍미한 다섯 명의 고수가 동시에 출현했다. 강호인들은 그들을 강호오왕, 오패(五覇)로 불렀는데 검왕, 수왕, 구걸왕, 화왕, 천산왕이 그들이다.

어떤 자들은 천하제일신비인인 천산왕을 최고수라 말하기도 했다. 그러나 대부분의 강호인들은 오왕 중 최고수를 검왕으로 뽑았다.

천하제일고수 검왕! 그가 바로 무당파의 청의자였다.

무당칠자의 막내인 현정자는 청의자로부터 무공을 익혔기에 무당의 최고수가 될 수 있었고 일찍이 무당의 제자들을 가르치는 진무전주의 자리에 올랐다.

현헌도 어릴 때 현정자로부터 무공을 배웠다.

“무공에 대한 재능을 따지면 너를 능가할 자가 아무도 없었지. 막내 사숙께서는 무당검문의 전통은 너에게로 이어질 것이라 하셨는데…….”

현헌을 대하는 정준의 마음은 안타까움과 아쉬움뿐이었다.

현헌은 이마를 매만지며 씨익 웃었다.

"이미 지나간 일일 뿐입니다."

생각하니 정말 지나간 일일 뿐이었다. 현재의 일은······.

현헌은 자신이 맡은 임무를 다시 되새겼다.

현헌은 무당의 본전인 상청궁(上淸宮)에서 한 명의 노도장(老道長)을 대하고 있었다.

무당 장문인의 바로 아래 사제인 현학자(玄學子)였다.

현학자는 나무 궤에 든 파사검을 바라보고 있었다.

"좋은 검이군. 황제께서 내리셨다고?"

"그렇습니다."

"중요한 일을 맡았는가 보구나."

현학자가 말했다.

현학자의 곁에는 무당칠자 중 다섯째인 현현자(玄玄子)와 현헌이 대사형이라 부르며 따랐던 서명유(徐明柔), 삼사형 정준이 자리를 같이하고 있었다.

그들은 현헌이 갑자기 내민 어검 파사검에 긴장된 표정을 감추지 못했다.

"사숙, 죄송합니다. 제가 맡은 일을 설명드리지 못함을······. 단지 여러 정황으로 보아 제가 맡은 일이 강호와 연관되어 있고 강호인들과 부딪칠 듯해서 미리 무당산을 찾았습니다."

"무슨 말이냐?"

현학자를 대신해 현현자가 물었다.

"어떻게 들릴지 모르겠지만··· 강호에 발을 들이게 된다면 당연히 먼저 무당산을 찾아 인사를 드려야 한다는 것이 제 생각이었습니다.”

무당파에 대한 현헌의 거짓없는 마음이었다.

“무슨 말인지 알겠다. 그래, 다른 부탁은 없느냐?”

대사형 서명유였다.

“아직 확실히는 모르겠습니다. 그러나 느낌으로 어쩌면 배후에 생각보다 큰 그 무엇이 있을지도 모른다는 생각이 듭니다. 그렇다면 제가 어디에 도움을 청하겠습니까.”

무당산을 오른 진정한 이유였다.

강호의 태산북두 무당파! 무당파의 도움을 받는다는 것은 구파일방의 도움을 받는다는 것과 같다. 어떠한 강호의 일도 이미 반은 풀렸다고 할 수 있었다.

“황제께서 원하시는 일인데 어찌 우리가 따르지 않으랴. 어려운 일이 있으면 찾아오라.”

현학자의 대답이었다.

“사숙, 감사드립니다.”

현헌은 정중히 머리를 숙였다.

“바쁜 일이 없다면 쉬었다가 가도록 하라.”

현헌이 머뭇거리며 앉아 있자 현학자는 먼저 자리에서 일어났다. 사형제들끼리 따로 할 말도 있을 테니…….

현현자도 자리에서 일어났다.

현헌은 상청궁 앞까지 따라 나가 두 사숙을 배웅했다.

현현자가 고개를 돌렸다.

“다른 무공을 익혔구나.”

그가 문득 던진 말이었다.

현헌은 어색한 표정으로 머리를 숙였다.

"인재는 어디를 가도 알아본다더니 기연을 만난 게로군. 그러나 너는 조심하라. 네 몸에 흐르는 기운이 심상치 않다."

휘적휘적 발걸음을 옮기며 현현자가 말했다.

"사제, 정말 다른 무공을 익혔는가? 어쩐지 나도 사제의 기도가 심상치 않았다."

두 사숙이 사라진 후 정준이 기다렸다는 듯이 달려들며 물었다. 역시 무문의 최고 관심사는 무공이었다.

"별것 아닙니다. 그런데 대사형, 구파일방에서는 이번의 싸움을 어떻게 보고 있습니까?"

사숙들에게까지 세상의 꼬질꼬질한 이야기를 물을 수는 없는 일이었다. 현헌이 조카와 숙부 간의 싸움에 대한 구파일방의 입장을 물었다.

"그 일에 대해 더할 이야기가 무엇이 있단 말이냐! 어리신 황제를 위협해 제위를 찬탈하려는 역적 연왕!"

정준이 대신 소리쳤다.

서명유는 정준을 바라보며 눈살을 찌푸렸다.

"너는 잘 알 것이다, 간섭받기 싫어하고 간섭하기 싫어하는 권부(權府)에 대한 우리의 입장을. 그러나 왕왕 그 규율은 지켜지지 않지. 같은 땅을 사는 사람인데 어찌 서로 간섭할 일이 생기지 않을까."

"대사형, 죄송합니다. 저는 혹 서로 간섭할 일이 생길 때를 생각해서 물었습니다."

현헌이 말했다.

서명유는 물끄러미 현헌을 바라보았다. 이제 사형제였다는 옛 기억에만 매달릴 관계가 아니라는 것을 인정해야 할 듯했다. 현헌, 황제의 명을 받은 자!

"죽이지 않으면 죽는 곳이 권부! 살기 위해 나섰다고 하나 어찌 연왕이 제위 찬탈의 오명을 벗을 수 있을까. 구파일방의 입장도 마찬가지다. 그러나 주류(主流)가 그렇다는 것이고… 누가 이기든 지든 별 상관없는, 아니, 어쩌면 연왕이 이기면 자신들의 처지가 더 나아질 것이라 생각하는 강북의 문파들, 원나라에 빌붙었던 그들의 옛날은 생각지 않고 황제께서 우리 무당파만 대우해 준다고 생각하는 일부 소림파의 무승(武僧)들, 또 연왕은 타고난 무골(武骨)이었지. 젊은 시절에 적잖은 강호인들과 친교를 쌓았다고 들었다. 특히 천산왕의 직전제자인 만화군주! 연왕과는 누이, 아우 하는 사이라더군. 만화군주가 연왕의 편을 든다면 동문수학한 서북쌍검의 입장 또한 장담할 수 없게 되지. 만화군주, 서북쌍검… 강호에서 그 이름이 주는 무게가 만만치 않다. 물론 만화군주가 그런 어설픈 선택을 하리라곤 생각하지 않지만… 어쨌든 강호에도 만만찮게 연왕을 지지하는 자들이 있을 것이라는 게 내 생각일세."

"천산왕에 대해서는 어릴 때부터 쟁쟁하게 들었습니다. 청의 사숙조와 의형제였다면서요?"

"청의 사숙조뿐만 아니라 나머지 분들도 서로 의형제를 맺은 사이지. 후대의 잘못으로 그분들의 의를 상하게 한다는 건 있을 수 없는 일이다."

"물론입니다. 아, 그런데 천산왕 그분에게 제자가 있었군요. 만화군주? 언제 한번 만나보아야겠습니다. 음, 그나저나 대사형께서는 강호에 연왕을 지지하는 자도 상당할 것이라 생각하시는군요."

"앞서 이야기했듯이 대부분의 강호인들은 권부와 이런저런 관계로 얽히기를 싫어하네. 작금의 사태에 대해 소가 닭 보듯 하는 자들이 더 많겠지. 그 외… 어차피 사람이란 서로의 이해관계 속에서 살아가는 것 아닌가? 연왕 쪽으로 추가 더욱 기울면 그를 추종하는 자들도 더욱 늘어나겠지."

"그래서… 대사형, 전 무당파의 힘이 필요할지 모른다고 생각했습니다."

현헌이 시선을 다른 곳으로 돌리며 말했다.

서명유는 잠시 침묵했다.

"황제께서는 우리를 섭섭하게 대하지 않았다. 연왕이 반역도라는 사실도 분명하지. 또 자네가 어검을 들이밀면 어떻게 우리가 자네의 부탁을 거부할 수 있겠나? 단지… 지난날 우리는 원나라와의 싸움으로 지나치게 속사에 매달렸지. 때문에 청정도량(淸淨道場)의 풍모를 많이 잃었다. 서둘러 피 냄새를 지울 일이 남은 거야. 그래서 사부님께서는 근자에 우리들이 강호에 나가는 일을 극히 제한하시고 외부인들의 출입마저 자제하고 계시다. 사부의 그 고충을 자네는 이해해 주게."

그가 가는 한숨을 쉬며 말했다.

"사문(師門)의 청정을 방해하는 일은 없어야겠지요. 대사형, 실없는 말로 심기를 어지럽혔다면 죄송합니다."

현헌은 머리를 숙였다.

"황제께서 자네에게 검을 맡긴 것은 열심히 일하기를 바랐기 때문이겠지. 죄송할 일이 무엇 있나, 자네 일인데……."

서명유는 개의치 말라며 현헌의 어깨를 다독였다.

"대사형, 한 가지 부탁이 있습니다. 그동안 저는 쭉 황궁에 틀어박혀 있었습니다. 하여 근자의 강호 사정에 대해 아는 바가 전혀 없습니다. 특히 알고 싶은 흑사회나 녹림에 대해서는 더욱. 그래서 강호 사정에 능통한 자를 한 명 소개받았으면 합니다."

"강호 사정에 대해 알고 싶다고? 강호 사정에 대해서는 셋째가 가장 많이 아는 편이지."

서명유는 정준을 가리켰다.

"듣기로 근자에 신흥 방파가 많이 들어섰다고 들었다. 녹림과 흑사회의 움직임도 심상치 않다고 하고……. 다섯째, 미안하지만 내가 아는 것은 그것이 전부야. 나 역시 산문 밖을 나간 지 오래이니……. 강호 사정에 능통한 자라… 누가 좋을까?"

정준이 인물들을 물색할 때였다.

"강호 사정에 훤한 인물이 한 명 있긴 하지."

서명유였다.

"철심도(鐵心刀)를 만나보게."

잠시 뜸을 들인 후 그가 한 말이었다.

철심도라는 말에 정준의 표정이 달라졌다. 그가 서명유, 현헌을 번갈아 황급히 바라본 후 어물쩍 시선을 딴 곳으로 돌렸다.

"철심도가 누구입니까?"

현헌이 물었다.

"양양표국(襄陽鏢局)의 국주지. 지금 알려진 강호의 고수들 중 열을 뽑으라면 반드시 뽑히는 고수이고. 그의 문로는… 그의 장형(長兄)이 무당에서 뻗어 나간 속가무문 중 최고로 꼽히는 백운장(白雲莊)의 장주다. 십 몇 년 전에 형으로부터 독립하여 표국을 시작했지. 능력있어 지금 자신의 표국을 천하십대표국 중의 한 곳으로 키웠네. 철심도 백영견(白犖堅)……."

철심도 백영견!

현헌의 표정이 정준 이상으로 확 달라졌다.

"철심도가 강호에 발이 넓다는 것을 모르는 사람은 없다. 도움될 일이 많을 거야. 그리고 음… 이왕 강호에 나온 것 한번 만났으면 하는 마음은 나도 같다. 만나기 싫다면 다른 사람… 무창표국(武昌鏢局)의 국주를 소개해 주지."

정준이 어물거리며 말했다.

현헌은 입술을 지그시 깨물었다.

"아닙니다. 만나겠습니다. 이미 지난 일이잖습니까."

그가 콧날을 매만졌다. 잠시 잊었던 상처가 다시 그를 들쑤시게 했다. 그러나 그것 역시 옛이야기!

"이사형(二師兄)이 보이지 않는군요. 어디 가셨습니까?"

현헌은 화제를 돌렸다.

"이사형은 일이 있어서……."

정준이 서명유의 눈치를 살폈다.

"강호에 좋지 않은 일이 좀 생겼네. 그 일을 해결하기 위해 각 문파에서 몇 사람을 강호에 내보내기로 했지. 우리는 둘째를 내려 보냈다."

서명유가 말했다.

"이사형이 하산할 일이라면 심상치 않은 일이겠군요?"

이사형 여경(呂慶)! 무당파 이대제자 중 최고수!

서명유와 정준은 더 이상 아무 말도 하지 않았다.

현헌도 더 묻지 않았다.

강호! 여전히 아련한 기억으로 남아 있었지만 관심을 기울이기에는 아직도 거리가 먼 곳이었다.

자신의 일을 걱정해야 했다. 무당파까지 들렀으니 이제 남은 일
은…….
그의 눈빛이 번쩍 빛났다.
어린 황제의 심기를 어지럽히는 대역도 연왕!
놈에 대한 사냥은 지금부터가 시작이었다.

상(上)께서 탄생하실 때 오색(五色) 서광이 실내에 가득하였으며 성문에도 서광이 내리비쳐 며칠이 지나도록 스러지지 않았다. 태조 고황제와 효자(孝慈) 고황후께서는 신기하게 여기어 아기를 한층 사랑하시었다.

연왕, 즉 영락제가 탄생하던 날의 광경을 묘사한 명실록(明實錄)의 일부이다.

지정 20년(서기 1360년) 사월의 일로 영락제는 주원장의 적서자 스물여섯 명 중 황태자 표, 진왕(秦王) 상, 진왕(晉王) 강, 주왕(周王) 숙과 함께 마 황후 소생인 다섯 적자 중 넷째 아들로 태어난 것으로 되어 있다.

이상이 공식 기록이고 민간의 이야기는 다르다. 많은 자들이 민간의 이야기를 중히 여기고 그 진실성을 고증한 바 대표적인 이야기를 들면

마 황후는 원래 소생이 없어서 서자들 중 마음에 든 아이를 자기 아들로 삼았다. 영락제도 그중의 하나이다.

영락제의 생모는 공비인데 후에 제위를 어린 조카로부터 찬탈하자 그것을 정당화하기 위해서 마 황후의 넷째 아들이라 주장하고 공식 기록으로 남겼다.

그렇다면 공비는 누구인가?

고려에서 공녀로 간 여자라는 게 일반적인 견해인데 원 왕실에 공녀로 갔던 여자가 어찌어찌해서 주원장의 후실이 되었다는 것이다. 그러나 그 같은 견해는 연대적으로 잘 맞지 않는다.

영락제의 출생 연도를 따질 때 영락제 출생 당시 주원장은 응천부를 본거지로 하고 있었고 원의 수도 대도(大都)를 점령한 지는 팔 년이 지난 이후의 일이다.

따라서 공비가 원 왕실의 궁중에 공녀로 갔던 여자라는 말은 신빙성을 잃게 된다. 그리하여 또 다른 견해는 원, 명 교체기 군웅할거 시대에 장사성, 방국진 등의 군웅이 고려에 사신을 보내어 교류를 청한 적이 있다. 공비는 그때 어떻게 구주로 간 여자가 아닐까라는 추측도 있고 홍건적이 고려를 침입했을 때 홍건적에 의해 끌려간 여자가 아닐까라고 추측하는 사람도 있다.

어쨌든 추측만 분분할 뿐 공비가 누구인가에 대해서는 정확히 단정하는 자는 없다. 분명한 사실은 그 여인이 고려의 여인이었다는 사실뿐!

백구하의 물결이 도도히 흘러가는 곳이었다.

강 양안(兩岸)은 펄럭이는 깃발, 번뜩이는 창칼의 숲뿐이었다. 연왕

정벌에 참가한 황군의 수만 해도 근 백만, 연왕의 수하들을 더하면 백 수십만이 백구하를 두고 포진해 있었다.

한바탕 건곤일척의 승부가 벌어질 것이고 곧 백구하의 물결은 핏빛으로 변하리라.

하늘은 그 피의 대가를 누구에게 받을 것인가?

복선은 창칼의 숲을 지나 자신의 막사로 들어갔다. 강철 체력을 자랑하는 그였지만 백구하에서 북평, 북평에서 낙양, 다시 백구하로…… 정신없이 뛰어다니느라 안색이 조금 초췌했다.

그러나 그에겐 쉴 여력이 없었다. 갑주를 걸친 그는 먼저 밀정들이 보낸 비문(秘文)들을 읽어야 했다.

황실의 동향과 고위 관료들의 동향, 군 포진 현황, 전쟁 동원 태세……. 밀정들의 보고로 복선은 백구하에 앉아 웅천부에서 일어나고 있는 일들을 마치 곁에서 보는 듯 한눈에 보았다.

역시 웅천부도 백구하의 결전으로 이번 싸움의 끝을 보려 하고 있었다.

물론 복선은 웅천부의 뜻에 따라줄 생각이 없었다. 엄청난 군사, 엄청난 물량……. 비교가 되지 않을 정도로 웅천부의 힘은 강했지만 그는 자신들의 승리를 의심하지 않았다.

쭉 비문들을 읽던 복선은 몇 장의 비문을 따로 뺐다. 그 문서들은 연왕에게 보여줄 수 없는 것들이었다. 황금인형, 현헌에 얽힌 이야기들이었기 때문이다.

복선은 조금 느긋한 자세로 그 비문들을 다시 읽었다.

황제가 현헌에게 초토사라는 직위와 함께 어검을 내렸다는 이야기. 어검을 내렸다는 건 복선으로서도 의외였다. 웅천부에서 이 일을 얼마나 중요하게 생각하는가를 알 만했다. 황금인형을 둘러싸고 벌어지고 있는 지금의 일이 흔히 있는 술수 정도로 치부할 수 없음을 복선은 다시 한 번 확인했다.

그 외 현헌이 서쪽으로 길을 잡았다는 내용, 자객 파견……

자객을 보낸 것은 좀 섣부른 판단이 아니었을까? 그러나 복선은 자객을 파견한 자의 마음을 곧 이해했다. 비문을 보낸 자 역시 환관이었으므로 현헌에 대해 잘 알 것이다. 현헌의 능력을 알고 있었기에 이것저것 볼 필요 없이 죽이는 게 낫다고 판단했으리라.

현헌! 모두가 경외심으로 바라보게 하는 자!

'정말 우리에게 필요한 자가 이런 자인데……'

현헌을 자신의 편으로 붙잡을 수 있다면 복선은 지금 자신이 누리고 있는 지위까지 던져 줄 용의가 있었다. 하지만 현헌은 마음을 바꾸지 않으리라.

연왕 없는 자신을 생각할 수 없듯이 황제 없는 현헌은 생각할 수 없다. 모시는 주군의 명운에 자신의 명운을 거는 자! 그런 점에서 현헌은 자신과 같았다.

복선은 따로 뺐던 황금인형, 현헌에 얽힌 비문들을 땅바닥에 던졌다. 그는 그 비문들에 불을 지폈다.

비문들이 한 줌의 재로 사라졌다.

복선은 투구를 썼다.

그가 연왕에게 보고할 문서를 들고 막사를 나설 때였다.

주군께서 부른다며 전령 한 명이 복선을 찾았다.

복선은 연왕의 막사로 향했다.

"주군, 접니다!"

그가 소리쳤다.

"복선이냐?"

카랑카랑한 목소리. 연왕의 목소리였다.

"예, 접니다."

"어딜 그렇게 싸돌아다녔더냐?"

"군량 문제, 병력 충당 문제, 보급선 문제 등을 논의하기 위해 군사를 만나겠다고 말씀드렸습니다."

"이놈 봐라? 원래 그 일이 네놈의 일이었더냐?"

"이 바쁜 시기에 내 일, 네 일이 어디 있습니까?"

"저런저런! 말하는 꼴 하곤! 엉덩이를 까서 몇 대 두들겨야 정신을 차리겠구나!"

고함과 함께 막사의 휘장을 열고 누군가가 모습을 보였다.

굵은 눈썹, 철을 꿰뚫을 듯한 부리부리한 눈, 시원하게 뻗은 콧날, 세상을 좌시하는 듯한 오만한 미소, 제왕의 기상이 이런 것이다라고 눈으로 증명시키는 자!

바로 연왕이었다.

그는 싸움에 임해 절대 뒷전에 있는 법이 없었다. 수하들과 선봉을 다투었다.

싸움 아닌 다른 곳에서도 마찬가지였다. 그는 언제나 수하들과 함께 하려 했고 수하들과 함께 있었다.

반군(叛軍)의 군대라는 오명 속에서도 수하들이 절대 충성심을 잃지 않는 이유였고 소수의 병력으로 지금까지 잘 싸울 수 있었던 이유였다.

지금도 연왕은 수하들과 다르지 않았다. 허름한 옷차림에 허리에 검 하나 달랑 찬 게 전부였다.

"제 엉덩이는 주군께 하도 맞아 철갑 엉덩이가 된 지 오래입니다! 때문에 세상 모든 사람들이 주군을 두려워해도 저는 주군을 두려워하지 않습니다!"

복선은 무릎을 꿇었다.

"그래, 우리 사부는 잘 있더냐?"

연왕이 도연의 안부에 대해 물었다.

"잘 계십니다. 백구하의 승리를 어디서 어떻게 축하할 것인가로 고민하고 계시죠. 승리 축하금을 마련하는 데 조금 애를 먹고 있는 모양입니다."

"껄껄껄! 별 걱정을 다 하고 있군. 축하야 저들의 전리품(戰利品)으로 하면 되지. 다른 걱정은?"

"뻔한 병가(兵家)의 고민들이죠. 특별히 머리 싸매고 걱정할 정도는 아니랍니다."

"다행이군. 말을 가져오라."

"예?"

"말을 가져오라. 오랜만에 너와 바람을 좀 쐬고 싶구나. 백구하에 오는 여름을 즐겨보자."

"아! 알겠습니다."

복선은 자리에서 일어났다. 그가 말을 찾았다.

복선은 좌불안석이었다. 아직 큰 전투는 벌어지지 않고 있었지만 작은 전투는 곳곳에서 벌어지고 있었다.

지금 연왕을 모시고 서 있는 곳도 적들이 기마로 달려들면 지척인 거리였다. 그런데 따르는 근위병들도 없고 무장도 하지 않은 채였다.

복선은 초조해했으나 연왕은 여전히 한가했다.

그가 백모(白旄:얼룩소의 꼬리로 장식한 지휘기)를 들어 적진을 가리켰다.

"저기에 평안이 있지. 다른 놈들은 걱정도 되지 않으나 평안과 구능이라는 놈은 조금 걱정이 돼."

평안과 구능은 황군의 장수다.

"군사께서도 조심하라고 하셨습니다. 때문에 이번 싸움에서는 절대 주군을 선두에 세우지 마라 하셨습니다."

"평안이 응천부 편에 선 것은 정말 아쉬운 일이야. 하긴 내가 알았던 모든 사람들이 나의 편이 되어야 한다는 것은 나의 욕심이겠지."

연왕은 이전에 평안과 함께 변경에서 생사고락을 함께한 적이 있었다.

"놈의 목은 반드시 제가 베겠습니다! 그래서 배신자의 말로가 어떤 것인가를 모두에게 똑똑히 보이겠습니다!"

복선이 소리쳤다.

연왕은 씩 웃었다.

"배신자? 복선, 그렇게 말하지 마라. 그는 그의 자리에서 최선을 다하고 있는 것이야. 난 최선을 다하는 사람을 좋아하지. 그런데… 사부께서 다른 말은 않더냐?"

"다른 말이라뇨?"

"황금인형!"

"……."

복선은 흡 하고 숨을 멈추었다. 알고 계셨단 말인가? 하긴 주군이 부리는 눈이 자신만은 아닐 테니…….

“어떻게 생겼다더냐?”

“군사도, 저도 보지를 못했습니다. 듣기로 우는 아이의 모습이라고 했습니다.”

복선이 이마에 식은땀을 흘리며 말했다.

“우는 아이?”

연왕은 눈살을 찌푸렸다.

“소매로 눈물을 훔치며 울고 있는 아이라 했습니다.”

“그런가?”

연왕은 백구하의 물결에 시선을 던졌다. 무슨 생각을 하는지 그는 잠시 침묵했다.

황금인형! 이 경망스럽고 망령된 이야기를 어떻게 한단 말인가? 자신의 혀끝에 담을 수 없는 이야기라 복선은 또 입을 조개처럼 닫고 있었다.

잠깐 동안의 침묵 후 연왕이 입을 열었다.

“직접 보지 못했다는 것을 보니 찾지 못한 모양이구나?”

“예.”

복선은 황망해하며 고개를 숙였다.

“사부께 전하라, 반드시 황금인형을 찾으라고.”

“예.”

“황금인형이다, 황금인형 속에 든 서신이 아닌.”

“……”

“내가 눈빛을 착색하고 머리를 물들인 서국의 오랑캐라고 이야기한들 어떠랴. 나는 그런 이야기들에 신경 쓸 만큼 한가하지 않다. 다만 황금인형… 황금인형은 꼭 찾아야 한다. 찾아서 내게 보여라, 복선아.

알겠느냐?"

"알겠습니다."

복선은 이마의 땀을 닦으며 명을 받았다.

"우는 아이의 모습이라고 했나?"

연왕이 다시 물었다.

"그렇게 들었습니다."

"그렇군."

연왕은 뒷짐을 졌다.

그는 백구하를 바라보며 다시 침묵했다.

뒤에서 연왕을 지켜보던 복선의 눈빛이 이채로 빛났다. 이 분위기는 도대체 무엇인가? 그는 본 적이 없었다, 저렇게 애상에 잠긴 주군의 모습을……. 너무 허하고 망망한 모습이라 자신까지 마음에 구멍이 뻥 뚫리는 듯했다. 그래서 그는 어처구니없는 고함까지 질러야 했다.

"주군, 말이 달리고 싶어합니다!"

"그런가?"

연왕은 씨익 웃었다.

"하!"

그가 말고삐를 챘다.

연왕의 애마가 질풍으로 치달았다.

산악을 뒤흔드는 용맹스런 모습은 여전했다. 그러나 등 한 켠에 진 그늘, 연왕은 쉽게 그 그늘을 떨치지 못했다.

백구하의 물결이 도도히 흐르는 곳이었다.

4

이건 또 무슨 소린가?

북평으로 향하는 관문인 흥륭(興隆)에 이르렀을 때였다. 누군가가 찾아왔다. 제비처럼 날렵하게 생긴 열일곱, 여덟가량 된 소년은 스스로를 북평 태화루의 점주 양만석이 보낸 사람이라고 했다.

양만석은 구주의 상시세를 알기 위해 심어둔 정보통으로 회서방, 흑방에 대한 정보도 맡겨두었으니 북평에 가면 찾아가 도움을 받으라고 한 인물.

양만석이 급히 전하라는 말 때문에 미리 와서 기다리고 있었다는 소년이 급히 전하기를,

흑방의 괴멸!

정말로 막막한 일이었다.

그나마 흑방이라는 끈이 있어 그 끈을 붙잡고 따라가면 어떻게 황금

인형에 이르지 않을까라는 생각을 해원은 하고 있었다. 그런데 그 끈마저 잘렸다고 하니 도대체 어디서부터 손을 대야 옳단 말인가?

그녀는 태화루의 소년을 먼저 돌려보낸 후 머리를 싸맸다. 그러나 뾰족한 수가 전혀 떠오르지 않았다.

상의할 사람도 없었다. 사형들에겐 황금인형이 품고 있는 실제 이야기에 대해서는 아직도 비밀이었다.

해원은 객방(客房)에서 홀로 머리를 끙끙 싸매다가 자리에서 일어났다. 다른 대안이 없으니 부딪치고 볼 일이다.

그전에 고민해도 답이 없고 생각없이 놀아도 답이 없는 것은 마찬가지니 노는 쪽을 택하기로 했다.

그렇게 생각했는데…

그녀의 눈빛이 갑자기 빛을 뿌렸다.

황금인형 찾기! 어디서부터 손을 대야 할지 모르는, 원래부터 막막했던 일이 아니었던가.

'맞아, 실마리가 없다면 우리가 실마리를 만들면 되잖아? 좋았어!'

그녀가 창틀을 손으로 쳤다.

한 가지 생각이 떠오른 것이다.

구주에 발을 들인 첫날 구파일방에 협조 공문을 보낼 것인가 말 것인가로 대사형과 싸웠었다. 그때의 기억이 문득 불러온 계책이었다.

정면 돌파!

해원은 뽀르르 사형들이 묵고 있는 방을 찾았다.

"대사형, 스승님께서 준 검의 이름을 정했어요?"

"아니, 왜?"

"대사형, 이제 그 검의 이름은 태백신검(太白神劍)이에요!"

"태백신검? 그럼 장백신검(長白神劍)이 되겠군. 구주 놈들은 고려에서 왔다고 하면 모든 이름을 장백으로 바꾸니……. 스승님 별호도 그랬잖아."

수돌이가 말했다.

"뿐이냐? 동방의 오랑캐에게 신검 호칭을 줄 리가 없지! 마검(魔劍)이다! 장백마검(長白魔劍)! 음, 그런데 그러고 보니 태백신검보다 장백마검이 낫군. 까부는 구주 강호인 놈들을 줄줄이 목 베어주자고요!"

산돌이가 소리쳤다.

성인학은 눈살을 찌푸렸다.

"태백신검? 웬 뚱딴지 같은 소리냐?"

"북평이 코앞이잖아요. 대사형, 이제 힘을 좀 써야 할 거예요."

해원이 히히 웃으며 말했다.

"자, 가자!"

그녀가 주먹을 치켜들었다.

"암! 가야지! 가자!"

"싸우자!"

뭔 일인지 몰랐지만 싸운다는 소리에 산돌이, 수돌이는 좋아라 따라서 고함을 질렀다.

성인학은 영문을 몰라 눈만 끔벅거렸고.

『황금인형』 2권에 계속…

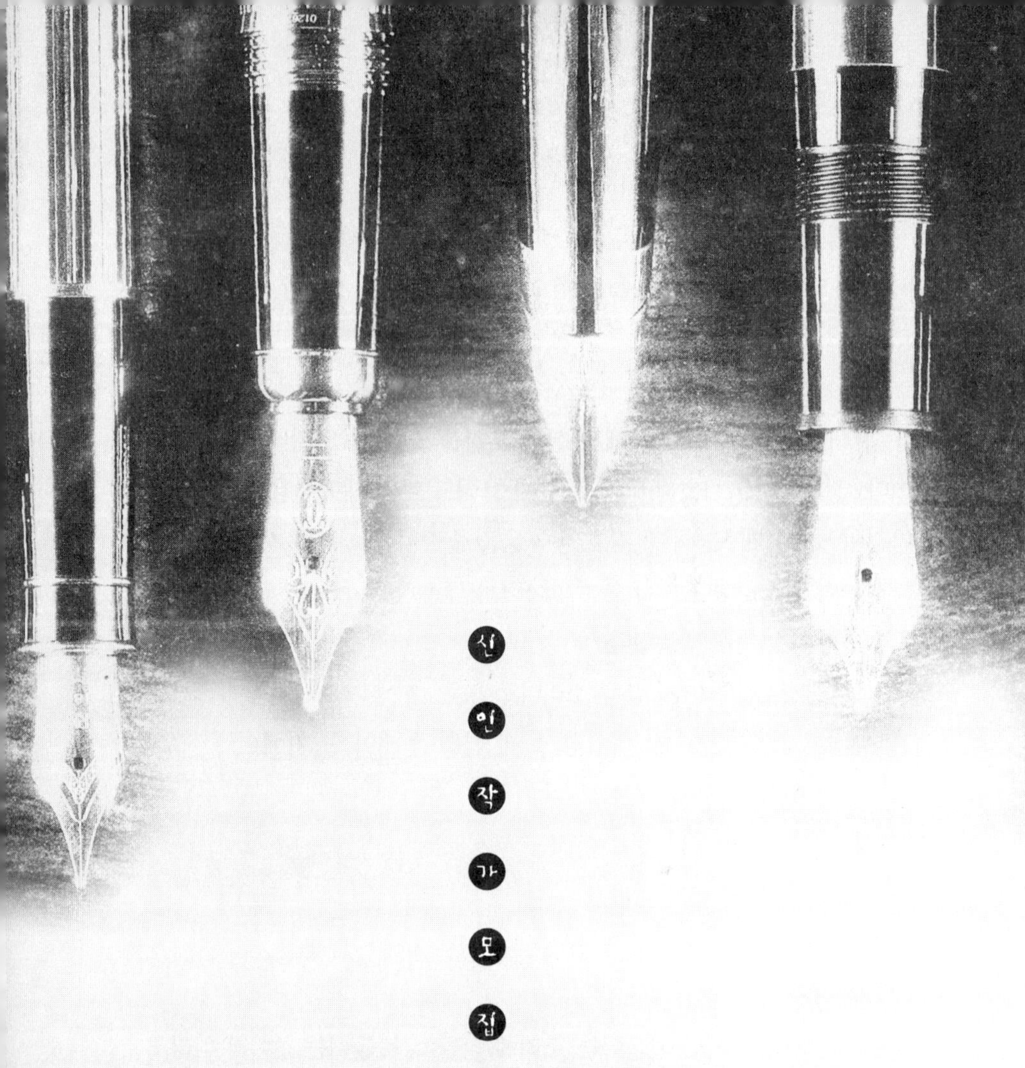